Für die Frauen meiner Familie,
die ihr allen Stürmen trotzt.

FÜR DICH …

Einst gab ich ein Versprechen
Einst brach ich es an dir

Einst hielt ich dich gefangen
Einst ließ ich ab von dir

Alexandra Mazar

PROLOG

Ich tanze den Flamenco am Plaza de San Nicolás. Abschied fließt durch meinen Körper, der einsame Gitano spielt seine Gitarre wie ein Geliebter, der im Moment des Lebewohls zwischen Wahrheit und Lüge gefangen scheint.

Ich tanze den Flamenco am Plaza de San Nicolás, auf uralten, glatten Steinen, auf Erinnerungen und gebrochenen Versprechen. Und doch möchte ich ihn nur hier tanzen, im Angesicht des maurischen Palastes, der Alhambra, der mir im Licht der untergehenden Sonne in seiner strahlenden Schönheit den Atem raubt. Dahinter locken mich die Gipfel der Sierra Nevada, violett im sanften Licht des schwindenden Tages. Ein letztes Geschenk, bevor die Nacht dem Stein die Verletzlichkeit nimmt und offenbart, was das Licht verborgen hielt. Mein Traum nimmt die Geschöpfe der Nacht in den Arm, hält sie, wiegt sie, tröstet und verspricht ein Wiedersehen mit dem Morgen.

Ich tanze den Flamenco tief in mich hinein, bewahre ihn, denn ich werde ihn nie mehr tanzen. Es ist dieser Augenblick, den ich mit mir nehme, auf meinem Weg, der der einzige für mich ist.

Einst tanzte ich den Flamenco für dich, nun tanze ich ihn für uns und sage dir Lebewohl.

1

Seit acht Monaten bin ich zurück in Frankfurt. Es ist vormittags, das Wetter so, wie es Ende November sein sollte, windig und kalt. Der Parkplatz am Frankfurter Stadtwald ist fast leer. Ein weißhaariger, großer, schlanker Mann steigt aus seinem schmutzig grauen Geländewagen, der seine schönsten Jahre längst hinter sich hat. Neben ihm freut sich ein wuscheliger Hund mit hellem Fell. Der Mann winkt mir zu, ich grüße zurück. Viele Male in diesen neun Monaten habe ich ihn gesehen, wie er mit dem springenden Hund zwischen den Bäumen entlanggeht, derselbe Weg, der mich ins *Danach* katapultiere mit dem Überfall vor elf Monaten. Ich beobachte den Mann, befürchte kurz, er würde zu meinem Wagen kommen, um mich zu fragen, was ich hier mache, weshalb ich nicht aussteige, um irgendetwas zu tun, doch er verschwindet mit seinem Hund zwischen den kahlen Bäumen, die auch am Tag nichts von ihrem Grauen verloren haben. *Was tue ich hier?* Es beginnt zu nieseln, die Scheibenwischer sind so unschlüssig wie ich, können sich nicht entscheiden, ob sie das Glas säubern oder verschmieren wollen. Ohne dass es mir aufgefallen ist, krampfen sich meine Hände um das Lenkrad. Ich bin hier im Jetzt, an der Schwelle zum *Danach,* habe die Tür wieder aufgestoßen und muss hindurchgehen, um endgültig einen Schlussstrich ziehen zu können. Aus dem Rückspiegel starren mich meine Augen riesengroß an, unter meiner winterblassen Haut wirkt meine Narbe wie eine Signallampe.

Schaut alle her, was mir passiert ist! Kapuzenmann hat sich auf meinem Gesicht verewigt.

Zwischen den Bäumen taucht eine Gestalt auf, ich erschrecke und halte die Luft an. Es dauert einige Sekunden bis ich erkenne, dass es sich um den Mann mit seinem Hund handelt, und meine Erleichterung ist so groß, dass ich lachen muss.

Los. Du hast es in der Hand und sitzt hier schon ewig im Auto.

Der Mann winkt mir und ich winke wieder zurück, sehe, wie er seinen Hund mit einem Handtuch abrubbelt, danach mit ihm ins Auto steigt und langsam vom Parkplatz fährt. Ich zittere, friere, seit über einer Stunde sitze ich hier und kann mich nicht entscheiden, ob ich aussteigen soll oder nicht. Diese Kälte, die in mir nach oben klettert und sich in meiner Zuversicht einnistet. Das möchte ich nicht zulassen, ich werde darum kämpfen, das Licht der andalusischen Sonne in mir zu bewahren. Entschlossen öffne ich die Tür, es regnet stärker, wie kleine spitze Nadeln sehen die Tropfen aus, die vom heftigen Wind auf mich zugetrieben werden. Ohne die Bäume aus den Augen zu lassen, steige ich aus. Der späte Herbst kitzelt in meiner Nase, noch tragen die alten Laubbäume den größten Teil ihrer bunten Blätter, doch der Wind stiehlt ihnen mit jedem Wehen etwas von der farbenfrohen Pracht. Die Kopfhörer stöpsle ich in meine Ohren, schalte meine Playlist ein. Es ist verrückt, doch mein Herz klopft vor Vorfreude. Mein Körper ist bereit zu laufen, die Strecke hinter sich zu bringen, als würde der Anblick der spektakulären Farben der

Laubbäume ihn vergessen lassen, was passiert war. Aus meiner Jackentasche ziehe ich meine Mütze und stülpe sie über die Stirn, dann laufe ich los. Ich springe über die Wurzeln der alten Bäume, laufe am Spielplatz entlang. Zuversicht kämpft mit meiner Erinnerung, das Klavierspiel Ludovico Einaudis brandet intensiv durch meinen Körper, ich denke an meine Beine, spüre, wie kraftvoll sie mich tragen, ich habe nichts von meiner Schnelligkeit eingebüßt. Die alten Eichen stehen dicht am Weg, während sich mein Leben innerhalb von Stunden vollkommen verändert hat, scheint hier die Zeit stehen geblieben. Bilder hetzen durch meinen Kopf, vor mir erkenne ich die Stelle, an der Kapuzenmann auf mich gewartet hat. Der Wald wirkt mit einem Mal bedrohlich, die knorrigen Äste scheinen auf mich zu zeigen. Ich bleibe stehen, mein Herz rast, ich habe Durst, beuge mich nach vorn und stütze meine Handflächen auf meinen Knien ab. Dann gehe ich langsam den Weg zurück, mit dem Gefühl, dass ich beobachtet werde.

Erleichtert sehe ich mein Auto, öffne es und fühle mich erst sicher, als ich bei abgesperrten Türen drinnen sitze. Dann starte ich den Motor, lege den Gang ein und verlasse den Parkplatz, lasse die riesigen, alten Bäume hinter mir.

Dreißig Minuten später schließe ich die Tür zu meiner Wohnung auf und meine Anspannung legt sich. Seit ich von Spanien wieder zurück bin, fühle ich mich hier am wohlsten. Es ist Herbst, die Jahreszeit, die ich am liebsten mag, wenn sich die Natur in ihren spektakulären Farben zeigt. Im Schlafzimmer ziehe ich meine Sportkleidung aus, räume sie zurück in den Schrank. Seit meinem Überfall bin ich nicht mehr gelaufen und es sieht so aus, als würde sich daran so schnell nichts ändern. Trotz der Wärme in der Wohnung friere ich und hülle mich in flauschige Kleidung und einen dicken Schal. In der Küche steht noch meine Kaffeetasse, ich fülle aus der Thermoskanne nach, setze mich an den Tisch und öffne mein Notebook. Das E-Mail-Programm zeigt mir eine neue Nachricht an. Sie ist von María, die mir mehr als eine Freundin geworden ist – Familie. Ich öffne sie und überfliege die Zeilen, die ungewohnt kurz und geschäftsmäßig sind. Sie hat wie immer Fotos von La Esperanza angehängt, die Orangenbäume sind voller Früchte und Blüten, bald wird geerntet. Ich muss lächeln, Erinnerungsbilder von meinem ersten Orangenerntetag schicken mir Sonnenstrahlen. Ich war gerade erst auf der Finca angekommen, noch mitten im *Danach*, verletzt und doch voller Hoffnung. Abwesend trinke ich von meinem Kaffee und scrolle die Bilder durch in der Hoffnung, Fernando würde mir auf einem von ihnen entgegenlächeln. Acht Monate sind vergangen seit meiner Entscheidung, La Esperanza zu verlassen und nach Deutschland zu Paul zurückzukehren. Ich habe das Jetzt umarmt, willkommen geheißen, meine Reise durch Spanien hatte mir Perspektiven aufgezeigt.

María hat Oso, meinen herrlichen andalusischen Schimmel, für mich fotografiert, sein Name bedeutet *der Bär* und genauso hat er mich beschützt, das Reiten gelehrt und durch die Sierra Nevada getragen. Seine dunkelgraue Mähne fällt über seine Augen und die breite Brust. Meine Kehle wird eng und ich sehe mir das nächste Bild an. María lacht mir entgegen. Sie hat abgenommen, war sowieso immer schlank und wirkt nun etwas mager auf mich.

Heute Morgen laufe ich Gefahr, mich in den Erinnerungen an Spanien und die wundervollen Menschen, die mir auf der Reise durch Burgos, Salamanca und schließlich Granada mit La Esperanza begegnet sind, zu verlieren. Fünf Wochen können das Leben verändern oder ein Trauma heilen oder zumindest es zu akzeptieren lehren.

Tapsende Schritte holen mich aus meinen Gedanken.

»Was machst du denn schon so früh auf?«

»Ich war laufen. Oder ich habe es versucht.«

Paul, mein Mann, schüttelt verschlafen den Kopf. Seine blonde Mähne fällt ihm auf die Schulter, er streicht sich die Haare aus der Stirn, sein Gesichtsausdruck ist ernst. Er macht sich Sorgen, wieder mal. Eigentlich immer, seit ich im Stadtwald in Frankfurt überfallen worden war. Automatisch fährt meine Hand zu meiner versehrten Wange mit der Narbe in Form eines *N*, mit dem Messer in meine Haut geschnitten. Pauls Nasenflügel blähen sich, er schnüffelt und lächelt genießerisch.

»Ah, du hast schon Kaffee gemacht.«

Er schenkt sich eine Tasse ein, das Aroma hat sich in dem offenen Raum ausgebreitet. Die Welt der Düfte ist eine außerordentliche, und ich genieße sie sehr. Paul wirft einen Blick auf den Bildschirm meines Notebooks. Mit einem Anflug von schlechtem Gewissen schließe ich die Bilder. Weshalb bin ich froh, dass kein Bild von Fernando dabei war?

»Möchtest du darüber sprechen?«

»Es gibt nichts zu berichten«, sage ich entschieden.

»Du weißt, dass du das nicht tun musst. Meine Meinung dazu hat sich nicht geändert. Weshalb möchtest du dich zu etwas zwingen, wozu du offensichtlich nicht bereit bist? Ich verstehe das nicht.«

»Du musst es auch nicht verstehen.« Mein Ton ist schroffer als beabsichtigt, doch wir führen diese Unterhaltung nicht zum ersten Mal. »Solange ich diese Strecke nicht gelaufen bin, kann ich nicht endgültig abschließen.«

»Katharina,« er legt seine Hand auf meine, »wir führen ein gutes Leben, wir sind zusammen, uns fehlt es an nichts. Du hast alle Zeit, die du brauchst. Hast du deine Idee vorwärtsgetrieben?«

»Ich sammle noch Informationen.« Ob Paul merkt, wie gezwungen interessiert meine Stimme klingt?

»Ich unterstütze dich in allem, was du tust. Du wärst die geborene Ärztin und hattest doch schon immer den Wunsch, Medizin zu studieren. Jetzt wäre doch der richtige Zeitpunkt!«

»Ja. Das sehe ich auch so. Besonders da ich nichts Besseres zu tun habe.«

»Es war deine Entscheidung, nicht mehr als Krankenschwester zu arbeiten. Ziehst du es doch wieder in Erwägung?«

»Nein. Eigentlich nicht. Ich möchte etwas anderes machen.« Paul lächelt verkrampft, auch diesen Dialog führen wir nicht zum ersten Mal.

»Ich bin da ganz bei dir, Schatz. So, ich muss mich duschen und bin schon wieder spät dran. Ich liebe es halt, mir dir zu reden.« Er steht auf, räumt seine Tasse in die Geschirrspülmaschine und haucht mir im Vorbeigehen einen Kuss auf die Wange und verschwindet im Badezimmer. Gleich darauf höre ich Wasser rauschen. Langsam öffne ich den Bildschirm und sehe mir die restlichen Bilder an, verstohlen, als wäre es ein Geheimnis, wie sehr ich mich nach La Esperanza sehne. Das Atmen fällt mir leichter, der Blick in die Vergangenheit nimmt mir etwas von der Schwere, die mich ebenso im *Jetzt* begleitet wie im *Danach*. Es ist Januar und obwohl ich Andalusien zu dieser Jahreszeit nicht kenne, muss ich nur die Augen schließen und sehe mich im Bild. Ich umarme María, helfe ihr beim Backen des Mandelkuchens, ihr strenger Blick, wenn sie Alejandro, ihren Ehemann, bei dem Versuch ertappt, vom Teig zu naschen.

»Es ist schön, dich lachen zu sehen.« Paul steht hinter mir

und hat seine Hände auf meine Schultern gelegt. Ich schmiege meine Wange an seine warme Haut.

»María hat Bilder geschickt. Sie ist schmaler geworden, findest du nicht?«

»Ich finde, sie sieht sehr gut aus. Eine rassige Spanierin.«

»Ja, Temperament hat sie wirklich.«

»Wie geht es Fernando? Du erzählst wenig von ihm.«

»Ich denke, es geht ihm gut. Er mag es nicht, fotografiert zu werden.«

Paul drückt meine Schultern etwas fester. Mein Herz klopft schneller und ich frage mich, ob er spürt, dass ich mehr für den großen Spanier empfinde, als mir zusteht. Meine Kehle wird enger, *nie mehr,* flüstert mein Herz. Bevor Paul seine Hände von meinen Schultern nimmt, berühre ich seine Finger.

»Geht es dir heute gut, mein Schatz?«

Was soll ich sagen? Es gibt gute und weniger gute Tage. Manchmal fühle ich mich etwas freier und ich ertappe mich dabei, dass ich lache und dankbar für die Menschen bin, die ich im vergangenen Jahr kennengelernt habe. Mehr noch, ich kenne meine Wurzeln, die im sonnigen Andalusien liegen und mich wieder dorthin ziehen, als hätten sie mich mit unsichtbaren Fäden eingesponnen.

»Ja«, beantworte ich Pauls Frage.

»Wundervoll.« Seine Stimme klingt glücklich und das bringt mich zum Lächeln. Ich habe eine Entscheidung getroffen als ich auf *La* Esperanza war. Es ist alles gut so.

»Ich versuche, früher aus dem Büro zu kommen und hole uns etwas Leckeres aus dem ›Schweizer's‹?«

»Sehr gerne. Da hätte ich Lust darauf.«

»Prima. Du musst dir übrigens überlegen, ob du kündigen möchtest oder nicht. Mach reinen Tisch. Triff eine Entscheidung. Ich bin davon überzeugt, dass es dir einen Auftrieb verschaffen wird zu wissen, wo deine Reise hingeht. Du hast die Wahl.«

»Ich weiß. Es fällt mir nur so schwer.«

Im letzten Jahr gab es viele Entscheidungen zu treffen. Meine innere Stimme sagt mir, dass ich nicht mehr als Krankenschwester arbeiten möchte, der Stress ist immens und ganz abgesehen davon wäre nun der geeignete Zeitpunkt, mit dem Medizinstudium zu beginnen. *Triff eine Entscheidung.* Paul hat recht, ich greife mir das Telefon und tippe die Nummer der Pflegedienstleitung des Hospitals *Zum Heiligen Geist* ein. Drei Jahre habe ich dort als Nachtschwester gearbeitet, dann kam mein Überfall, gefolgt von einer missglückten Wiedereingliederung ins Arbeitsleben. Nach meiner Rückkehr aus Spanien und La Esperanza fühlte ich mich nicht in der Lage zu arbeiten und wurde freigestellt. *Triff eine Entscheidung.* Ich erkenne die weibliche Stimme sofort, die sich meldet.

»Hallo, Klara, hier ist Katharina Karl.« Das Gespräch ist kurz, wir vereinbaren einen Termin für den nächsten Tag, und ich habe das Gefühl, dass es für Entscheidungen zu früh ist. Paul freut sich, als ich ihm von meinem Termin mit der Pflegedienstleitung erzähle. Er ist ein Mensch, der vorwärtsstrebt. Das ist ein Wesenszug, der mich damals sehr angezogen hat. Seine Ideen waren aufregend, er steckte mich mit seiner Begeisterung an, ein Architekturbüro zu gründen.

»Wir haben ein schönes Leben, Paul.«

»Ja«, antwortet er überrascht. »Wie kommst du jetzt darauf?«

»Ich dachte an unsere Träume, die Anfänge deines Büros, meinen Wunsch, Medizin zu studieren.«

»Ich unterstütze dich. Du hast dir verdient, das zu machen, was du dir wünscht.«

Ich nicke ihm zu und lächle ihn an.

»Ich danke dir.«

»Du bist die Liebe meines Lebens.« Er drückt mir einen Kuss auf die Stirn. »Ich denke, ich schaffe es bis 18:00 Uhr. Das wird ein wunderschöner Abend.«

Hinter ihm fällt die Tür leise ins Schloss. Jetzt, da ich allein bin, habe ich das Gefühl, dass die Wohnung zu groß für mich ist. Ich beginne, die Fotos in einen Ordner zu transferieren, dort bewahre ich alle Bilder von La Esperanza auf, die María mir schickt. Wenn mich die Sehnsucht packt, sehe ich sie mir an und träume mich zurück an jenen Ort, der ein Stück meines Herzens für sich behalten hat.

Ich öffne eine neue E-Mail und augenblicklich sind meine tristen Gedanken verschwunden. Mateo hat mir geschrieben und mich daran erinnert, dass es nur noch eine Woche bis zu seiner und Albas Hochzeit ist. Ich schreibe zurück.

»Wie könnte ich das vergessen, Mateo? Es ist mein Highlight in diesem Jahr! Ich freue mich so sehr darauf! Ich kann es nicht erwarten, euch wiederzusehen. Umarme bitte Alba von mir.«

Burgos! Die erste Stadt in Spanien, die ich auf meiner Reise besucht habe. Wie gut kann ich mich an das Gefühl der Verlorenheit erinnern, als ich auf den Stufen der Kathedrale saß und meine Narbe unter einer dunkeln großen Sonnenbrille versteckte. Dann lernte ich Alba kennen und war meiner Großmutter Margarete sehr nah. Alba und Mateo waren Freunde meiner Großmutter gewesen, Alba vertraute mir ihr Geheimnis an und Mateo machte Alba, bevor ich Burgos verließ, um nach Salamanca weiterzureisen, einen Heiratsantrag.

In einer Woche war es nun so weit, nachdem die Hochzeit aufgrund Albas Schwächeanfall verschoben werden musste. Mateo war damals außer sich gewesen vor Sorge. Nun war sie gesund, und die beiden wollten keine Zeit mehr verlieren, und das mit zweiundachtzig! Die Aussicht, in die Stadt zu reisen, die mich auf meinen Weg ins *Jetzt* geführt hat, erfüllt mich mit tiefer Freude. Ich treffe zwei Menschen wieder, die ich liebe, obwohl ich sie nur einmal gesehen habe.

Ich weiß, dass ich im Laufe des Tages immer wieder die Bilder betrachten werde, sie sind meine Energiequelle und erfüllen mich mit Zuversicht und Mut. Heute in einer Woche fliege ich nach Burgos und Paul wird mich begleiten, ich werde Alba, die einstmals beste Freundin meiner Großmutter Margarete, in die Arme schließen können.

Das ist ein wenig so, als wären meine Großmutter und meine Mutter noch am Leben und wir könnten Zeit gemeinsam verbringen, die der frühe Tod der beiden uns genommen hat. Beschwingt von diesen Gedanken gehe ich ins Bad, lasse Wasser in die Wanne ein und gebe einige Tropfen Orangenöl dazu. Der frische Duft vertreibt meine Lethargie und streichelt meine Seele. Sanfte Musik schafft eine entspannte Atmosphäre, ich ziehe meine Sportkleidung aus und lasse sie auf dem Boden liegen. Den Blick in den großen Spiegel vermeide ich, die Narben in meinem Gesicht sind bald ein Jahr alt, langsam verblassen die Schnitte, doch für mich sind sie die Tür in die Vergangenheit – ich möchte auf keinen Fall hindurchgehen.

Vorsichtig steige ich in die große Wanne, gleite in das Wasser, strecke meinen Kopf nach hinten. Bis auf mein Gesicht bin ich von Wärme umgeben, die Schatten des Waldes geben auf und lösen sich von mir. Die Orangenbäume auf La Esperanza sind schwer von ihrer Last, die ersten Früchte werden bald geerntet, die weißen Blüten und leuchtenden Orangen zusammen an einem Baum gehören mit zu dem Schönsten, was ich jemals gesehen habe. *Blütenumduftet* fällt mir ein, ich flüstere es einige Male, damit ich es nicht wieder vergesse. Ein Wort für meine Sammlung.

Auch Paul hat wieder angefangen schöne Wörter für mich

zu suchen und sie mir mitzubringen. Nur ganz besondere schreibe ich in mein Buch und Paul freut sich sehr, wenn eines seiner dazugehört. Wie so oft in den letzten Monaten, träume ich mich an einen anderen Ort, lasse Begegnungen und Eindrücke Revue passieren, spüre Berührungen nach, immer wieder sattle ich den großen, sanften Schimmel Oso und reite mit ihm am Fluss entlang, der in die Sierra Nevada führt.

Das Wasser wird kühler, schnell wasche ich meine Haare, sie sind gewachsen, fallen mir auf meine Schultern und locken sich in alle Richtungen. Alles befindet sich auf dem richtigen Weg. Weshalb fühlt es sich oft nur nicht so an?

María schickt mir nicht nur Bilder, auch Abrechnungen, neue Verträge mit *Orangenbaum-Adoptanten*. Ich sichte den kompletten Nachmittag die Papiere, mache mir Notizen. Ich muss mit María telefonieren, noch besser mit Alejandro. Die Einnahmen sind zurückgegangen, auch weiß ich nicht, wie viel Kilogramm an Orangenernte erwartet werden. Wie schon heute Vormittag beschleicht mich ein ungutes Gefühl. Ich kann es nicht erklären und es ist sicherlich auch Unsinn. María und Alejandro würden mir alles sagen, besonders wenn es einen Einfluss auf die Finca hätte. La Esperanza, die Hoffnung. Ich sollte Vertrauen haben.

Kurz nach achtzehn Uhr höre ich Pauls Schlüssel. Er kommt bepackt mit Kartons herein und stellt alles mit einem *Uff*, auf die Küchentheke. Ich habe den Tisch eingedeckt und kurze Zeit später sitzen wir uns gegenüber. Ich trinke einen Schluck von meinem *Luganer*. Paul prostet mir zu, seine blauen Augen mustern mich. Er versucht zu ergründen, wie es mir geht, ob ich *Fortschritte* in meiner psychischen Genesung mache, ob es *aufwärts* geht.

»Wie hast du heute deinen Tag verbracht?»

»Alejandro hat einiges an Papieren geschickt, ich habe mich am Nachmittag damit beschäftigt.«

»Wie läuft es? Wie sieht es mit den Orangenbaum-Adoptionen aus?«

»Ich denke, es könnte besser sein.« Tatsächlich bin ich davon überzeugt, in den ersten Monaten wurden fast alle Bäume vergeben, die Idee Orangenbäume zu adoptieren und nur das zu produzieren was schon verkauft war, kam sehr gut im Markt an. »Ich habe schon einige Male angerufen, doch ich habe niemanden erreicht.«

»Mach dir nicht immer gleich solche Gedanken mein Schatz. Sie sind sicherlich alle im Stress, die erste Ernte steht vor der Tür.«

»Ja. Du hast bestimmt recht. Ah, heute in einer Woche fliegen wir nach Burgos! Ich kann dir gar nicht sagen, wie sehr ich mich darauf freue!«

Pauls Miene wird ernst. »Das wollte ich mit dir besprechen, allerdings erst nachdem wir gegessen haben.«

»Was meinst du?«

»Ich kann leider nicht mit nach Burgos.« Er hebt beide Hände, als müsse er mich abwehren. »Das neue Projekt fordert mich und ich kann Sabine noch nicht allein damit lassen.«

»Hast du sie eingestellt, um dich zu entlasten?«

Paul lacht. Solche Töne kennt er nicht von mir, ich von mir auch nicht.

»In erster Linie habe ich sie eingestellt, um uns zu vergrößern. Was ist denn los? Du weißt doch, dass ich mich auch sehr auf Spanien gefreut habe.«

Schweigend esse ich meinen Salat. Ich werde allein nach

Burgos fliegen und wenn ich ehrlich mit mir bin, habe ich nichts dagegen.

Den Rest des Abends sind wir beide schweigsam, als hätten wir kein gemeinsames Thema. Ich trinke etwas zu schnell etwas zu viel Wein und als wir beide im Bett liegen rutsche ich so weit wie möglich an den Rand meiner Seite.

2

Direkt vor dem Hospital finde ich einen Parkplatz. Mit klopfendem Herzen betrete ich meinen ehemaligen Arbeitsplatz, den ich als Teil meiner Persönlichkeit gesehen hatte.

Auf dem Weg zur Pflegedienstleitung begegnen mir viele bekannte Gesichter, Arbeitskollegen, die ich lange nicht mehr gesehen habe. Keiner begrüßt mich überschwänglich, fragt mich, ob ich wiederkomme. Nach dem Überfall hatte ich mich zurückgezogen, als ich aus Spanien zurückkehrte nahm ich mir vor, mich bei meinen Freunden zu melden, doch die Tage und Wochen vergingen.

Ich klopfe an die Tür, warte, bis ich ein kräftiges *Herein* höre und stehe der resoluten Pflegedienstleitung gegenüber.

»Katharina!«, ihre Stimme dröhnt, was gar nicht zu ihrer zierlichen, kleinen Statur passt.

»Ist das schön, dich wieder zu sehen! Endlich. Du siehst ja klasse aus. Du warst in Spanien, wie ich gehört habe? Und da bist du freiwillig wieder zurückgekommen?« Sie lacht, klopft mir auf die Schulter und deutet auf den Stuhl vor ihrem Schreibtisch.

»Setz dich, wir haben viel zu besprechen.«

»Danke, Klara, dass du Zeit hast.«

»Papperlapapp! Du möchtest deine Arbeit wiederaufnehmen?«

Das ist typisch Klara, sie redet nicht um den heißen Brei. Sie hatte mich vor fast vier Jahren eingestellt, wir waren uns von Anfang an sympathisch gewesen.

»Klara, ich werde nicht zurückkommen. Allein der Gedanke nachts zu arbeiten ...«

»Wenn es daran liegt, kannst du in den Tagdienst wechseln. Du bist eine großartige Mitarbeiterin und wir wollen dich nicht verlieren.«

»Danke Klara, das weiß ich zu schätzen.«

»Wir kennen uns jetzt schon einige Jahre Katharina. Sag mir ehrlich was Sache ist.«

»Ich werde nicht mehr in der Pflege arbeiten. Was in der Wiedereingliederung geschehen ist, hatte mich wieder völlig aus der Bahn geworfen.«

»Es war viel zu früh für dich wieder zu arbeiten. Brauchst du noch mehr Zeit?«

»Klara, es tut mir leid, was das angeht bin ich mir sicher. Alles andere ... keine Ahnung.«

»Selbstverständlich. Ich bin ehrlich zu dir. Ich bin enttäuscht, verliere dich ungern, doch natürlich unterstütze ich dich. Was ich dir versprechen kann ist, dass du jederzeit zu uns zurückkommen kannst. Hast du denn schon andere berufliche Ziele?«

»Ich liebäugle damit Medizin zu studieren. Du weißt ja, das war mein Wunschtraum und nun könnte ich mir diesen erfüllen.«

»Natürlich! Das hast du dir verdient.«

»Klara, kannst du mir erzählen, wie Frau Rose gestorben

ist? Ich hatte ihr versprochen mich um sie zu kümmern, dann ging ich in meine freie Zeit und dann kam der Überfall.«

Ben mein Freund und Arbeitskollege besuchte mich im Krankenhaus und gab mir einen Brief von Frau Rose für mich. Sie schenkte mir ein Gedicht, das ihr Ehemann Alexander vor vielen Jahren für sie geschrieben hatte.

»Eine besondere Dame diese Frau Rose. Sie ist eingeschlafen und nicht mehr aufgewacht. Sehr friedvoll.«

»Sie sehnte sich nach ihrem Mann, beide waren siebzig Jahre verheiratet. Ihre Geschichte hat mich berührt.«

Klara tätschelt meine Hand. Jeder von uns hat seinen Patienten, den man nie vergisst. Gut.« Klara steht auf und begleitet mich zur Tür.

»Möchtest du auf deiner Station vorbeischauen? Dann begleite ich dich.«

Schnell schüttle ich den Kopf. »Ich fahre nach Hause.«

Klara nimmt mich in den Arm und drückt mich kurz, schiebt mich aus der Tür. Als ich das Krankenhaus verlasse, fühle ich mich, als hätte ich eine Mauer eingerissen. Es war die richtige Entscheidung.

Obwohl ich keine Sportkleidung trage, fahre ich auf den Parkplatz des Frankfurter Stadtwalds. Heute ist der Himmel klar, das helle Blau legt sich wie ein Filter auf die schwarzen Bäume und lassen sie wie versteinernde Riesen wirken. *Es kann dir nichts mehr geschehen.*

In sechs Tagen bin ich in Burgos, ich werde über die glatten, abgewetzten Steine durch die Altstadt gehen und Alba zusehen, wie sie den Flamenco tanzt und Mateo sie an der Gitarre begleitet. Dieser Tag hat allem ein Stück von seinem Schrecken entrissen, ich fühle mich frei und euphorisch.

Lächelnd nehme ich mein Handy und rufe Paul in der Firma an.

»Hallo Schatz. Was gibt es denn?«

»Ich war bei Klara und habe gekündigt.«

»Ja. Schön. Wie geht es dir damit?«

»Wirklich gut. Diese Entscheidung war richtig. Ich fühle eine Last weniger auf mir.«

»Großartig. Ich gratuliere dir. Alles ist gut Schatz. Du musst es nur zulassen. Ich habe es dir doch versprochen. Ich liebe dich.«

»Ich liebe dich auch.« Kleine Worte, die ich nicht gerne ausspreche, obwohl ich sie in meinem Leben nur zu Paul gesagt habe. Fernandos Blick schiebt sich in meine Erinnerung und mein dummes Herz stolpert.

DIE FOLGENDEN TAGE recherchiere ich über die Möglichkeiten, Medizin zu studieren, doch richtig begeistert mich die Vorstellung nicht. Grinsend gebe ich in die Suchmaschine *Burgos, Wetter* ein und freue mich. Obwohl es in Burgos allgemein im Winter nass ist, scheinen Alba und Mateo Glück zu haben, es wird Sonnenschein vorhergesagt. Mein Koffer ist gepackt, es ist kalt und ich kann mir das gar nicht vorstellen. Wie heiß es doch im Frühjahr war. Morgen Vormittag fliege ich, morgen komme ich heim nach Spanien. Den letzten Abend vor meinem Abflug verbringe ich allein zu Hause. Paul hat im Büro zu tun, wie immer bei großen Projekten ist er gefordert und wenig daheim. Er liebt seine Arbeit, ich hatte noch nie in unserer Beziehung das Gefühl, dass er überarbeitet oder überfordert wäre. Er ist das Sinnbild eines glücklichen Mannes, der vollkommen in seinem Beruf aufgeht.

Um Mitternacht gehe ich ins Bett und werde wach, als er nach Hause kommt. Er scheint etwas getrunken zu haben, ich kauere mich zusammen als er sich ins Bett legt und auf meine Seite rutscht.

»Bist du wach Katharina?«, flüstert er, doch ich antworte nicht. Meine Kehle schnürt sich zu und ich halte die Luft an. Er wartet noch etwas, streicht über meine Haare und rollt sich dann seufzend zurück auf seine Seite. Ich atme aus und Scham tropft wie Gift in meine Gedanken. *So kann es nicht weitergehen.*

AM NÄCHSTEN MORGEN nimmt sich Paul die Zeit und fährt mich zum Flughafen. Ich frage ihn nicht, weshalb er so spät nach Hause gekommen ist und er bringt auch nicht die Sprache darauf. Unser Abschied ist etwas kühl, als würde ein Hindernis zwischen uns stehen, was es auch tut. Nur weiß ich nicht wie ich darüber klettern soll.

»Pass auf dich auf, ja?«

»Ja. Ich rufe dich an, wenn ich in Burgos angekommen bin.«

»Bitte tu das. Richte Alba und Mateo meine Grüße aus. Ich hätte sie gerne kennengelernt. Wir holen das nach.«

Eine Floskel.

»Ich richte das aus. Bis in einer Woche.«

»Katharina, ich liebe dich!« Sein Tonfall ist gehetzt, er zieht mich in seinen Arm und küsst mich auf den Mund. Ich schließe meine Augen und zähle bis zehn. Dann bin ich frei. Paul winkt mir zu und wendet sich dem Ausgang zu.

Burgos, die erste Station einer emotionalen Reise hatte mich zu Alba gebracht, der besten Freundin meiner Großmutter und ein wunderbarer Mensch. Freude wächst in mir wie eine seltene kleine Pflanze, ich kann es kaum mehr erwarten die beste Freundin meiner Großmutter wiederzusehen.

3

Ich habe fast den kompletten Flug verschlafen und bin froh, als ich mit meinem Koffer durch den kleinen Flughafen nach draußen gehe. Ich sehe mich nach einem Taxi um und erschrecke, als mir jemand auf die Schulter tippt.

»¡Hola, Katharina!«

»Mateo! Das ist eine Überraschung! Ich freue mich so sehr!« Ich falle augenblicklich in die spanische Sprache, als wäre sie ein weiches Daunenbett. Mateo hat sich in einem Jahr fast nicht verändert, seine Haare sind vielleicht noch grauer geworden, doch er ist agil wie eh und je. Er geht auf die Zehnspitzen, streckt sich zu mir und wir umarmen uns. Ich bekomme zwei Küsse auf die Wangen und einen Klaps auf die Schulter.

»Natürlich hole ich dich ab. Alba würde mir sonst schon vor unserer Ehe, die Hölle heiß machen, das kannst du mir glauben. Außerdem wollte ich es ebenso gerne.« Er lächelt ansteckend, zeigt die Zahnlücke. Sein Gesicht legt sich in Falten, er sieht so glücklich aus, dass ich vor Freude weinen muss. Meine Gefühle tanzen, so einen Überschwang habe ich seit Monaten nicht mehr erlebt.

»Also *Guapa,* Alba terrorisiert seit heute Morgen Miguel, weil sie den Speiseplan ständig umwirft und er nicht weiß, was er kochen soll. Es ist gut, dass du da bist. Hoffentlich kommt sie auf andere Gedanken.«

»Wie geht es euch?« Mateo geht vor mir zum Auto und legt ein Tempo vor, das man einem Mann jenseits der achtzig nicht zutraut. Alba und Mateo sind in jeder Hinsicht eine Ausnahme.

»Alba geht es besser, es ist schade, dass wir die Hochzeit verschieben mussten.«

»Ist wirklich alles wieder in Ordnung?«

Mateo dreht sich in meine Richtung. »Du kennst sie doch. Eine Kämpferin. Sie hat alles gut überstanden.«

Alba hatte uns allen große Sorgen bereitet, musste am Herzen operiert werden und hatte sich langsam erholt. Ich machte mir Sorgen, ob die Hochzeit nicht zu früh geplant war. Doch Alba ließ sich nichts sagen, wenn sie sich einmal zu etwas entschlossen hatte. So gab es nun eine Hochzeit im Dezember.

Beim Auto angekommen, hievt Mateo meinen Koffer in das Auto, hält mir galant die Beifahrertür auf und lenkt das kleine Fahrzeug durch den lebhaften Verkehr Burgos.

»Hier steigst du aus, ich parke das Auto und wir sehen uns in Casa Alba, gut?«

Unter dem Hupen der anderen Verkehrsteilnehmer hält Mateo am Bürgersteig, ich hole den Koffer aus dem Kofferraum, er gibt Gas und winkt mir aus dem geöffneten Fenster zu.

Die Sonne begrüßt mich, es ist kühl, aber sehr angenehm. Meinen Koffer hinter mir herziehend gehe ich die Straße entlang, biege in eine Gasse und stehe vor der Kathedrale von

Burgos, die nichts von ihrer Faszination auf mich eingebüßt hat. Als ich das erste Mal auf den Stufen vor der Kathedrale saß, war ich regelrecht aus Frankfurt geflüchtet, voller Angst und gefangen im *Danach.*

Obwohl der helle Stein kalt ist, setze ich mich auf die Treppen und halte mein winterblasses Gesicht in die Sonne. Ich atme bewusst tief ein und fühle mich La Esperanza mit seinen Menschen so nah wie nie seit meiner Rückkehr nach Deutschland, obwohl fast 700 Kilometer zwischen den Städten Burgos und Otura liegen. Voller Vorfreude stehe ich auf, ich bin mehr als bereit, Alba Garcia Lopez zu sehen. Fünf Minuten später stehe ich vor der Pilgerherberge, öffne die Tür und laufe Alba wie beim ersten Mal direkt in die Arme.

»*Me algro de verte,* Katharina! *Ahora todo està bien.*«

»Ich bin auch glücklich dich zu sehen Alba!« Tränen steigen in mir auf, gute Tränen. Wie sehr ich zu Spanien gehöre, als wäre ich hier geboren und aufgewachsen. Ich habe diese Selbstverständlichkeit verlassen, denn ich gehöre ebenso nach Deutschland, zu Paul. Alba tätschelt mit ihrer winzigen Hand meine Wange, ihre weißen Locken hüpfen um ihr Gesicht wie eh und je, doch kommt es mir so vor, als wären die Linien in ihrem Gesicht tiefer und ihre dunkelbraunen Augen blasser. »Wie geht es dir Alba, ich habe mir Sorgen gemacht.«

Alba lacht und für einen Moment sehe ich sie jung, am Plaza Major, mit meiner Großmutter Margarete dem Gitarrenspiel Mateos lauschen. Sie wedelt meine Bedenken mit ihrer Hand in eine andere Dimension, nimmt meine Hand und zieht mich in das Café. Für ein Wochenende hat Alba die Herberge für die Pilger geöffnet, die den Jakobsweg wandern, den herkömmlichen Restaurantbetrieb geschlossen. Ich sehe mich um, ich kann keinen Unterschied erkennen. Das Lokal ist voller Menschen, die mich begrüßen, als würden sie mich kennen. Ich werde in Umarmungen gezogen, bekomme Küsse auf die Wange, werde herumgereicht, bis Alba einschreitet.

»Jetzt bringe ich Katharina auf ihr Zimmer.« Resolut klingt ihre Stimme und ich kann den Berührungen entgehen.

»Eine wahnsinnige Meute«, erklärt Alba grimmig. »Alle sind neugierig auf dich. Ich habe viel von dir erzählt. So, da sind wir schon. Du hast dasselbe Zimmer, wie bei deinem ersten Besuch.«. Sie stößt die Zimmertür auf. Das erste was mir auffällt ist der Duft nach Orangen, der mich in meine Erinnerungen katapultiert.

»Alba, Orangenduft, wie wunderbar.«

Sie lacht leise und streicht über meinen Arm. »Das ist für dich, kommt direkt aus La Esperanza. María hat mir einige Fläschchen von ihrem Öl geschickt.«

Die Anspannung fällt von mir wie ein schwerer Mantel, ich beuge mich zu diesem Lieblingsmensch und nehme sie in den Arm. Wie ein zerbrechliches Vögelchen fühlt sie sich an und doch ist sie einer der stärksten Menschen, die ich kenne.

»Ich danke dir so sehr. Du hast Kontakt zu María?«

»Natürlich. Mateo und ich haben auch einen Orangenbaum adoptiert.«

»Das ist ja großartig! Unglaublich. Das wusste ich nicht.«

»Der Baum heißt *Flamenco*. Nicht besonders originell, doch Mateo bestand darauf.« Sie seufzt übertrieben und verdreht die Augen. Ich lache und bin nicht überzeugt davon, dass Mateo irgendetwas ohne Alba entscheiden wollte oder könnte.

»Jetzt ruh dich aus und komm herunter, wenn du so weit bist.«

Mein Blick fällt auf das Bett, mit den vielen Kissen. Das sieht einladend aus. Ich nicke und sehe Alba zu, wie sie den Raum verlässt, nicht ohne mir eine Kusshand zuzuwerfen. Pflichtbewusst packe ich meinen Koffer aus, hänge meinen eleganten Hosenanzug auf einen Bügel. Morgen heiraten Alba und Mateo, beide sind über achtzig. Ich stelle mir vor, dass meine Großmutter und meine Mutter hier wären und gemeinsam diesen schönen Tag feiern könnten. Doch habe ich beide mit siebzehn Jahren verloren und mein Leben nahm eine andere Wendung. Nur mit Unterwäsche lege ich mich auf das Bett und zähle die Holzvertäfelung der Tür, Ruhe kehrt in mich ein und eine leise Sehnsucht lässt mich die Augen schließen. Die Stille im Raum wird drückend, meine Gedanken fliegen nach Andalusien zu La Esperanza.

Ich sehe mich zum Stall gehen, Oso streckt seinen edlen Kopf aus der Tür und wiehert leise, als er mich sieht. Zwischen dem Schimmel und mir war von Anfang an eine Verbindung, als hätte er erkannt, dass ich traumatisiert bin und Hilfe brauche. Ich führe ihn aus dem Stall, schwinge mich auf seinen Rücken und reite am Fluss entlang. Fernando ist auf Pajarito neben mir, wir treiben unsere Pferde an, ein Wettrennen bis zur Biegung. Wir halten an, sind uns nah. *Du kannst jederzeit zurückkommen*, waren seine letzten Worte zu mir. Immer und immer wieder spiele ich in Gedanken die letzten Stunden auf *La Esperanza* durch, jeder Blick, jede Geste ist mir wertvoll. Ich habe mich nie gefragt, ob es die richtige Entscheidung war zu Paul zurückzukehren. Für meine Ehe zu kämpfen war die einzige Option. Das Klopfen an der Tür lässt mich aus meinen Tagträumen aufschrecken.

»Bist du ausgeruht?« Mateo versucht leise zu sprechen, ist jedoch durch das ganze Haus zu hören.

Ich springe aus dem Bett. »Soll ich nach unten kommen?«

»Ja. Es ist noch nicht so spät, doch wir wäre es mit einem Carajillo?«

»Da kann ich nicht widerstehen. Ich bin sofort da.«

Mateo gluckst. »Das dachte ich mir. Klappt jedes Mal. Ist mein Geheimnis, was Frauen angeht.«

Ich grinse in mich hinein und Wärme breitet sich in mir aus, als hätte ich den *Carajillo* schon getrunken.

Im Bad wasche ich mein Gesicht und kämme durch meine Haare, ich bin wie zerzaust und entscheide mich, es so zu lassen. Ein wenig Wimperntusche und Lippenstift. Meine Narbe fällt mir kaum mehr auf, im Gegenteil, kann ich mich fast nicht mehr daran erinnern, wie ich ohne die Schnitte in meinem Gesicht ausgesehen habe. Im *Davor*, als mein Leben nicht fremdbestimmt war, als sich Kapuzenmann noch nicht in meinem Gesicht mit dem Messer verewigt hatte.

Bevor ich den Raum betrete, höre ich Lachen und Musik. Ich bin dankbar, bei der Hochzeit dieser beiden lieben Menschen dabei sein zu dürfen. Mit einem Anflug schlechten Gewissens fällt mir ein, dass ich Paul nicht Bescheid gegeben habe, dass ich gut in Burgos angekommen bin. Ich tippe schnell ein paar Wörter und schicke es ihm.

»Ah, Katharina! Unser Ehrengast!«

»Ähm. Hallo.« Ich winke, alle Augen sind auf mich gerichtet. Das ist mir zu viel Aufmerksamkeit. Mateo sitzt auf einem Stuhl in der Mitte des Raumes, seine Gitarre in der Hand. Sätze fliegen hin und her, es wird geneckt, gelacht, die Stimmung ist ausgeglichen. Mateo zieht einen Stuhl an seine Seite und winkt mich zu sich.

»Komm Katharina, setz dich neben mich!«

Zögernd gehe ich auf ihn zu. Das schwarz-weiße Schachbrettmuster der Fliesen verschwimmt vor meinen Augen, auf der geschwungenen Theke ist ein Teil der Speisen schon angerichtet, aus der Küche tönt Albas hohes Gelächter zu mir gefolgt von einer männlichen Stimme, die mir bekannt vorkommt. Bevor ich mich setzen kann, schwingt die Tür zur Küche auf und ein junger, attraktiver Mann mit schwarzem

Haar und strahlendem Lächeln kommt mit ausgetreckten Armen auf mich zu.

»Meine Güte, Katharina! Wie schön.« Er umarmt mich etwas zu lange und küsst mich auf die Wangen. Es ist Miguel, der fantastische Koch der Casa Alba und ein Herzensbrecher. Hugo, der Hüne stapft hinter Miguel her und schüttelt meine Hand. »Katharina, es freut mich sehr, dass du wieder hier bist.«

Miguel grinst anzüglich. »Sei nur vorsichtig Hugo, sonst bekommst du noch Ärger.«

»Der Einzige, der hier Ärger bekommt bist du, und zwar mit mir!«

Ich schüttle den Kopf und lache, dieses Hickhack zwischen den beiden hat sich nicht verändert. Damals ging es um Katzen und die schöne junge Kellnerin María, wenn ich mich richtig erinnere. Ich nehme mir vor Alba zu fragen, wenn es passt. Es ist zwanzig Uhr, zum Abendessen viel zu früh für die Spanier, mein Magen allerdings knurrt herrisch und erinnert mich daran, dass ich aus das Frühstück ausfallen ließ. Als ich Platz genommen habe, winkt Mateo Hugo zu und Augenblicke später habe ich eine Tasse *Carajillo* in den Händen. Ich nehme einen Schluck und pure Energie und Lebenslust breitet sich in meinem Körper aus.

»Na, schmeckt er dir immer noch?«

»Ja! So sehr! Vielleicht sollte ich noch einen trinken?«

Mateo lacht, winkt und ruft: »Hugo, noch zwei! Für mich auch!«

Seine Finger bewegen sich über die Saiten, verspielt, als führten sie ein Eigenleben und wären abgekoppelt vom restlichen Mateo. Er sieht mich an, hält meinen Blick fest und beginnt zu summen. Seine Finger sind trotz seines Alters lange und gerade, sensibel und schön, wie so oft bei Menschen mit einer künstlerischen Begabung.

»Katharina, du bist hier unter Freunden.«

»Ja. Ich fühle mich wohl und sicher.«

Mateos dunkle Augen scheinen hinter die Musik zu blicken, seine Gesichtszüge werden weich, um sich dann anzuspannen, je leidenschaftlicher die Melodie wird. Die Haare an meinem Armen stellen sich auf, die Musik schenkt mir Bilder, so farbenfroh, dass ich glaube, den Wind durch die Orangenbäume wehen zu hören. Das ist der Carajillo, sage ich mir. Der Alkohol geht mir schnell ins Blut.

»Der Flamenco ist magisch Katharina. Wenn du ihn verstehst, zeigt er dir, was du wirklich brauchst. Wo du hingehörst.«

Die Musik wird eindringlicher, ein Gast beginnt rhythmisch zu klatschen, Mateo hat seinen Kopf schiefgelegt, die Augen geschlossen und seine ganze Hand fliegt über die Saiten. Auch ich schließe meine Augen, mein Herz schlägt im Klang mit der Musik. Ich fühle mich Margarete nahe, als wäre sie mit mir im Raum. Die Sehnsucht aufzuspringen und zu tanzen, erfüllt mich. Ich beginne zu klatschen und spüre ein Feuer in mir, dass ich verloren glaubte. Zu Mateos Gitarrenspiel gesellt sich eine andere, Stühle werden gerückt, der Kreis um Mateo und mich wird erweitert. Woher sind die Leute gekommen? Es sind zwei Männer, im schimmernden Licht sehen sie jung aus, der eine hat seine Haare zu einem Zopf gebunden, nickt mir ernst zu und fällt in das Spiel ein. Den anderen Mann kann ich fast nicht erkennen, die Lampen sind heruntergedämmt, die Stimmung ist ausgelassen und doch empfinde ich die Atmosphäre im Raum als emotionale Achterbahnfahrt für mich. Ich bin eingefangen vom Flamenco, der meine Gedanken an die Oberfläche zerrt, Gedanken, die ich mir verwehre. *Was wäre, wenn? War es die richtige Entscheidung?* Ich atme flach und schnell, der Gitarrenspieler mit dem Pferdeschwanz beginnt zu singen. Mein

Körper kribbelt, die Anspannung meiner Muskeln wird schmerzhaft. Dann ist es vorbei. Ringsum brandet Beifall auf, jemand drückt mir ein Glas mit Wasser in die Hand, dass ich hinunterstürze wie eine Verdurstende.

»Geht es dir gut?« Mateo wirkt besorgt. Wenn ich so aussehe wie ich mich fühle, verstehe ich, dass er mich nach meinem Befinden fragt.

»Ich glaube schon.« Mein Hals ist rau und meine Stimme leise, doch Mateo hat mich anscheinend verstanden.

»So, ich denke das Essen ist so weit angerichtet.« Mateos Stimme erreicht auch die letzte Ecke, einige klatschen, mein Magen knurrt laut. In der Zwischenzeit ist die Theke vollgestellt mit Platten unterschiedlicher Größen.

Ein unwiderstehlicher Duft nach gebratenem Knoblauch füllt das Lokal. Als Alba mit Miguel und Hugo aus der Küche kommt, wird sie vom Applaus der Gäste empfangen. Sie winkt ab und lächelt strahlend. Hinter ihr steht eine junge dunkelhaarige Frau, die sich an Hugo schmiegt. Das ist die schöne María, um deren Gunst Miguel und Hugo gebuhlt hatten. Ich lächle in mich hinein, als ich ihren Bauch sehe. Hugo hat die Schlacht für sich gewonnen, sie bekommen anscheinend ein Baby. Das rührt mich und zeigt mir auch, dass die Erde sich weiterdreht und ich ein Leben führe, das weit entfernt von Flamenco, den temperamentvollen Menschen und diesen überschäumenden Gefühlen ist.

»Katharina, komm her. Mateo, jetzt musst du sie mir überlassen!«

»Natürlich Liebste, *mi corazón.*«

Alba duftet nach köstlichem Essen, sie lacht mich glücklich an und deutet auf die vielen Teller und Platten, die gefüllt sind mit Köstlichkeiten.

»Schau, das ist das Probeessen für unsere engsten Freunde. Morgen nach der Hochzeit gibt es von allem etwas mehr.

Schau, hier sind die unterschiedlichen Kartoffeln, gebacken mit Chili und grünem Paprika, geröstet mit Aïoli. Magst du probieren? Nimm dir doch!« Sie drückt mir einen großen Teller in die Hand.

»Diese hier sind auch mit Knoblauch, der vorher geröstet wurde, ohne Chili. Sehr pikant.«

Die Menge auf meinem Teller wächst und wächst, ich kann nicht widerstehen und greife mit dem Finger ein Stück und schiebe es mir in den Mund.

»Wahnsinn. So lecker!«

»Hier vorne sind die Dips und das gegrillte Weißbrot, Auberginen, Oliven, Bohnen. Nimm dir.«

Ich weiß gar nicht wo ich anfangen soll, nehme mir vor, mich komplett durchzuarbeiten, auch wenn ich platzen sollte. Die spanische Küche hat mich so begeistert, fantasievoll mit einfachen Zutaten und aromatisch gewürzt.

»Was trinkst du denn Katharina?«

»Wasser«, nuschle ich mit vollem Mund.

»¡Dios mio! María, gib Katharina ein Glas Wein.«

Ich nehme einen Schluck vom Glas, dass María mir lächelnd reicht. »Danke María und herzlichen Glückwunsch zum Baby.«

Die schöne Spanierin streicht sich über den Bauch.

»Danke. Es wird ein Mädchen. Ich bin so glücklich.« Sie dreht sich zu Hugo und küsst ihn auf die Wange. »Es ist wie in einem Traum.«

Alle Gäste drängen sich um die Theke, ich schüttle Hände, die vielen Namen kann ich mir nie merken. Jeder von ihnen weiß, wer ich bin, Alba und Mateo haben mich angekündigt wie einen Ehrengast. Keiner starrt auf meine Narbe und ich bin entspannt wie schon lange nicht mehr. Auf meinem Teller ist noch Platz für grüne Bohnen mit Serrano-Schinken, Tomaten mit Reisfüllung, kleine Ecken Tortilla mit Käse,

Chorizos, Seeteufel-Rosmarinspieße mit Speck. Bevor ich zum Tisch zurück kann, legt Alba mir noch einige Stücke leckeren, warmen Weißbrotes auf meinen Teller, nimmt mir das Weinglas ab und begleitet mich zum Tisch. Eine spanische Familie mittleren Alters begrüßt mich, es scheinen drei Generationen zu sein, was sich bei der Vorstellung bestätigt. Sie reden durcheinander, necken sich und erzählen mir Geschichten über Alba und die Herberge, den Jakobsweg und Mateos Flamencospiel. Dankbar höre ich zu, ich muss nichts sagen und kann mich den Köstlichkeiten auf meinem Teller widmen. Mein Glas scheint nicht leer zu werden und langsam ist mein Kopf leergefegt. María nimmt mir meinen leeren Teller ab und verspricht mir, weitere Köstlichkeiten zu bringen. Entspannt lehne ich mich zurück, ziehe mein Handy aus der Tasche. Kein Anruf oder eine Nachricht. Weshalb meldet sich Paul nicht? Spontan wähle ich seine Nummer, es klingelt durch, auch das ist ungewöhnlich. Überrascht stelle ich fest, dass María meinen Teller gegen einen gefüllten ausgetauscht hat, ohne dass ich es bemerkt habe. Gegrilltes Fleisch mit süß schmeckenden Kräutern liegt neben frittierten Miesmuscheln.

»Katharina, was sagst du? Schmeckt es dir?«

»Alles ist einfach unglaublich fein. Es ist so schön, wieder hier zu sein, Alba.«

»Ich setze mich einen Augenblick zu dir Katharina.«

»Die Vorbereitungen sind sehr anstrengend kann ich mir vorstellen. Ist dir das nicht zu viel?«

»Ich habe nicht so eine Menge zu tun. Alle passen auf mich auf wie ein Luchs, dass ich mich nicht überanstrenge. Ich weiß nicht wie lange mir noch bleibt, Katharina.« Liebevoll legt sie mir ihre kleine Hand auf die Wange. »Egal was du sagst, es ist die Wahrheit. Doch ich bin zweiundachtzig Jahre alt und heirate morgen meine große Liebe!« Alba dreht ihren

Kopf und beobachtet Mateo, der auf der gegenüberliegenden Seite des Raumes mit den anderen Gitarrenspielern zusammensitzt und heftig im Gespräch gestikuliert. Als wäre Albas Blick eine Berührung, unterbricht Mateo das Gespräch und sieht sie an. Einen innigen Augenblick lang scheinen sie an einem Ort zu sein, zu dem nur sie beide Zutritt haben.

»Allein das ist ein Wunder und ohne dich Katharina, wäre es nicht so weit gekommen. Dafür danke ich dir von Herzen.«

»Ich habe nichts getan.«

»So viel mehr als du denkst. Du hast nachgefragt und hast mich Margaretes und unsere Geschichte mit anderen Augen sehen lassen. Du hast mir verziehen und dadurch konnte ich mir vergeben.« Alba beugt sich zu mir, ihre Locken kitzeln mich. »Wenn ich jetzt sterben würde, Katharina, wäre ich mit mir im Reinen. Ich trauere nicht den Jahren nach, die ich nicht mit Mateo als Liebespaar verbringen durfte. Ich bin so glücklich, dass wir jetzt zueinander gefunden haben. Ich habe ihn die ganzen langen Jahre über geliebt und es mir verboten diese Liebe zuzulassen, wegen meiner Eifersucht auf deine Großmutter.«

Sie schweigt ergriffen, schließt die Augen. Tränen laufen ihre Wangen hinunter, sie wischt sie nicht weg, als wären sie ein Tribut an ihr Leben.

»Deshalb Katharina, ich weiß nicht was kommt, doch ich lebe jeden Tag und existiere nicht mehr nur. Ich kann endlich lieben. Verstehst du?«

Ich verstehe nur zu gut. Bevor ich etwas erwidern kann, streicht mir jemand über meine Haare.

»Was ist denn hier los? Meine beiden Lieblingsfrauen sind emotionsgeladen und sentimental? Nichts da! Wie wäre es mit einem Tänzchen, *mi corazón*?«

Alba ergreift seine Hände und lacht. »Da hast du aber lange gebraucht!«

Vier Männer sitzen am Rand der provisorischen Tanzfläche und stimmen eine langsame Melodie an. Mateo nimmt Alba in den Arm, beide tanzen, als hätten sie nie etwas anderes getan. Ich werde im Laufe dieses Abends auch zum Tanz aufgefordert und genieße es zu tanzen. Die vielen spanischen Namen schwirren in meinem Kopf herum. Hugo und María tanzen ebenso, ich suche Miguel und sehe ihn hinter der Tür zur Küche. Er sieht verletzt und traurig aus und scheint noch immer in María verliebt zu sein. Mein Tanzpartner ist ein älterer Mann, der die Augen beim Tanzen geschlossen hält und in der Musik aufzugehen scheint. Ich lasse mich führen, die Musik bringt mich nach La Esperanza, wo mein Herz ist.

Ein Tusch wird gespielt, es wird still und alle starren auf Hugo, der vor María in die Knie geht. Sie schlägt die Hände vor ihrem Gesicht zusammen, Hugo hält einen Ring zu ihr.

»Willst du mich heiraten? Wollen wir unserem Kind eine Familie sein?«

Alle halten den Atem an, María streicht sich die Haare aus der Stirn, langsam, sie liebt den großen Auftritt. Ich kann nur vermuten, was im Augenblick in Hugo vorgeht und habe wirklich Mitleid mit ihm. Dann legt sie mit einer eleganten Geste ihre Hand auf seine Schulter.

»*Sí. Claro.*«

Beifall brandet auf, Hugo springt auf und nimmt sie zärtlich in den Arm. Ich lache und weine zugleich. Diese Emotionen! Was habe ich für ein ruhiges Leben in Frankfurt im Vergleich zu Spanien. Es wird spät, die Musik immer schneller und wilder, die Tanzfläche gehört den jüngeren Gästen. Alba und Mateo verabschieden sich. Alba flüstert mir ins Ohr, dass sie eine Überraschung auf mein Zimmer gebracht hat. Dann ziehen sich beide unter dem Klatschen der Gäste zurück. Die Hochzeit ist morgen 12.00 Uhr im Standesamt, die Feierlichkeiten beginnen danach. Ich bin so müde, dass ich nur schlafen will und frage mich, wie viel Energie Alba und Mateo haben, um diese Hochzeit durchzuhalten. Möglichst unauffällig verabschiede ich mich von meinen Tischnachbarn, die versuchen mich lautstark zurückzuhalten und ich flüchte lächelnd regelrecht aus dem Raum und in mein Zimmer. Es war ein wunderschöner Abend, Alba ist mir so nah und ich liebe sie. Neugierig sehe ich mich um. Alba sprach von einer Überraschung. Hinter der Tür auf einem Kleiderbügel hängt ein Kleid. Es ist dunkelgrün, anscheinend bodenlang und voller winziger Perlen bestickt. Bewundernd streiche ich über die langen Ärmel. Der Rücken ist sehr dekolletiert, vorne ist es hochgeschlossen. Ein Ballkleid, sehr auffallend und sexy. Woher weiß sie meine Größe? Anprobieren muss ich es auf alle Fälle, das kann nicht bis morgen warten. Hose und Oberteil fallen auf den Boden, vorsichtig steige ich in das Kleid, dass sich überraschend leicht anfühlt, ich ziehe es nach oben, an der Seite sind zwei Reißverschlüsse, die kann ich schließen, die Knöpfe am Hals nicht, da muss mir morgen Alba helfen. Mit klopfendem Herzen gehe ich ins Bad. Der Spiegel über dem Waschbecken ist nicht so groß, um mich komplett zu sehen. Ich stelle mich auf die Zehenspitzen und drehe mich. Das Grün steht mir gut und bringt meine Haut zum Leuchten. Der Ausschnitt am Rücken ist spektakulär, was gäbe ich für einen größeren Spiegel! Vorsichtig ziehe ich das Kleid aus und hänge es wieder an die Tür. Wann soll ich es anziehen? Schon zum Standesamt mittags oder erst abends zur Feier. Gut, dass ich elegante Schuhe dabeihabe. Der Tag hatte mir einiges abverlangt, nach Burgos zu fliegen hatte meine Sehnsucht nach La Esperanza aufs Neue entfacht. Eine halbe Stunde später liege ich im Bett, Paul ist nicht erreichbar und das ist ungewöhnlich. Ich wähle seine Nummer noch einmal und dann höre ich seine Stimme.

»Paul! Endlich! Ich erreiche dich nicht.«

»Katharina, Schatz. Ich habe lange gearbeitet und danach war ich mit Sabine noch einen Happen essen. Alles gut bei dir? Wie war der Flug?«

»Gut. Er war gut.«

»Und mein Schatz? Wie ist es für dich, wieder in Spanien zu sein?«

»Einfach wunderbar Paul. Ich habe es vermisst. Wir haben heute schon etwas gefeiert, gutes Essen, Wein, Musik.«

»Das hört sich schön an Katharina. So, ich muss jetzt unbedingt schlafen, ich bin sehr müde und morgen früh ist wieder ein Treffen mit allen Investoren. Sabine stellt die überarbeiteten Pläne vor.«

»Natürlich. Schlaf gut Schatz.«

»Schlaf du auch gut. Ich liebe dich.«

Ich bin glücklich hier, Paul war mit einer Kollegin etwas essen, was natürlich ist. Ich ziehe beide Decken über meinen Körper. Der Mond schickt sein bleiches Licht in mein Zimmer und lenkt meinen Blick auf die Silhouette des Kleides, das ich morgen tragen werde.

4

Die Sonne schickt ihre Morgenstrahlen über Burgos und verspricht einen schönen Hochzeitstag für Alba. Ich bin schon seit sechs Uhr wach, hatte mich im Bett hin- und hergewälzt. Als die Dunkelheit von der Dämmerung fast unmerklich abgelöst wurde, springe ich voller Elan aus dem Bett und trete ans Fenster. Die Häuser stehen in der Altstadt nahe beisammen, von hier oben sieht es aus, als würden sich die Dächer nach vorne neigen. Die Gassen sind schmal, der helle Stein hebt sich mystisch aus der verschwindenden Dunkelheit. Ich fröstle, ziehe die Decke vom Bett und hülle mich darin ein. Mein Körper wärmt sich, doch ein Teil von mir bleibt seltsam kühl. Es klopft leise an der Tür, ich öffne. Alba lächelt mich zärtlich an, sie trägt ein Tablett mit zwei Tassen *Café con leche*.

»Guten Morgen Katharina.« Sie geht an mir vorbei ins Zimmer, stellt das Tablett auf dem Nachttisch ab und reicht mir eine Tasse. Der Geruch des starken Kaffees vertreibt die letzte Müdigkeit. Ich nehme einen Schluck.

»Guten Morgen Alba. Vielen Dank für den Kaffee, ich

konnte nicht mehr schlafen. Setz dich doch.« Ich deute auf den Stuhl. »War ich laut? Habe ich dich aufgeweckt?«

»Nein, nein.« Sie streicht sich mit einer eleganten Bewegung die Haare aus der Stirn. »Ich bin meistens schon so früh wach, dann kann ich mich um die Buchhaltung kümmern. Es ist ruhig, niemand stört mich.«

»Bist du nervös?« Ich setze mich aufs Bett, Alba zieht den Stuhl näher, steckt ihre Füße unter die Bettdecke und seufzt auf.

»Du bist eine gute Wärmflasche, mir ist kalt. Nein, nervös bin ich nicht. Meine Gefühle«, sie zeigt auf ihr Herz, »sind so intensiv und wundervoll, dass ich nicht weiß, weshalb ich so viele Jahre ohne sie leben konnte.«

»Das musst du doch auch nicht mehr.«

»Ich habe noch nie mit meinem Leben gehadert. Ich bin ein gläubiger Mensch Katharina, das bedeutet für mich, dass ich vertraue. Mein Leben in Gottes Hand lege.« Sie schließt die Augen, als müsse sie Kräfte sammeln. Im sanften Licht des jungen Tages, wirken ihre Züge weich und ich sehe die junge Frau, deren Herz gebrochen war.

»Margarete hat mir Märchen erzählt. Es waren immer starke Frauen, voller Selbstbewusstsein, tapfer und auch in der Liebe ohne Kompromisse. Als ich dich letztes Jahr kennenlernte, habe ich dich sofort erkannt. Die Prinzessinnen, die Heldinnen in Margaretes Geschichten, das warst immer du.«

»Wirklich? Das ist ja unglaublich. Ich habe lange Zeit geglaubt, dass sie mich hassen würde.«

»Ich bin davon überzeugt, dass sie dich immer geliebt hat.«

»Ja? Aber ich habe ihr aus Eifersucht darauf, dass Mateo sie geliebt hat, verraten, dass José verheiratet war.«

Albas Blick verliert sich im Raum, ich möchte nicht, dass sie an ihrem Hochzeitstag melancholisch wird.

»Heute heiratest du Mateo.«

»Ja, heute heirate ich Mateo. Er ist die Liebe meines Lebens.« Sie trinkt einen großen Schluck auf der Tasse. »Ich bin in Kontakt mit María und Alejandro.«

»Ja, das hat mir María geschrieben und, dass du einen zweiten Orangenbaum adoptiert hast.«

»Das war mir ein Bedürfnis. Quasi mein Herzenswunsch und so heißt er auch. *El deseo ardiente.*«

»Der Herzenswunsch, das ist wunderschön, Alba.«

Sie lacht glucksend und ich würde sie am liebsten in den Arm nehmen, so klein und zerbrechlich, wie sie wirkt. Ungestüme Liebe steigt in mir auf, auf keinen Fall darf ihr etwas passieren! Ich brauche sie so sehr!

»Erzähl mir von Fernando. María deutete an, dass er verändert ist, seit du La Esperanza verlassen hast. Weshalb bist du nach Deutschland zurückgekehrt?«

Langsam wird mir klar, dass das die Beantwortung ihrer Fragen wahrscheinlich der Grund für Albas frühmorgendlichem Besuch bei mir ist.

»Fernando hat mich verändert, er hat mir den Weg in das *Jetzt* gezeigt und mir den Mut geschenkt, ihn auch zu beschreiten«, sage ich ehrlich und bin verblüfft über meine offenen Worte. Ich empfinde so, es auszusprechen macht es gegenwärtig und ein nagendes Gefühl des Verlustes breitet sich in meinem Bauch aus. *Damit werde ich leben müssen.*

»Katharina, ich liebe dich wie ein Familienmitglied. Ich frage dich ehrlich. Bist du in Fernando verliebt?«

Alba sieht mir in die Augen, ich fühle mich wie der sprichwörtliche Hase vor der Schlange und suche fieberhaft nach einer Antwort. Mit einem einfachen *Ja* werde ich meinen Gefühlen nicht gerecht, dann ist da Paul, den ich liebe und Fernando, an ihn zu denken verbiete ich mir.

»Alba! Bist du bei Katharina?« Mateo klopft an die Tür und erleichtert atme ich aus.

»Ich komme schon, *mi corazón*!« Sie steht auf, sammelt das Geschirr ein und küsst mich auf die Stirn. Ein vager Duft nach Zitronen und Kräutern steigt mir in die Nase, Alba kann auch an ihrem Hochzeitstag nicht darauf verzichten, in der Küche nach dem Rechten zu sehen.

»Sag mir noch schnell, magst du das Kleid?«

»Ich liebe es! Vielen Dank Alba, das schönste Kleid, dass ich jemals gesehen habe. Soll ich es schon zum Standesamt anziehen?«

»Nach dem Standesamt, Liebes. Wir kommen zurück in *Casa Alba,* ruhen etwas und dann erscheinen die Gäste.«

Mateo klopft wieder an die Tür. »Alba! Ich möchte dich noch einmal sehen, vor dem Standesamt!«

Alba lacht, zwinkert mir zu und öffnet die Tür. Mateo steht mit einer einzelnen Rose in der Hand vor ihr.

»Bist du bereit?« Seine Stimme klingt bewegt.

»Ich bin bereit.«

DIE NÄCHSTEN STUNDEN versuche ich zu helfen, wo ich gebraucht werde und niemandem im Weg zu stehen. Besonders in der Küche ist noch viel zu tun, Hugo und Miguel haben zu allem eine andere Meinung, Sätze fliegen hin und her, in einer Geschwindigkeit, dass ich aufgebe irgendetwas zu verstehen. María sitzt auf einem Stuhl, eine dampfende Tasse Tee vor sich und lächelt. »Die beiden sind beste Freunde.«

»Das glaube ich auch. Wie geht es dir? Der Tag ist sicherlich anstrengend für dich.«

»Ach, gar nicht.« Sie legt eine Hand auf ihren gewölbten Bauch. »Hugo lässt mich nichts tun. Er kümmert sich um alles. Für das Fest kommen meine vier Schwestern, sie übernehmen die Versorgung der Gäste.«

Wenn die Schwestern ebenso schön sind wie María, wird sich Miguel freuen. Mit Verspätung werden Gläser und Teller angeliefert, Hugo und ich übernehmen das Spülen. Er erzählt Witze, die Miguel kommentiert und ich lache Tränen. Wir sind fröhlich, heute ist ein wunderbarer Tag.

»Katharina, du musst dich fertigmachen, in fünfundvierzig Minuten fahren wir zum Standesamt.«

»Mateo! Wie gut du aussiehst.« Begeistert umarme ich ihn, er riecht nach einem Sonnentag am Meer, der dunkle Anzug passt wie angegossen, er bewegt sich wie ein junger Mann, lacht verwegen.

»Ich fühle mich wie nach einem Bad im Jungbrunnen, wie lange habe ich auf diesen Tag gewartet.«

»Wie geht es weiter?«

»Ich fahre jetzt zum Standesamt, Alba und ich verzichten auf eine Zeremonie in der Kirche, wie du weißt. Miguel holt Alba und dich ab. Die Trauzeugen treffen wir im Standesamt. Habe ich noch etwas vergessen?«

»Ich gehe dann mal und mache mich fertig.«

Ich winke allen zu und laufe nach oben. Innerhalb von einigen Minuten bin ich geduscht und stehe in Unterwäsche im Bad vor dem Spiegel. Mein ungeschminktes Gesicht zeigt mir die Wahrheit, ich bin eine Frau Mitte dreißig, die sich in das Leben zurückgekämpft hat. Längst habe ich aufgehört meine Narbe zu überschminken. Ich tusche meine Wimpern, färbe die Augenbrauen etwas dunkler, bis sie ebenso dunkelrot sind wie meine Haare und ziehe die Lippen nach. Der anthrazitfarbene Hosenanzug ist eng und schmiegt sich an meinen Körper, ich schlüpfe in die flachen Lederschuhe, nehme das Handtuch von meinen Haaren. Während ich sie trockenföhne, knete ich sie, bis sie sich locken. Ein letzter

Blick in den Spiegel und ich bin bereit für diesen besonderen Tag.

Mit meinem warmen Mantel um den Arm, warte ich auf Alba. María hat mir einen Kaffee gebracht, zum Essen bin ich zu nervös, was die schwangere Spanierin zum Lachen bringt, als sie sich mit einem gut gefüllten Teller an mir vorbeischiebt und ächzend neben mir am Tisch Platz nimmt.

»Du solltest wirklich etwas essen, die Zeremonie dauert und bis alle vier Trauzeugen angekommen sind …«

»Ah, vier Trauzeugen. Das sind viele Menschen.«

»Normal« nuschelt sie, nimmt ein kleines Glasfläschchen und zieht den Korken heraus und gibt einige Tropfen auf einen kleinen Teller. Das Olivenöl verströmt einen intensiven Duft nach Kräutern und Gras. Mein Magen knurrt verärgert, hungrig atme ich tief ein. »Dieses Öl duftet einfach unglaublich gut!«

María lacht, nickt, reißt ein Stück vom getoasteten Weißbrot ab, tunkt es in das Öl und hält es mir hin.

»Hier, probier' mal. Das ist etwas Besonderes.«

Vorsichtig, um meinen Hosenanzug nicht zu bekleckern, nehme ich das Stück, rieche daran, bevor ich es koste. Der Geschmack ist fast so komplex wie ein Schluck von einem spanischen, guten Rotwein. Eine bittere und doch leicht süße Note breitet sich in meinem Gaumen aus, während ich kaue, rieche ich würzige Kräuter.

»María, das schmeckt so gut! Was ist das für ein Öl?«

»Das ist Öl von der *Picudo*-Olive, nicht gemischt mit anderen Ölen, nein, das hier ist natürliche beste Qualität.« Mit Appetit verspeist sie das große Stück Brot, lehnt sich dann zurück und streichelt über ihren gewölbten Bauch. »Die Kleine mag gutes Essen ebenso gerne wie ich.«

»Wird es denn ein Mädchen?«

Sie zuckt mit den Schultern. »Davon bin ich überzeugt. Überraschungen sind doch etwas Schönes. Meine Schwestern kommen heute, ich habe sie schon über ein Jahr nicht mehr gesehen. Ich vermisse sie so.«

María spricht mit gesenktem Kopf und ich bin mir nicht sicher, ob die Worte für mich bestimmt sind.

»Weißt du, ich komme aus Sevilla. Dort lebt meine Familie. Wir produzieren Olivenöl seit Generationen, nur beste Qualität aus der *Leche de Sevilla* und *Hojiblanca*. Das sind die Olivensorten, auf die wir uns spezialisiert haben.«

»Ah, das ist weit entfernt von Burgos. Und deine Schwestern besuchen dich hier, um mitzuhelfen?«

María nickt schweigend und sieht mit einem Mal so traurig aus, dass ich nicht weiter nachfragen möchte.

»Ich werde meine Schwestern sehen, meine Eltern nicht. Ach, das ist eine lange Geschichte und passt nicht für einen Freudentag wie heute. Ich habe jetzt eine Familie.« Mit Mühe stemmt sie sich aus dem Stuhl und ich muss lächeln. Hugo scheint sie zu beobachten und ist an ihrer Seite, nimmt ihr das Geschirr ab und flüstert ihr etwas in Ohr, was sie zum Lachen bringt.

»Hola.« Alba hat unbemerkt den Gastraum betreten. María und Hugo starren sie an, Miguel kommt aus der Küche, die plötzliche Stille hat ihn offenbar neugierig gemacht.

»¡Es hermoso!« Hugo drückt gerührt María an seine Seite.

»Wie gefällt euch das Kleid?« Albas Stimme ist sanft, ihre Augen leuchten wie ein einziger Stern im endlosen Universum. Mein Herz klopft an meine Rippen, Alba im Brautkleid zu sehen, sie bei der Erfüllung ihrer Liebe begleiten zu dürfen, löst Gefühle in mir aus, die ich in mir verschlossen halte. Tief atme ich durch. Heute ist Albas und Mateos Tag und beide haben es verdient, dass ich mich auf sie konzentriere. Alba trägt ein bodenlanges tiefrotes Flamenco-Kleid, hochgeschlossen, mit eng anliegenden langen Ärmeln, eingesäumt mit schwarzer Spitze. Albas weiße Locken sind streng aus ihrem Gesicht gekämmt, im Nacken zu einem lockeren Knoten gebunden. Das Kleid umschmeichelt ihren Körper, der hohe Kragen betont ihren langen Hals, ihre Gesichtszüge sind klar und fein, als hätte ihre Liebe zu Mateo einen hauchfeinen Schleier über die vielen gelebten Jahre gesponnen. Ich weiß genau, wie sie als junge Frau ausgesehen hat, sich ihr Körper zum Flamenco bewegt hat, die Leidenschaft für den Tanz und für Mateo durch sie getost ist, gleichwie das Meer an einem stürmischen Herbsttag Wellen schlägt.

»*Solo estoy mirando lo preciosa que eres. Du bist so schön.* Alba, das Kleid ist für dich gemacht.« Gerührt umarme ich sie, wie ein kleines Vögelchen flattert sie in meiner Umarmung. Hugo tippt mir auf die Schulter und tritt meine Stelle an. Reihum wird Alba umarmt, geherzt. Mit hängenden Armen stehe ich daneben, dieser Tag mit seinen Emotionen hat eine winzige Flamme in mir angezündet. Etwas in mir fühlt sich unvollständig an, ein kleines Loch, dass ich mit nichts füllen kann. Zumindest habe ich nichts.

»Nun gut.«, María klatscht in die Hände. »Auf ins Auto, es ist Zeit. Mateo wartet und das hat er schon lange genug, wie ich gehört habe!«

Alba legt ihre Hand auf ihr Herz. Ihr Blick lässt mein Herz schneller schlagen und wie ertappt schließe ich meine Augen.

Fünfundvierzig Minuten später stehe ich in einem Pulk lachender Menschen vor dem unscheinbaren Standesamt. Ich werde vorgestellt, herumgereicht, auf die Wange geküsst. Jeder der Anwesenden scheint mich zu kennen, Alba erzählt allen, dass ich ihre Enkelin des Herzens bin. Sie zieht mich an ihre Seite, drückt mich.

»Ich bin so froh, dass du hier bist. So ist Margarete bei uns, ihr würde es gefallen.« Albas Stimme kippt ein wenig. Gerührt küsse ich ihre Wange. Mateo tritt auf Alba zu und überreicht ihr feierlich einen kleinen Lederbeutel, den sie an ihrem Gürtel befestigt. Sie legt ihre Hand auf seine Brust, er zieht sie an sich.

»Der Tradition nach sind dreizehn Goldmünzen in diesem Beutel, ein Symbol dafür, dass Mateo für Alba sorgen kann.«

Ich drehe mich zu der Stimme um, es ist ein großer, sehr schlanker Mann mit langen Haaren und einem intensiven Blick, der mir gestern während des Gitarrenspiels durch sein rhythmisches Klatschen aufgefallen war und der Art wie er mich angeschaut hat.

»Ah, das ist interessant. Gibt es noch andere Traditionen?« Wie von selbst rücke ich ein Stück von ihm ab.

»Ja. Die Braut stickt die Initialen des Bräutigams auf das Hemd.« Er streckt mir die Hand entgegen, seine schwarzen Haare fallen in sein Gesicht und er lächelt mich an. »Ich möchte mich noch einmal vorstellen. Mein Name ist Rafael.«

»Ich heiße Katharina.«

»Es un placer conocerla, Katharina.«

Der große Spanier hält meine Hand in seiner. Ein flaues Gefühl steigt in mir auf, in meinen Ohren beginnt es zu rauschen und ich ziehe meine Hand zurück. Rafael fixiert mich, am liebsten würde ich mich verstecken oder unsichtbar machen. Doch diese Zeit habe ich hinter mir gelassen, bewusst strecke ich mich, mache mich groß. Ich drehe mich ohne ein weiteres Wort um und stelle mich neben Alba. Ein schlichter Brautstrauß mit orangefarbenen Schleifen und weißen Rosen wird ihr von María überreicht. An der Seite des Straußes erkenne ich Orangenblüten, begierig trete ich einen Schritt nach vorne, dann kann ich die Blüten riechen und ich schließe die Augen.

»Die Blüten sind aus La Esperanza.«

»Oh! María, wie kann das sein?«

»Das habe ich so organisiert. Ich habe María angeschrieben und einige Tage später waren sie da. Perfekt.«

Emotional umarme ich die junge María. Ein bisschen Andalusien ist heute mit dabei. Eine Blüte aus meiner Heimat, meinem Zuhause und meiner Zuflucht. Denn das ist La Esperanza für mich und ist es immer gewesen.

Die Zeremonie ist schön und feierlich, der Raum schlicht, doch wir strahlen alle so, dass es keine Rolle spielt. Ich gehöre zu Albas vier Trauzeuginnen, wenn auch inoffiziell, da ich keine Spanierin bin. So stehe ich mit den anderen Menschen zusammen und beobachte, Während der Trauung scheinen die beiden nur sich zu sehen. Die Vergangenheit spielt keine Rolle, Alba hat verziehen, dem Schicksal, dem Zufall, dieser Nacht, als Margarete das erste Mal zu den Freunden kam und den Flamenco tanzen wollte. Die Nacht als sich Mateo in Margarete verliebte und sie doch nur Augen für José hatte. Und sie hatte sich verziehen, ihrer Eifersucht auf Margarete und Mateos Liebe zu ihr.

Alba konnte ab dem ersten Tag unserer Begegnung in mein Herz sehen. Ich dachte ich würde Fernando als meinen Freund sehen können, der Abstand von neun Monaten würden das nagende Heimweh nach der Finca und Fernando schwächer werden lassen. Alba lacht glockenhell wie ein junges Mädchen, die Stimmung ist ausgelassen, die Gäste klatschen und pfeifen immer wieder. Als der Standesbeamte nach seiner Rede und den Unterschriften Mateo auffordert die Braut zu küssen, lasse ich meinen Tränen freien Lauf. Er umschließt Albas Hände mit seinen, drückt sie an sein Herz und an seine Lippen. Schließlich umarmt er sie und küsst sie auf die Lippen, so zärtlich, als könne sie in seinen Armen zerbrechen. »¡Felicidades! ¡Felicidades!« Die Trauzeugen sind die ersten die dem Paar gratulieren, Mateo reißt mich in seine Arme, küsst mich: »Ich danke dir! Du hast den Stein ins Rollen gebracht, Katharina!«

»Nein«, sage ich verlegen, »ich hatte nicht wirklich etwas damit zu tun.«

»Wenn du wüsstest!« Mateo kann nicht weitersprechen, der nächste Gratulant wartet und ich kann Alba umarmen.

»Ich bin glücklich, Katharina. Alt und glücklich.«

Wieder dieses helle Lachen, das die achtzig Jahre unbedeutend macht.

»Du siehst wunderschön aus, so glücklich. Ich wünsche dir und Mateo viel Zeit für eure gemeinsamen Träume.«

»Ach Katharina, ich kann es nicht glauben. Vielleicht ist es ein Märchen, ein Traum?« Sie reißt theatralisch die Augen auf.

»Wenn es so ist, dann wirst du einfach nicht aufwachen.«

Alba streichelt meine Wange, ich schmiege mein Gesicht in ihre Hand. Eine Geste der Vertrautheit, die sich nach unserer ersten Begegnung wie selbstverständlich einstellte.

»Margarete hätte sich so gefreut hier zu sein.«

Alba zieht mich an sich, drückt mich, als wäre ich ein kleines Kind. Mir ist auch nach Weinen, ich bin glücklich für Alba und Mateo und ihr Happy End und ich bin traurig. Ich habe meine Mutter und meine Großmutter gleichzeitig verloren, als beide in Andalusien waren, um meinen Großvater endlich zu treffen. Wie anders wäre mein Leben verlaufen, wenn der Autounfall nicht geschehen wäre. Mir bleibt keine Zeit für schwere Gedanken, unter Gelächter der Trauzeugen und Gäste werden Alba und Mateo nach draußen begleitet und mit Reis beworfen. Der Tumult ist ohrenbetäubend und ich bin froh, als ich kurze Zeit später im Taxi sitze und durchatmen kann. Zwei ältere Damen, die Trauzeuginnen von Alba, sitzen schweigend neben mir. Wir lächeln uns schweigend an, augenscheinlich froh dem Tumult entronnen zu sein. Eine ruhige Hochzeit, wie die beiden es in der Einladungskarte beschreiben, ist etwas anderes. Mein Telefon klingelt, es ist Paul. Mein Herz macht einen Sprung und meine Einsamkeit ist verschwunden.

»Hallo, mein Schatz! Na, sind die beiden schon verheiratet?«

»Ja. Ich sitze gerade im Taxi auf dem Weg zurück. Es sind zwei Stunden Pause und dann beginnt die Feier.«

»Es tut mir so leid, dass ich nicht bei dir sein kann. Genießt du es?«

»Ja, so sehr!« Im Hintergrund höre ich eine Stimme, gedämpft. Was Paul erwidert kann ich nicht verstehen, er hat anscheinend seine Hand über den Hörer gelegt.

»Entschuldige bitte Schatz, was hast du gesagt?«

»Alles gut. Ich muss jetzt aufhören, wir sind zurück im Lokal angekommen. Bis bald.«

»Bis bald, mein Schatz, amüsiere dich.«

Es ist eine Lüge. Die Fahrt dauert noch eine Weile und ich schlucke meinen Ärger hinunter. Wahrscheinlich ist es nur ein Gefühl, das in mir aufsteigt wie giftige Galle. Ich fühle mich ausgeschlossen seit Paul einen Partner, nein Partnerin, in sein Geschäft geholt hat. Ich kann es nicht erklären, es hat sich nichts verändert, Paul ist aufmerksam und liebevoll wie immer. Wahrscheinlich liegt es an mir, an meiner Unzufriedenheit, die ich nicht in Worte fassen kann und über die ich nicht nachdenken will.

Ich gebe dem Fahrer ein gutes Trinkgeld und zwei der schweigsameren Trauzeuginnen und ich steigen aus dem Taxi und legen schweigend die kurzen Minuten bis *Albas Casa* zurück.

Dort angekommen stolpere ich über Pakete, die direkt am Eingang abgestellt wurden. Hugo winkt mir hinter der Theke zu, María sitzt auf einem Barhocker und beißt mit Genuss von etwas ab, das ich nicht erkennen kann. Vom Brautpaar oder Ehepaar ist nichts zu sehen. Inmitten dieses Chaos steigt ein wildes Glücksgefühl in mir auf. Was für ein Tag! Ich bin zurück in Spanien, in Burgos, meiner ersten Station vor fast einem Jahr, auf der Suche nach dem geheimnisvollen José García Pérez, der mir nach seinem Tod die Orangenplantage La Esperanza vermacht hatte.

Burgos, die Stadt *El Cids*, mit seiner mächtigen Kathedrale, der verwinkelten Altstadt und Alba, der besten Freundin meiner Großmutter Margarete, die mich von Herzen aufgenommen hatte und mir den Anfang der Liebesgeschichte zwischen meiner Großmutter und José erzählte, meinem Großvater. Ich werde etwas unsanft zur Seite geschoben, von einem kleinen, grimmig dreinblickenden Spanier, der ächzend, eine große Kiste auf den Armen, sich an mir vorbeischiebt. Trotz der Arbeit und der späten Vorbereitung für die Hochzeitsfeier, lachen die Menschen um mich herum, sogar der mittelalte Mann mit der Kiste prostet mir zu. Ah, darin war wohl Wein und eine Flasche wurde sofort geöffnet. Wie ich dieses Land und seine Menschen liebe!

Ich werfe allen eine Kusshand zu und steige die Stufen bis zu meinem Zimmer nach oben. Als ich die Tür hinter mir geschlossen habe, dröhnt mir die Stille in den Ohren. Ich ziehe meinen eleganten Anzug aus und lege mich ins Bett, es ist kühl, ich ziehe zwei Decken über meinen Körper und würde ein Königreich für eine Wärmflasche geben. Der Wecker wird in dreißig Minuten klingeln, ich rolle mich zusammen wie eine Katze und schließe die Augen. Die Ereignisse des Tages laufen in steter Abfolge vor meinem geistigen Auge ab, Alba und Mateo, ihr Lachen, die Blicke, die vielen Menschen im Standesamt, der seltsame Spanier, das Telefonat mit Paul. Ich bin wieder zurück und das Bewusstsein erfüllt mich mit Glück. Ich atme durch, mein Herz klopft ruhig. Ich freue mich so sehr auf die Feier und ich werde das grüne Ballkleid tragen.

An Schlaf ist nicht zu denken, doch ich ruhe mich aus, und als der Wecker klingelt, springe ich aus dem Bett und dusche mich. Was mich wohl erwarten wird? Sicherlich wird es viel Musik und Tänze geben – ob Alba wieder den Flamenco tanzen wird? Ich wickle meine nassen Haare in ein Handtuch und ziehe meine Unterwäsche an. Meine hohen Schuhe passen gut zu dem grünen Abendkleid. Es ist lange her, dass ich ein Kleid getragen habe. Im Zuvor, der Zeitrechnung vor meinem Überfall, gingen Paul und ich gerne in die Oper oder auf Konzerte, und ich hatte es geliebt. Mein Gesicht sieht mich aus dem Spiegel ernst an. Die rechte verstümmelte Gesichtshälfte mit der Narbe in Form eines *N* wird mich für immer zeichnen. Es ist kalt. Ich glaube, die Stimme des Kapuzenmanns zu hören, das irre Gelächter und das Geräusch seiner Fäuste auf meinem Körper.

Ich bin so in meine Gedanken versunken, dass ich das Klopfen erst bemerke, als jemand noch an der Klinke rüttelt.

»Katharina? *¡Dios mío!* Ist alles in Ordnung?«

»*Disculpa, pero sólo me estaba duchando.*«

Marías Stimme klingt besorgt. Als ich die Tür öffne, sieht

sie mich prüfend an. Eine Notlüge, dass ich gerade geduscht hatte, was sollte ich sonst sagen, dass mich die Vergangenheit immer wieder einholte und manchmal geradezu überholte?

»Katharina, ich bin hier, um dir die Haare zu frisieren. Also lass mich und die Kleine herein.«

Ihr großer Bauch geht zuerst in das Zimmer, sie trägt eine Tasche um die Schulter, die ich ihr abnehme.

»Ich dachte es wäre ein Er?«

»Ah, wir werden sehen. Setz dich auf den Stuhl.« Sie holt aus ihrer Tasche einen Föhn und eine Bürste, als meine Haare trocken sind, zieht sie einen Lockenstab heraus.

»Dein Kleid ist etwas Besonderes, jetzt brauchst du noch die passende Frisur dazu.«

Ich atme tief durch und genieße ihr Summen. Es gefällt mir, an den Haaren angefasst zu werden, ich könnte wieder einschlafen, so entspannt bin ich.

»Ich schminke dich nur leicht. Deine Augenfarbe ist ungewöhnlich, so ein helles Grau habe ich noch nie gesehen und die Farbe deiner Haare, darüber habe ich schon viel gehört.«

»Ah, du meinst über Margarete?«

»Über dich«, antwortet sie schlicht und pudert mein Gesicht.

Nachdem mich María geschminkt hat, holt sie das Abendkleid, hält es mir hin und ich schlüpfe in die hohen Schuhe.

»Ich helfe dir beim Anziehen. Das Grün ist wunderschön und passt perfekt zu dir.«

»Danke, dass du mir hilfst, nicht nur mit den Knöpfen. Überhaupt.«

María hält das Kleid, ich steige etwas ungeschickt balancierend hinein und ziehe es vorsichtig nach oben. Es passt wie eine zweite Haut und ich fühle mich schön. Dieses Gefühl überwältigt mich, ich schlucke meine Tränen hinunter.

María zupft an meinen Haaren, tritt dann einige Schritte

zurück und sieht mich an. »Fertig.« Ihre Stimme klingt zufrieden und mit einem Blick auf die Uhr sagt sie: »Na dann los, die meisten Gäste sind schon da.«

»Ich komme gleich.«

Sie nickt, küsst mich auf die Wange und verlässt das Zimmer.

Ich stöckle ins Badezimmer und stelle mich vor den Spiegel. Mein Anblick ist mir etwas fremd, ich lächle mein Spiegelbild an und mein Herz klopft. Meine Haare locken sich, María hat sie hochgesteckt, damit der Rückenausschnitt zur Geltung kommt. Die Farbe lässt meine Haare leuchten und meine Augen strahlen. Ich lege eine Hand über meine Narbe, das bin ich nicht mehr. Mein Gesicht hat sich über die Wülste hinweggesetzt, sie dominieren es nicht mehr, ich habe dem *Danach* einen Platz in meinem Leben eingeräumt. Etwas fehlt noch: Der dunkelrote Lippenstift hat fast ein Jahr auf meine Lippen gewartet. Das bin ich, einfach da im *Jetzt*.

Ich öffne die Tür und höre Lachen und Musik. Vorsichtig gehe ich die Treppe mit den hohen Schuhen nach unten und betrete den Raum, der voller Menschen ist. Ich werde mit Rufen begrüßt, Hugo kommt auf mich zu, nimmt meine Hand und führt mich zu meinem Tisch. Alba und Mateo kann ich nirgends entdecken, Hugo nimmt meine Hand und dreht mich im Takt der Musik um meine Achse. Ich lache, Hugo verneigt sich und zieht den Stuhl etwas vom Tisch. Es klingelt, jemand betritt den Raum. Ich hebe neugierig den Kopf, um zu sehen, wer es ist und erstarre. Mein Herz setzt einige Schläge aus und ich zittere. Schweigend und starr beobachte ich den Mann, der mit großen Schritten auf mich zukommt.

»¡Hola, Katharina! Ich muss mit dir sprechen.«

»Hallo, Fernando.«

5

Er steht vor mir, unverändert und doch ein anderer Mensch. Fernando Torres Baptista, Verwalter von La Esperanza und mein Geschäftspartner und Freund. Außerdem der Mann, den ich um keinen Preis der Welt so schnell wiedersehen wollte. Wir stehen uns gegenüber und sehen uns in die Augen, beide sind wir sprachlos und doch bin ich voller Worte, die ich ihm schweigend entgegenschreie, meine Gefühle für diesen Mann branden wie eine große Welle in mir nach oben. Die Überraschung, Fernando in Burgos zu sehen, macht es noch schwerer, denn ich hatte keine Möglichkeit, mich auf ihn vorzubereiten, mich zu wappnen, zu schützen, irgendetwas. Fernando kommt näher, sein Geruch steigt mir in die Nase, eine Mischung aus seinem herben Rasierwasser, frisch geschlagenem Holz und sonnengetrocknetem Heu. Verlegen trete ich einen Schritt zurück, am liebsten würde ich fliehen oder ihn umarmen. Es ist nicht nur Fernandos Anblick, der mich so aus der Fassung bringt, ich hatte nicht mit meiner Sehnsucht nach La Esperanza gerechnet. *Was soll nur werden?*

»Fernando. Was tust du hier? Ich wusste nicht, dass du

kommst, dass Alba dich zu ihrer Hochzeit eingeladen hat.« Er sieht aus, als hätte er an Gewicht verloren, seine Miene ist sorgenvoll.

»Das hat sie so auch nicht. Ich habe mit ihr gesprochen und …« Er bricht ab, denn die Gäste klatschen und rufen Glückwünsche. Ich drehe mich um, stelle mich neben ihn. Alba und Mateo betreten Hand in Hand den Raum, ihr rotes Flamencokleid sitzt eng bis zu den Hüften an ihrem schlanken Körper und fällt dann in weiten Rüschen bis zum Boden. Vier junge, schwarzhaarige Frauen verteilen Gläser mit Cava, es sind allesamt umwerfend schöne Frauen, das müssen Marías Schwestern sein. Gedanken schießen in meinem Kopf hin und her, Liebe für Alba und Mateo steigt in mir auf, Bewunderung für ihren Mut, nach all der langen Zeit, gemeinsam in eine Richtung zu gehen. Ich lächle mit den anderen Gästen, werde umarmt, ich bin die Glücksbringerin aus Deutschland, doch alles fühlt sich verzögert an, als läge die Gegenwart hinter einer Wand aus Wasser: Man ahnt, was vorgeht, kann es aber nur schwer greifen. Meine Realität besteht aus Fernandos Anwesenheit, ich bin mir des geringen Abstandes zwischen uns bewusst. Jemand drückt mich auf einen Stuhl, Fernando steht hinter mir, hat beide Hände auf die Rückenlehne gelegt. Die Wärme seiner Haut durchdringt den dünnen Stoff meines Kleides, breitet sich zu meinem Hals aus. Ich fröstle, die Aufregung und der Stress fordern ihren Tribut. Der Raum beginnt, sich um mich zu drehen. Als könnte er spüren, dass es mir nicht gut geht, umfasst Fernando mit seinen Händen meine Schultern. Ich schnappe nach Luft und der Atemzug katapultiert mich ins Jetzt und Hier.

»Geht es dir gut?« Fernando beugt sich zu mir. »Du zitterst.«

»Mir war kurz übel, ich muss etwas essen. Der Sekt hat

mir nicht gutgetan.« *Wobei es sicherlich nicht der Alkohol allein ist. Was tust du hier, Fernando?*

Alba und Mateo kommen auf uns zu. Ich stehe auf, halte mich vorsichtshalber an der Tischkante fest. Mateos Umarmung ist kraftvoll und kurz, ich bekomme zwei Küsse auf die Wangen und werde an Alba weitergegeben.

»Du wusstest davon?«

Meine Stimme klingt in meinen Ohren wie die eines verletzten Kindes. Alba drückt mich etwas fester.

»Fernandos Anruf kam überraschend. Er hatte mich gebeten, dich nicht zu informieren. Er wollte dich wohl überraschen.« Ihre dunklen Augen durchdringen meinen Schutzwall. »Du freust dich doch, Katharina?«

Ich kann Alba nur anstarren und weiß nicht, was ich darauf antworten soll. Wenn ich nur wüsste, weshalb Fernando hier ist. Eine Überraschung? Das kann ich mir nicht vorstellen. Das passt nicht zusammen, da war mehr zwischen uns, als es für gute Freunde angemessen ist, die sich gegenseitig mit einem Besuch überraschen. Zu viel steht zwischen uns oder bindet uns aneinander. Ein Liebesgeständnis und ein Abschied.

Alba umarmt Fernando und bombardiert ihn mit Worten, die ich nicht hören kann. Die beiden könnten unterschiedlicher nicht sein. Alba steht auf Zehnspitzen und hat ihre Arme um seinen Hals gelegt und zieht in zu sich. Sie sieht so winzig aus und zerbrechlich wie ein kleines Vögelchen. Der große Spanier lächelt sie liebevoll an und drückt sie sanft an sich. Wie ich sie liebe, Alba und Mateo … und Fernando. Sie sind ein Teil meines Lebens, der gute Teil im Danach und im Jetzt. Die Art von Liebe, die ich Fernando entgegenbringen darf. Das Geschehen im Raum, die Emotionen malen Bilder in meinen Kopf, der Raum dreht sich und ich klammere mich an den Tisch, um nicht zu fallen.

Alba nimmt Fernandos Hand und tätschelt sie. Über was haben die beiden gesprochen? Sie sind so vertraut zusammen, als würden sie sich kennen. Erneut warnt mich meine innere Stimme, dass mir Fernando etwas verschweigt.

»Liebe Freunde, setzt euch bitte!« Mateos Bariton bringt den Raum zum Schweigen. Erleichtert lasse ich mich auf meinen Stuhl sinken, Fernando nimmt neben mir Platz.

»*¡Un discurso!* Eine Rede!« Vereinzelte Rufe werden laut, Mateo winkt ab.

»Vielleicht kann man es eine Rede nennen, vielleicht sind es nur ein paar Worte an die Frau, die ich von Herzen liebe!«

Galant ergreift er Albas Hand, führt sie an seine Lippen und geleitet sie zu ihrem Tisch, der mit orangefarbenen Margeriten und Orangenblüten übersät ist. Er zieht den Stuhl nach hinten und wartet, bis Alba unter dem Klatschen der Gäste Platz genommen hat. Mateo bleibt neben seiner Frau, wartet geduldig, bis jeder sitzt und ein volles Glas Cava in den Händen hält. Marías Schwestern, wie ich sie in Ermangelung ihrer Namen nenne, setzen sich zu Fernando und mir an den Tisch, auch wenn ich es nicht wüsste, dass sie Marías Schwestern sind, die großen Augen und die geschwungenen Lippen sprechen dafür.

»Liebste Alba. Wenn ich dich ansehe, bist du für mich keinen Tag älter geworden. Mein Gott, was haben wir gelebt und getanzt. Die Musik und der Flamenco haben uns seit jeher verbunden. Es ist ein Band der Leidenschaft und wurde schließlich ein Band der Liebe.«

Bewegt umschließt er Albas Gesicht mit seinen Händen, nach Albas Art *Ich liebe dich* zu sagen, sie neigt ihren Kopf, nimmt und küsst sie.

»Du bist die Liebe meines Lebens,« fährt Mateo mit zärtlicher Stimme fort, »das warst du schon immer. Als ich dich das erste Mal gesehen habe, verliebte ich mich in dich, und daran hat sich bis heute nichts geändert. Für ewig dein. *Por siempre tuyo«*

»*Por siempre tuya.« Für immer dein.*

Alba strahlt und ich schlage die Augen nieder, aus Angst man könnte die Wahrheit in ihnen lesen: dass ich nicht ehrlich bin, dass ich weggelaufen war und allein Fernandos Anwesenheit genügt, mich an meiner Entscheidung, La Esperanza zu verlassen, zweifeln zu lassen, und dass ich mich für diese Gedanken schäme.

Die Gitanos stellen ihre Stühle an den Rand des Raumes und spielen spanische Melodien. Obwohl er mich nicht berührt, spüre ich Fernandos Hand an meiner Stuhllehne. Sehnsucht kribbelt in meinem Nacken und ich bewege meinen Hals von ihm fort.

»Weshalb bist du hier, Fernando?«

»Ich muss mit dir sprechen. Es ist dringend.«

Das Büfett wird aufgebaut, unter Klatschen wird eine Torte aus der Küche hereingetragen, Wunderkerzen sprühen, Hugo stellt sie auf der Theke ab, verneigt sich zum Brautpaar und hält Alba ein großes Messer hin.

»Das wirst du brauchen, jetzt, da du verheiratet bist!«

Mateo schlägt in gespieltem Entsetzen seine Hände über dem Kopf zusammen.

»*¡Sálvame, sálvame!* Rette mich, rette mich!«

Die Torte ist schlicht, weiß mit orangefarbenen Blüten, und unter einem Tusch legt Mateo seine Hand auf das Messer, Alba ihre Hand auf Mateos und gemeinsam schneiden sie die Torte an. Beifall brandet auf, die Musik wechselt in den Flamenco, Stühle werden gerückt und Fotos gemacht.

»Ich muss unbedingt mit dir sprechen.« Fernandos Stimme klingt ernst. Mein ungutes Gefühl meldet sich zurück.

»Warum bist du hier, Fernando?«

Eine Seite von mir hofft, dass er meinetwegen hier ist, die andere Seite möchte genau das nicht.

»Wo können wir denn ungestört reden?«

Er lehnt sich näher zu mir, eine vage Erinnerung, ein Gefühl von Vertrautheit lässt mich von ihm abrücken. Fernando ist hier und bringt mir La Esperanza zurück, eine kleine Flamme der Freude hat sich in mir entzündet und wird augenblicklich von meinem schlechten Gewissen erstickt.

Paul ist in Deutschland und ich bin hier und kämpfe mit meinen Gefühlen.

Ich zucke mit den Schultern, der Alkohol des Cavas ist mir in den Kopf gestiegen, enthusiastisch falle ich ins Klatschen der Gäste ein. Alba füttert Mateo mit der Torte. Die Bilder laufen wie ein Film vor mir ab, ich bin nicht wirklich anwesend. Nur die Wärme von Fernandos Haut und meine Erinnerungen an die Sierra Nevada haben noch eine Bedeutung für mich.

Brennende Kerzen auf Tabletts werden hereingetragen und im Raum verteilt, dann wird das Licht gelöscht. Es wird ruhig, die flackernden Flammen tanzen als Schatten über die Wände, ich sehe Margaretes eingerahmtes Foto an der Wand. Meine Großmutter und ihre Geschichte, ein trauriges Märchen und doch … die Geschichte ihrer großen Liebe.

Bewegt tippe ich Fernando an. »Dort an der Wand, das ist Margarete.«

»Das habe ich gedacht, es ist mir schon aufgefallen.« flüstert er leise in mein Ohr. Sein warmer Atem kitzelt mich und ich unterdrücke die Erinnerung an unseren Kuss in der alten Hütte.

Ein langhaariger Mann mit Gitarre schiebt sich an unserem Tisch vorbei und ich kann seinen Blick auf meinem nackten Rücken fühlen. Es ist Rafael, der mir im Standesamt die Geschichte über die Goldmünzen erzählt hat. Ein Stuhl wird an die Seite des Raumes geschoben, er setzt sich. Die Spannung im Raum steigt, es wird geflüstert und vereinzelt geklatscht. Rafaels schwarze Haare fallen über seine Schultern – man könnte meinen, er verneige sich vor dem Instrument – und er beginnt zu spielen. Gebannt sehe ich ihm zu, kann unmöglich den Blick abwenden. Ein anderer Mann scheint die Gitarre zu spielen, ein Mensch, der sich der Musik völlig hingegeben hat. Jemand hat auf den Boden Kerzen gestellt und so eine Tanzfläche geschaffen, Mateo führt Alba in die Mitte. Die Musik wird sanfter, beide halten sich umfangen, beschließen hier und heute, keinen Augenblick mehr zu versäumen. Beide tanzen, umringt von Hunderten Kerzen, in ihrer eigenen Unendlichkeit. Ich habe einen Kloß im Hals, ist das die wahre Liebe? Die, unabhängig von Vergangenheit oder Zukunft, alles überdauert? Fernando nimmt meine Hand, führt sie an seine Lippen und küsst den Handrücken. Ich fühle mich eigentümlich berauscht und verzaubert.

Als Alba und Mateo ihren Tanz beendet haben, bleibt es still. Niemand möchte diese Magie durch ein Geräusch vertreiben. Mateo verneigt sich vor Alba, und setzt sich neben Rafael, der ihm eine zweite Gitarre reicht. Alba, die wunderschöne Alba, steht inmitten des Kerzenmeeres, entrückt und völlig versunken. Die Vorfreude der Gäste ist fast greifbar.

Alba spannt ihren Körper, hebt in einem Bogen ihren Arm elegant in die Höhe, lehnt ihren Kopf zur Seite. In dieser Bewegung beginnt Mateo zu spielen, Rafael schlägt den Takt auf seinem Instrument. Alba tanzt den Flamenco mit einer Inbrunst, ich kann sehen, dass sie nicht mehr denkt, die Realität ihrer Welt gewichen ist, die aus Emotionen besteht und aus tiefer, elementarer Leidenschaft. Einige Gäste verlassen ihren Platz und stellen sich in die Nähe der Gitanos, klatschen rhythmisch, treiben die Musik voran. Ich habe nur Augen für Alba. Ihre Präsenz überstrahlt die Menschen. Alles

Körperliche wird aufgelöst, als wäre sie wieder das junge Mädchen, das einst auf dem Plaza Major den Flamenco tanzte. Ihrer Bestimmung haben die Jahre nichts genommen, das kann ich erkennen und es rührt mich zu Tränen. Eine Liebe, die alles überdauert und nie vergeht.

Die blauen, strahlenden Augen Frau Emilia Roses haben die gleiche Geschichte erzählt, damals im *Davor*. Obwohl ich sie nur kurz kennen durfte, werde ich sie nie vergessen. Im Krankenhaus hatte sie mir ihre Liebesgeschichte erzählt und war davon überzeugt, dass ihr verstorbener Mann Alexander auf der anderen Seite auf sie wartete. Wehmut steigt in mir auf und eine namenlose Furcht. *Bin ich auf dem richtigen Weg?*

Als Alba den Flamenco beendet, brandet tosender Beifall auf. Voller Sorge sehe ich, dass sie vor Erschöpfung wankt, sie wird von Mateo und Rafael an den Tisch geführt und trinkt ein Glas Wasser, das sie sofort zu beleben scheint.

Marías Schwestern räumen die Kerzen vom Boden, Licht flammt auf, ich blinzle.

»Wie alt ist Alba?«

»Ich glaube dreiundachtzig Jahre. Ich bin mir nicht ganz sicher.«

»Was für eine unglaubliche Frau! Sie hat den Flamenco getanzt wie ein junges Mädchen.«

»Ja. Sie ist etwas ganz Besonderes.« Wir lächeln uns offen an. Wieder etwas, das uns verbindet: Fernando mag dieselben Menschen wie ich.

»Ich habe dir noch nicht gesagt, wie wundervoll du aussiehst.«

Meine Wangen werden heiß, ich fühle mich sehr wohl in dem eng anliegenden Kleid und sein Kompliment freut mich.

»Das Büfett ist eröffnet!« Mateo grinst, als die Gäste nach seinem Satz aufspringen und zur Theke eilen, die vor den vielen Platten und Tellern mit warmen und kalten Speisen nicht mehr als solche zu erkennen ist.

Fernando steht ebenfalls auf und reicht mir die Hand. »Komm, lass uns sehen, was es zu essen gibt.«

Nach kurzem Zögern ergreife ich sie und bin verwundert, wie selbstverständlich ich sie ergreife. Meine Knie fühlen sich an, als wären sie aus Gummi, vorsichtig ziehe ich meine Finger aus Fernandos warmer Hand.

»Hast du Hunger?«

Wir stehen vor den Speisen, die zum großen Teil mit Knoblauch gewürzt sind. Ich habe solchen Hunger, doch vor lauter Gefühlen, die ich nicht aussprechen kann, ist meine Kehle eng, was gar nicht passt.

»Und wie!«, beantworte ich Fernandos Frage, der sich mit Begeisterung Löffel für Löffel der Köstlichkeiten auf seinen Teller häuft. »Du auch, wie ich sehe.«

»Das ist heute meine erste Mahlzeit.«

Grinsend beobachte ich, wie er mit spitzen Fingern eine Kartoffel vom Teller nimmt und sie sich in den Mund schiebt.

»Ach, ist das lecker!«

»Was gibt es Neues bei María und Alejandro? Ist da alles in Ordnung?«

Fernando zieht seine Schultern hoch, ein Zeichen, dass ihm die Frage unangenehm ist.

»Wir müssen einen Ort finden, an dem wir uns ungestört unterhalten können.«

»Du machst mir Angst, Fernando.«

Er antwortet nicht, und trotz der Wärme im Raum läuft mir ein Schauer den Rücken hinunter.

»Lass uns doch nach dem Essen spazieren gehen«, schlage ich vor und hoffe, dass es nicht zu kalt ist. Er nickt in meine Richtung.

»Sobald wir die Feier verlassen können, ohne das Brautpaar zu verärgern.«

Wir schlendern zurück an unseren Tisch, María setzt sich zu uns und beäugt meine Auswahl an Speisen.

»Ah, du hast ja gar nichts von den Chiligarnelen probiert! Das solltest du unbedingt, die Chilis haben wir selbst gezogen. Ich darf keine essen, die Kleine mag es nicht scharf.«

»Ich bin ja erst bei der ersten Runde«, beruhige ich sie. »María, darf ich dir Fernando vorstellen? Er kommt direkt aus Andalusien und kümmert sich um die Pferdezucht auf La Esperanza. Fernando, das ist María.«

Die beiden schütteln sich die Hände. Die dunkelhaarige Frau fragt nicht nach, weshalb überraschend ein Besuch aus Andalusien für mich angereist ist, obwohl sie Fernando und mich abwechselnd skeptisch ansieht. Was sie wohl denkt?

»Ich würde dir gerne meine Schwestern vorstellen.« Sie winkt zu den Frauen, die sich zwischen den Tischen bewegen, als würden sie nie was anderes tun, als schwere Tabletts mit Getränken zu balancieren.

Kurz darauf sitzen die vier Frauen nebeneinander.

»Also, das sind meine Schwestern. Ich bin die Älteste und Vernünftigste, das ist klar.« Sie lacht, als ihre Schwestern sie knuffen.

»Das ist Sofia, sie ist ein Jahr jünger als ich, dreiundzwanzig, dann kommt Blanca mit einundzwanzig und unsere Jüngste, Marta, mit neunzehn.« Stolz schwingt in ihrer Stimme mit: »Obwohl es nicht so einfach war, mich zu besuchen, haben sie mich nicht im Stich gelassen.«

Das macht mich traurig. Sie hatte mir erzählt, dass es Probleme zu Hause gab und sie ihre Eltern Jahre nicht mehr gesehen hatte.

Alle vier sind mittelgroß und sehr schlank, haben auffallend große, etwas schräg geschnittene braune Augen und schwarze lange Haare. Bei ihrem Anblick fühle ich mich ungelenk und viel zu groß.

»Seid ihr zum ersten Mal in Burgos?«, frage ich sie.

»Ja, das sind wir. Wir haben normalerweise auf der Olivenplantage unserer Eltern viel zu tun.« Blanca streicht ihrer ältesten Schwester über den Kopf. »Endlich sehen wir unsere Schwester wieder und die Kleine.«

»Ich fühle mich auch so, als könnte ich jeden Augenblick entbinden.«

»So siehst du auch aus!«, antwortet Marta und hebt entschuldigend die Hände.

»Sei nicht so frech!« María klingt belustigt und zwickt die Jüngere in den Arm. »So, jetzt könnt ihr euch wieder trollen. Ihr werdet schließlich von Alba bezahlt!«

Amüsiert hebe ich die Schultern und sehe zu Fernando, der den Dialog der Frauen kopfschüttelnd verfolgt.

»Da bin ich ausgestiegen. Ich verstehe nichts mehr.«

»El Andaluz, sie sprechen schnell, kein Wunder, dass du nichts mehr verstehst.» Fernando zuckt mit den Schultern.

María seufzt und steht mühsam auf. »Ich sehe nach Hugo. Bis später!«

Sie geht langsam, drückt sich beide Hände in den Rücken. Als sie an der Theke vorbeikommt, schnappt sie sich etwas zu essen von einer Platte und verschwindet in der Küche.

»Möchtest du noch etwas?«

»Nein, danke. Ich möchte wirklich wissen, was los ist.«

Fernando streicht sich mit der Hand durch das Haar. Die Stimmung im Raum wird ausgelassener, die Gäste lauter, was sicherlich mit den alkoholischen Getränken zu tun hat, die in kleinen Gläsern zu den Tischen gebracht werden. Man stößt an, trinkt und verlangt lautstark nach mehr. Vorsichtig nippe ich an der klaren Flüssigkeit.

»Schmeckt irgendwie nach Grappa, den mag ich gar nicht so gern.«

»Der Schnaps heißt *Orujo* und wird wie der Grappa aus Traubentrester gewonnen. *¡Salud!*«

Ich trinke das zweite Glas und auch noch ein drittes. Paare beginnen zu tanzen. Plötzlich steht Fernando auf, geht zu María und kommt mit einem langen warmen Mantel zu mir an den Tisch.

»Wollen wir einen kleinen Spaziergang unternehmen?«

Stumm nicke ich und stehe auf. Alba unterhält sich angeregt mit einer Gruppe von Damen, Mateo kann ich nicht finden.

»Ich habe María Bescheid gesagt, dass wir frische Luft schnappen gehen.« Er nimmt zwei Stuhlkissen unter den Arm und wir verlassen die Hochzeit.

Nebeneinander treten wir in die Nacht hinaus, bleiben auf der Straße stehen und ich nehme einen tiefen Atemzug. Es ist eine angenehme Ruhe, die mich empfängt und meine Nervosität wie Balsam beruhigt. Wir folgen dem Weg, der zur Kathedrale führt, obwohl wir noch vor einigen Minuten eng beisammensaßen, halten wir jetzt Abstand voneinander. Das Geräusch meiner Absätze auf dem Stein ist das Einzige, was die Stille unterbricht. Kein Mensch ist außer uns unterwegs, es ist, als schenke uns Burgos diesen kostenbaren Moment und blendet den Rest der Welt aus. Nach wenigen Minuten erhebt sich die Kathedrale von Burgos vor uns, der helle Stein erleuchtet. Das Zeugnis vom Wunsch der Menschen, ein Gebäude zu errichten, das zum Göttlichen strebt.

»Hier auf den Stufen ist ein guter Platz.« Fernando nimmt die Kissen und legt sie auf die Steintreppen.

Ohne zu zögern, setze ich mich. Er ist so nah, dass ich

seine Wärme durch den Mantel fühlen kann, und doch fröstelt es mich, als ich den traurigen Ausdruck in seinem Gesicht sehe.

»Katharina, ich weiß nicht, wie ich anfangen soll. Es ist etwas passiert und ich hätte dich schon viel früher angerufen, doch María hat es mir verboten.«

»Fernando, was ist denn los um Himmels willen? Ist es María? Ist sie krank?«

Fernando legt seine Hand auf meinen Arm. »Nein, nicht María.«

Die Erkenntnis tröpfelt wie Gift in mich, und meine Kehle schnürt sich zusammen.

»Es ist Alejandro.«

Fernando schließt seine Augen und als er sie wieder öffnet, kann ich die Antwort auf meine ungestellte Frage in ihnen lesen.

6

»Da du es nun weißt, kann ich dir alles erzählen. Mein Versprechen habe ich nicht gebrochen.«

»Alejandro ist krank. Wie schlimm ist es?« Ich bin so geschockt, möchte nur sprechen, diese aufsteigende Verzweiflung mit Worten unterdrücken.

»Es ist sehr schlimm. Alejandro hat Lungenkrebs, ein Bronchialkarzinom.«

Ich schlage die Hände vor meinem Gesicht zusammen, schlucke die Tränen mit meinem Kummer hinunter. Alejandro Torres Baptiste, Marías Ehemann, der mir die Orangen zu kosten gab, mich mit offenen Armen auf La Esperanza aufnahm, immer für mich da war, hat Krebs. Ich sehe ihn vor mir, groß, schlank und kräftig von der vielen körperlichen Arbeit. Kluge Augen unter buschigen Brauen, die dunklen Haare zu einem Pferdeschwanz gebunden. Ein Fels in der Brandung, ein wertvoller Mensch. Ohne ihn kann ich mir La Esperanza nicht vorstellen. Ohne ihn würde alles zusammenbrechen.

»Wird er sterben?« Meine Stimme zerbröckelt und ich hole zitternd Luft.

»Wir geben die Hoffnung nicht auf. María kämpft wie eine Löwin, aber es sieht nicht gut aus.«

Ich rutsche mit meinem Kissen von ihm ab, Tränen brennen in meinen Augen – ich möchte, aber ich kann nicht von ihm berührt werden. Ich bin stark, habe mich im Griff und ich benötige Abstand von Fernando, sonst würde meine Fassade in sich zusammenstürzen.

»Was weißt du noch?«

»Alejandro hat den Krebs anscheinend schon seit einer ganzen Weile, María hatte ihn die letzten Monate gebeten, zum Arzt zu gehen, als er immer dünner wurde, doch er weigerte sich.«

»Ja, das ist typisch für ihn!«

»Der sturste Mensch, den ich kenne!« Er lacht und ich stimme mit ein. Die gemeinsame Erinnerung an Erlebnisse mit Alejandro tun mir gut.

»Dann ist er einfach umgefallen, auf der Plantage. Der Hund hat ihn gefunden, hat es anscheinend gespürt, dass etwas nicht stimmt, und ist auf die Suche nach Alejandro gegangen.« Fernando lächelt mich an. »Verrückter Hund. María vergöttert ihn nun regelrecht. Perro Negro der Lebensretter.«

»Ja. Das kann ich mir vorstellen. Wie geht es jetzt weiter mit Alejandro? Kann man den Krebs operieren? Bekommt er eine Chemo?«

»Eine Operation ist nicht möglich. Der Krebs hat gestreut. Er ist überall, in den Organen, Lymphdrüsen, Knochen. Nur noch nicht im Kopf, dort sind keine Metastasen.«

»Aber das ist doch gut. Dann gibt es Hoffnung?«

Fernandos Miene ist abwehrend, als würde das gegen seine Ängste wirken!

»Wir alle geben die Hoffnung nicht auf. Alejandro ist im Augenblick in Marbella im Krankenhaus, das ist eine bekannte und gute onkologische Einrichtung, die allerdings zweihundert Kilometer von Otura entfernt ist.«

»Ich verstehe.« Das tat ich wirklich. *La Esperanza* konnte nicht allein von Fernando bewirtschaftet werden. Ich hatte das Anwesen von meinem Großvater geerbt und einen Teil der Pferdezucht an Fernando und an Alejandro und María die Hälfte der Plantage überschrieben. Aber es war immer noch mein Grund und Boden und so war ich dafür verantwortlich. *Du hättest bleiben sollen, du bist geflüchtet und das hatte nichts mit* La Esperanza *zu tun ...*

»Weshalb habe ich nichts davon erfahren?« Mein Herz ist so schwer wie ein Klumpen Metall, es fühlt sich an, als würde es nicht zu mir gehören.

»Das kann ich nur vermuten. Sicherlich wollte sie dich nicht damit belasten.«

Ich nicke. María war in meiner Zeit auf La Esperanza zu meiner Vertrauten geworden. Sie hatte es mir nicht erzählt, um sich hinter dem Schweigen verstecken zu können. Nun, da ich es wusste, würde sich einiges ändern.

»Katharina?« Fernando legt leicht seinen Arm um meine Schulter, als hätte er Angst, mich zu zerbrechen. Mein Körper versteift sich einen Moment, dann gebe ich nach und lasse mich an ihn ziehen. »Du musst zurückkommen.«

Ja, denke ich angsterfüllt. *Ich muss zurückkommen.*

Nachdem ich für mich diese Entscheidung getroffen habe, lehne ich mich einen Atemzug lang an Fernando. Das Gewicht seines Armes tröstet mich. An meine Gefühle für ihn hat sich nichts geändert. *Weshalb bin ich weggelaufen? War ich mir sicher?*

»Ich komme zurück, ich muss mit Paul sprechen, doch das dürfte kein Problem sein.« *Hoffe ich.*

Fernando drückt mich fester an sich, lässt mich dann los und steht auf. »Wollen wir zurückgehen?«

Schweigend gehen wir nebeneinander zurück zur *Casa Alba*, jeder hängt seinen Gedanken nach. Marías Gesicht taucht vor mir auf, ihr strahlendes Lächeln, der schelmische Blick in ihren Augen, wenn sie mit Alejandro spricht, und die tiefe Liebe, die die beiden verbindet. Alejandro, groß und stark wie ein Bär, mit einer ebenso tiefen Stimme. Er zeigte mir die Orangenplantage und ließ mich die reifen Orangen kosten. Er gab mir nicht einen Moment das Gefühl, auf La Esperanza nicht willkommen zu sein, im Gegenteil. Ich fühlte mich geliebt und akzeptiert, als wäre ich seine Tochter.

Im *Casa Alba* ist die Stimmung fröhlich. Wir kommen durch die Tür und setzen uns an einen ruhigeren Tisch an der Wand und sehen den Paaren beim Tanzen zu.

»Übernachtest du hier, Fernando?«

»Wenn das für dich in Ordnung ist?«

»Ja, ja. Selbstverständlich. Kein Problem«, sprudelt es aus mir heraus.

»María hat mir erzählt, du denkst darüber nach, Medizin zu studieren. Wirst du es tun?«

»Ich glaube nicht.« Erstaunt von mir schüttle ich den Kopf. »Der Gedanke hat mich gereizt. Als Kind war es mein Traumberuf und meine Mutter und Margarete hatten sich schon alles ausgemalt: wo ich studiere, dass wir alle gemeinsam umziehen und dann eine Praxis eröffnen und so weiter.«

»Dein Gesicht leuchtet, wenn du von deiner Familie sprichst.«

»Ihr seid jetzt meine Familie. Ich liebe euch.«

Fernando nimmt meine Finger in seine Hand. Legt seine Fingerkuppen darauf, streicht über den Handrücken. Umschlingt meine Finger mit den seinen. Mein Mund ist trocken, die Augen brennen, doch ich möchte auf keinen Fall den Hautkontakt zu ihm verlieren. Es ist falsch, ich weiß es, doch weshalb fühlt es sich so richtig an? Ich höre mein Blut rauschen, spüre den Boden unter den Füßen, das Holz des Stuhles an meinem Rücken, und doch ist es ohne Belang. Das Einzige, was zählt, ist das Gefühl der Lebendigkeit, das durch mich fließt wie ein großer Strom. Ohne Fernando anzusehen, könnte ich sein Gesicht malen. In schlaflosen Nächten habe ich es mir in Erinnerung gerufen, mit schlechtem Gewissen, doch sicher, ihn künftig nicht mehr zu sehen. Langsam entziehe ich ihm die Hand.

»Wollen wir tanzen?« Ich springe vom Stuhl und bahne mir einen Weg zwischen den Tischen hindurch auf die Tanzfläche. Fernando ist hinter mir. Er nimmt mich bei der Schulter, zieht mich kurz an sich und wir drehen uns zur Musik durch den Raum. Mir ist schwindlig, was sicherlich am Wein liegt. Etwas in mir sieht mir zu. *Was machst du da?* Pauls Gesicht.

»Ich brauche eine Pause, Fernando.«

Bevor wir unseren kleinen Tisch an der Wand erreichen können, winken uns Mateo und Alba zu.

»Setzt euch zu uns! Wir rücken zusammen.«

Ich nehme zwischen Alba und einer der Marías – ich habe den Namen vergessen – Platz. Fernando sitzt mir gegenüber, er ist in sich gekehrt. Immer wieder treffen sich unsere Blicke, verhaken sich ineinander, ich lese in seinen Furcht und eine Hoffnung, die mich erschüttert. Sein Hiersein erfüllt mich mit Glück und gleichzeitig war ich lange nicht mehr so traurig. Ich habe Angst, mich zu verlieren, so viele Monate kämpfte ich gegen die Geister in mir, um im Jetzt anzukommen und mich nicht im Danach zu verlieren. Ich habe in den Wochen meines Aufenthaltes auf La Esperanza die Entscheidung getroffen durch die Tür zu gehen, die mich zurück zu Paul und meinem Leben in Deutschland bringt. Meine Großmutter Margarete war gefangen in der Liebe zu einem Mann, der nicht frei war, um mit ihr ein gemeinsames Leben zu leben. Wie hätte ich Paul verlassen können, nachdem er nach dem Überfall für mich da gewesen war?

Fernandos Augen wirken fast schwarz im flackernden Licht der Kerzen, ein verträumtes Lächeln umspielt seine Lippen und katapultiert mich zurück in jene verrückte Nacht in der Sierra Nevada. Dieser eine Kuss in der Hütte, der mir zeigte, dass das Jetzt in den unterschiedlichsten Facetten existiert. Wie ist es möglich, dass ich so empfinde? Und wenn es Liebe ist, wie kann es dann falsch sein?

»Dieser Fernando Torres Baptista ist eine nette Person.« Alba tätschelt meine Hand. Sofia, Marías jüngere Schwester, nimmt Fernando am Arm und zerrt ihn lachend zur Tanzfläche. Er ist kein Spielverderber und wirbelt die hübsche Spanierin durch den Raum.

»Ja. Das ist er.«

»Hmm.«

Ich muss lachen und umarme sie spontan. »Es ist alles in Ordnung, Alba. Ich weiß genau, was du denkst.«

Sie drückt mich für einen Moment an sich. »So. Was denke ich denn?«

»Dass ich etwas nicht Angemessenes tue.«

»Tust du denn etwas nicht Angemessenes?«

In diesem Augenblick fällt der Panzer von mir ab. Albas dunkler Blick durchdringt meinen brüchigen Wall. Ich weiche von ihr zurück, sie nimmt mein Handgelenk, will die Verbindung nicht abreißen lassen. Ihre Hände sind schön, die Finger lang und kräftig, der Handrücken übersät mit dunklen Flecken, die so klein sind, dass sie mich an Sommersprossen erinnern und nicht an ihr Alter.

»Ich glaube nicht, doch es fühlt sich so an. Es ist nicht fair

Paul gegenüber, was ich für Fernando empfinde. Ich dachte, es würde vergehen, wenn ich wieder in Deutschland bin.«

Bevor Alba antworten kann, bringt Sofia den lachenden Fernando an unseren Tisch zurück. Sie verbeugt sich vor ihm mit glühendem Gesicht. Sie ist so hübsch und zeigt Interesse an Fernando. Eifersucht steigt in mir auf, ich kann den Blick nicht von den beiden abwenden. Fernando sieht zu mir herüber, ich möchte wegsehen, doch ich kann nicht. Was soll das nur werden?

Sofia ist unser Blickwechsel nicht entgangen, wie ich an ihrem enttäuschten Gesicht sehen kann. Fernando entschuldigt sich bei ihr, steht auf und hält mir die Hand hin.

»Lass uns tanzen.«

Es gibt eine andere Welt in mir. Ein anderes Universum. Dort lebe ich, ohne einen Gedanken an Richtig oder Falsch zu verschwenden, weil es nur ein Richtig gibt. In dieser Welt spielt es keine Rolle, ob mein Gesicht unversehrt ist oder nicht. Ich lebe mit vollem Herzen, mit offenem Blick, versage mir nichts.

Dann bist du wie Margarete. Doch was ist falsch daran? Das Leben meiner Großmutter war voller Liebe.

ETWAS IN MIR GIBT NACH. Fernandos Hand liegt auf meinem Rücken, meine Hand liegt in seiner, der Takt der Musik ist langsam, die Melodie wiegt mich wie Fernandos Berührung.

»Ich liebe dich«, flüstert er. »Ich kann nicht anders.«

Ich verwehre ihm eine Antwort, löse mich aus seiner Umarmung und muss mich dazu fast zwingen. Worte liegen auf meinen Lippen, die ich nicht aussprechen darf, auf keinen Fall! Mit wehem Herzen verschließe ich mich. Es ist besser so.

»Ich bin müde, Fernando, ich werde nach oben gehen.«

Schnell drehe ich mich von ihm weg und gehe zum Tisch zurück. Es sind nur noch wenige Gäste da, Alba und Mateo halten sich an den Händen und sehen mir entgegen.

»Ich muss mich verabschieden, denn ich bin müde. Vielen Dank für dieses wundervolle Fest. Ich bin so dankbar, dass ich an diesem Tag bei euch sein durfte.«

Ich umarme beide.

»Ich bringe dich zu deinem Zimmer. Meines ist im gleichen Stockwerk.« Fernando umarmt Alba und schüttelt Mateo die Hand.

Schweigend steigen wir die Treppen nach oben, ich trage an Fernandos Satz schwer, wie an einem Rucksack voller Steine.

Vor meiner Zimmertür bleiben wir stehen. Als wir uns auf La Esperanza verabschiedet hatten, klopfte er später noch einmal an meine Tür und küsste mich. Ich habe Angst, dass er mich in seine Arme nimmt, und ich habe Angst, dass er es nicht macht.

Fernando scheint ähnlich zu empfinden, langsam greift er meine Hand und ich wehre mich nicht dagegen. Noch nie in meinem Leben habe ich solch widersprüchliche Gefühle erlebt.

»Ich würde dich so gerne küssen.«

»Ja.« Meine Stimme ist brüchig, ich räuspere mich.

»Ich habe deine Entscheidung respektiert. Du bist zurück nach Deutschland, denn dort ist dein Ehemann. Ich war mir sicher, dass die Zeit meine Wunden heilen wird.« Seine Finger schließen sich fester um meine Hand. »Es heilt nicht. Ich habe mir eingeredet, dass sechs Monate nicht lang genug sind und ich Geduld haben muss. Doch nun sind wir beide hier und die Uhr hat sich wieder auf Anfang gestellt. Es ist, als wären wir erst gestern in der Hütte gewesen. Mein Arm fühlt sich leer an, wenn du nicht darin liegst.«

Er stockt, kommt mit seinem Gesicht näher zu mir. Ich frage mich, ob mein Herz vergessen hat zu schlagen, wie ein Klumpen liegt es in meiner Brust.

»Seit ich dich gesehen habe, denke ich daran, dich zu küssen. An meinen Gefühlen hat sich nichts geändert, Katharina. Ich liebe dich. Ich möchte alles mit dir teilen, meine Freude und meinen Schmerz, alles.«

Ich stehe stocksteif vor ihm, unfähig, mich zu bewegen. Ich kann ihn nicht lieben, *darf* ihn nicht lieben.

Er legt seine warme Hand auf meine Wange und ich meine Hand auf seine. Der Schmerz in meiner Brust lässt nach und ich schließe erleichtert die Augen. Es fühlt sich an wie nach Hause kommen nach einer endlos langen Reise.

»Ich darf dich nicht lieben, Fernando, aber ich vermisse dich. Seit ich zurück in Deutschland bin, gab es nicht einen Tag, eine Stunde, einen Augenblick, wo du mir nicht gefehlt hast. Ich weiß nicht, was ich tun soll.« Verzweifelt drücke ich meine Hände vor Fernandos Brust, verschaffe mir Abstand. Er tritt einen Schritt zurück, seine Arme hängen wie Fremdkörper an ihm, sein Gesichtsausdruck ist starr.

»Es tut mir leid, Katharina. Ich habe dich bedrängt, das passiert nicht wieder. Bevor ich morgen wieder abreise, lass uns bitte zusammen frühstücken und besprechen, wie es weitergehen soll.«

»Wann fährst du zurück?«

»Um zehn Uhr geht mein Zug.« Er macht Anstalten zu gehen.

»Fernando, warte bitte!« Langsam dreht er sich in meine Richtung. »Dann treffen wir uns am besten um sieben Uhr. Und Fernando, ich lasse euch nicht allein mit den Problemen. Ich brauche nur einige Tage, um alles zu klären, und dann komme ich zurück.«

»Ich weiß, Katharina. María weiß das auch. Deshalb musste ich ihr versprechen dich nicht zu kontaktieren.«

»Fernando? Ist alles in Ordnung zwischen uns?«

Ein Lächeln überzieht sein Gesicht. Er sieht mich liebevoll an, Wärme breitet sich in mir aus.

»Mach dir keine Gedanken. Wir sind Freunde.«

Ich schaue ihm nach, wie er sich mit großen Schritten entfernt und im ersten Zimmer verschwindet. Mein Zimmer liegt am Ende des Flurs. Anfang und Ende, metaphorisch gesehen liegen mehr als Räume zwischen uns. Es ist eine ganze Welt.

Leise schließe ich die Tür und schäle mich mit einigen Verrenkungen aus meinem engen Kleid. Liebevoll hänge ich es auf den Bügel. Wenn ich an Fernandos Berührung denke, durchfährt mich ein Stich. Mechanisch gehe ich ins Bad, sehe in den Spiegel. Meine Narbe leuchtet mir entgegen im hellen kalten Licht sehen die Wülste immer noch dick und rot aus. Ich mag mich gar nicht mehr ansehen, meine Augen schauen traurig und ich fühle mich ängstlich und unsicher. *Ich bin im Jetzt!* Ich muss es wiederholen, mein Mantra: *Ich bin im Jetzt.* Das lauwarme Wasser der Dusche erfrischt mich, hält für einen Moment die hin- und herspringenden Gedanken im Zaum. Ich konzentriere mich auf positive Gedanken. La Esperanza. Es ist unglaublich. Wenn ich meine Augen schließe, kann ich mich zur Orangenplantage katapultieren, sehe mich in Marías Küche stehen und von ihrem köstlichen Mandelkuchen probieren, dessen Süße mir den Sommer versprach. *Ich komme zurück, ich komme nach Hause.*

Am Morgen erwache ich erfrischt und bereit, mich dem Tag mit seinen Herausforderungen zu stellen. Noch bin ich unsicher, wie ich mit Paul sprechen soll, und ich kann es nicht einschätzen, wie er darauf reagieren wird, dass ich wieder nach Spanien fliegen muss. Paul war stets feinfühlig und verständnisvoll mit mir. Wir haben nie darüber gesprochen, was auf La Esperanza geschehen ist. Ich weiß, er hätte mich gehen lassen, wenn ich es gewollt hätte.

Ich sehe auf mein Telefon, es ist erst sechs Uhr. Keine Nachricht von Paul. Ich beschließe, ihn anzurufen, um diese Zeit ist er schon wach. Nur nach einmaligem Klingeln höre ich seine Stimme. Zärtlichkeit wallt in mir auf.

»Guten Morgen, mein Schatz. Hattest du eine schöne Party?«

»Guten Morgen, Paul. Ja, das war wundervoll. Alba und Mateo sind ein so fantastisches Paar, es war rührend. Ein großartiges Fest.«

»Das klingt gut. Bleibt es dabei, dass du morgen zurückkommst? Ich vermisse dich.«

»Natürlich bleibt es dabei, Paul.« Ich breche ab, ich sollte sagen, dass Fernando gekommen ist, weil es Probleme mit La Esperanza gibt.

»Alles okay? Du bist so schweigsam.«

»Fernando ist überraschend zum Fest gekommen.«

»So? Was hat er mit Alba zu schaffen? Ich dachte, sie kennen sich nicht.«

»Die beiden hatten Kontakt, Fernando musste dringend mit mir sprechen.«

»Okay. Das kommt mir etwas seltsam vor. Er konnte nicht telefonieren oder sich mit dir schriftlich austauschen?«

Ein ungutes Gefühl steigt in mir auf.

»Ich stehe doch nicht vor der Anklagebank, Paul!«

»Selbstverständlich nicht, entschuldige bitte. Ich war überrascht, das ist alles. Was ist denn passiert?«

»Alejandro ist schwer erkrankt. Es ist schrecklich. Er hat Krebs. Lungenkrebs.« Da ich das Wort Krebs vor Paul ausspreche, trage ich die schreckliche Wahrheit nach außen. Ich beiße mir auf die Lippen, um nicht zu weinen.

»Das ist schlimm, Katharina, und tut mir sehr leid. Gibt es Hoffnung?«

»Ich weiß es nicht. Er ist immer wieder in einer Spezialklinik. Ich muss zurück, es gibt keine andere Möglichkeit.« Ich presse das Telefon an mein Ohr. »Bist du noch da?«

»Ja. Komm erst mal nach Hause, Katharina. Wir besprechen alles. Ich werde dich in allem, was nötig ist unterstützen.«

»Ich danke dir, Paul, und ich liebe dich.«

Den letzten Satz spreche ich ins Nichts.

Mein Mann hat schon aufgelegt.

NIEDERGESCHLAGEN KÄMPFE ich mich aus dem Bett und gehe ins Bad. Wie jeden Morgen hat der Blick in den Spiegel nichts Freundliches. Ich habe wenig geschlafen, bin blass und habe Augenringe, meine Narbe scheint gewachsen zu sein, der Buchstabe und seine Bedeutung widern mich an. Der Versuch, mich so zu akzeptieren und zu mögen, wie ich bin, scheitert und ich sehe zur Seite, während ich meine Haare bürste. Mit einem Gummiband drehe ich sie zu einem Knoten und stelle mich unter die Dusche. Das lauwarme Wasser erfrischt mich und hält meine Gedanken im Zaum. Nach wenigen Minuten bin ich angezogen, und obwohl ich noch über eine halbe Stunde Zeit bis zur Verabredung mit Fernando habe, beschließe, ich das Zimmer zu verlassen und mich auf die Suche nach einer Tasse Kaffee zu begeben.

. . .

Leise, um niemanden zu wecken, gehe ich die Stufen zur Bar nach unten. Es ist penibel aufgeräumt. Keine Spur davon, dass gestern eine Hochzeitsgesellschaft hier gefeiert und getanzt hat. Aus der angelehnten Küchentür höre ich Geschirr klappern, ich klopfe kurz an die Tür und öffne sie einen Spalt. Eine dunkelhaarige Frau dreht sich zu mir um, es ist Sofia, Marías Schwester.

»Guten Morgen, ich dachte für einen Moment du bist María.«

»Ihr Bauch ist in der Zwischenzeit so mächtig, dass sie gar nicht bis zur Spülmaschine kommen würde.«

»Hast du alles aufgeräumt? Wie lange bist du denn schon wach?«

»Ich konnte nicht schlafen. Nachdem das Fest vorbei war, habe ich mich geduscht und dachte, wenn ich schon nicht schlafen kann, dann bin ich wenigstens produktiv.«

Sie nimmt einen Stapel sauberer Teller aus der Spülmaschine und räumt den Rest schmutziges Geschirr hinein.

»Kann ich dir etwas helfen?«

»Nein, ich bin fast fertig. Magst du einen Café con leche? Und etwas zu essen? Pan Tostada?«

»Ein Kaffee wäre wunderbar, ich habe mich um sieben Uhr zum Frühstück mit Fernando verabredet, dann warte ich lieber noch mit dem Essen.«

»Ach, Tostada geht eigentlich immer. Setz dich doch an einen Tisch, ich komm gleich dazu. Ich habe einen solchen Hunger!«

Sie scheucht mich mit einer Handbewegung aus der Küche, ich nehme am Brauttisch Platz, der seiner eigentlichen Bestimmung wieder in der Mitte des Raumes steht. Sofia kommt mit Elan aus der Küche, sie trägt ein großes Tablett.

Kaffeeduft weht zu mir, der Duft von getoastetem Brot. Sie stellt ein Glas und einen Teller mit knusprigem Weißbrot vor mich und setzt sich neben mich.

»Das tut gut. Probiere mal zu deinem Brot das Olivenöl.«

Sie dreht die Flasche auf und hält sie mir unter die Nase.

»Weißt du, dass wir eine große Olivenplantage besitzen? Wir leben in Sevilla und unser Olivenöl ist das beste in ganz Spanien, ach, was sage ich, auf der ganzen Welt!«

Ich grinse und tropfe das Öl auf mein Brot. Der Duft der Kräuter mit einer Zitrusnote vermischt sich mit dem süßlichen Duft des Brotes. Mir läuft das Wasser im Mund zusammen und ich beiße ein großes Stück ab.

»Das ist ja unheimlich lecker. Wahnsinn!«

Sofia grinst und einige Minuten genießen wir schweigend unsere Mahlzeit.

»María hat mir von ihrer Familie erzählt und mir eine kurze Einführung gegeben, welche Olivensorten ihr erntet.«

»Hat sie auch erzählt, dass wir uns über ein Jahr nicht gesehen haben?«

Zögerlich nicke ich. »Ja, sie hat es erwähnt.«

»Wir wussten nicht, dass María ein Kind erwartet und auch nicht, dass sie verlobt ist. Ich frage mich, ob sie sich darüber im Klaren ist, was sie meinen Eltern und uns damit antut.« Sie nippt an ihrem Glas. »Entschuldige, Katharina, es ist sicherlich unpassend, mit dir darüber zu reden.«

»Nein, das ist schon okay. Ich weiß, wie sehr sie euch vermisst.«

»Hat sie unsere Eltern erwähnt?«

»Nein. Aber ihre Schwestern.« Ich lege meine Hand auf Sofias kalte Finger. »Ich weiß nicht, was vorgefallen ist, aber ich weiß, dass sie euch liebt.«

»María war schon immer etwas Besonderes, sie konnte sich nicht einfügen. Ich kann mich nur an Streitereien erinnern. Weißt du, wir alle haben unseren Platz im Leben. Wir sind ein Familienbetrieb, seit Jahrhunderten ist das Land im Besitz unserer Familie. Doch María war das nicht wichtig. Sie hatte andere Pläne.«

»Du klingst verbittert.« Instinktiv ergreife ich Partei für María. So viel geschieht im Leben, auf das man keinen Einfluss nehmen kann. Was die Perspektiven und die Zukunft angeht schon.

»Ich bin es vielleicht, doch in erster Linie liebe ich meine Schwester. Sie hat vor einigen Wochen Kontakt zu Marta aufgenommen. Sie ist die Ruhigste von uns allen. Sie und María haben eine besonders innige Beziehung.«

Längst ist mir klar, dass Sofia keine Antwort von mir braucht, sie hat jemanden dringend nötig, der zuhört und verständnisvoll ist.

»Es hat mich also nicht verwundert, als Marta zu Blanca und mir gekommen ist und den Wunsch geäußert hat, nach Burgos zu fahren. Das erste Lebenszeichen von unserer Schwester seit mehr als einem Jahr, und wir sollen einfach nach Burgos fahren, um ihr zu helfen, eine Hochzeit auszurichten.«

»Guten Morgen, Katharina, guten Morgen, Sofia.«

Fernando steht unvermittelt neben uns. Wir waren so in unser Gespräch vertieft, dass wir ihn nicht kommen hörten.

»Guten Morgen, Fernando!« Sofia strahlt ihn an und steht auf. »Was magst du frühstücken?«

»Vielen Dank. Am liebsten einen Kaffee und Pan Tostado mit Marmelade.« Er lässt sich mir gegenüber nieder. »Habe ich euch gestört? Es sah so aus, als würdet ihr etwas Wichtiges besprechen.«

»Sofia hat mir von der Olivenplantage erzählt, ihre Familie besitzt seit Generationen Olivenbäume in Sevilla.« Ich lächle Sofia zu, was sie mir anvertraut hat, bleibt mein Geheimnis. Ich möchte ihr Vertrauen nicht enttäuschen.

»Ich kenne die Olivenplantage, zumindest dem Namen nach. *Rodriguez de Flores* produzieren hochwertiges Öl und vertreiben es auf der ganzen Welt.«

»Woher weißt du das?«

»Sofia hat mir beim Tanzen darüber erzählt. Natürlich ist mir der Name ein Begriff, wie du weißt, haben wir auf La Esperanza auch Olivenbäume. Für unseren Hausgebrauch und einige Flaschen zum Verkaufen reicht es allemal.«

»Darüber möchte ich mehr wissen.«

»Ich liebe deine Begeisterung, Katharina. Wenn du erst zurück bist, zeige ich dir alles.«

Wenn du erst zurück bist ...

Nach einer Minute bekommt Fernando sein Frühstück, das aus Kaffee und getoastetem Weißbrot besteht. Er bedankt sich höflich bei Sofia und ich frage mich, ob ihm nicht auffällt, dass die schöne Spanierin den Kontakt zu ihm sucht.

»Ich lasse euch allein, ihr beide habt wohl viel zu besprechen.«

»Danke, Sofia, das ist nett.« Er wartet ab, bis wir allein sind, und beugt sich zu mir. »Wie hast du geschlafen? Geht es dir gut?«

»Ja, du musst dir keine Sorgen um mich machen.«

»Ich habe gestern Nacht noch mit María telefoniert. Alejandro hat seinen Termin in zwei Wochen in der Klinik. Vorher muss er noch die Untersuchungen abschließen, auch in Marbella, aber er kann danach wieder nach Hause.«

»Es sind fast zweihundert Kilometer nach Marbella.« Ich schweige ratlos. In mir wird der Wunsch immer stärker, nach La Esperanza zurückzukehren. Ich werde gebraucht.

»Was hat sie gesagt, dass du es mir erzählt hast?«

»Du bist allein darauf gekommen. Ich glaube, sie ist

erleichtert. Hat aber versucht, mich davon zu überzeugen, dass es auch ohne dich geht.«

»Ich habe heute Morgen mit Paul telefoniert und ihm die Situation klargemacht. Ich werde, so schnell es geht, zurückkommen.«

Seine Augen sind groß und dunkel, ich habe das Gefühl, in sie zu fallen. Er streicht zärtlich über meinen Handrücken, die Berührung dauert nur einen Moment, hallt aber wie eine schöne Melodie in mir nach.

»Ich kenne da noch jemanden, der sich darüber freuen wird.«

»Oso«, erwidere ich atemlos, »ich kann es kaum erwarten, ihn zu sehen. Seit ich in Deutschland bin, vermisse ich es, zu reiten.«

»Wir werden alles nachholen. Versprochen. Katharina, ich möchte dir noch etwas sagen, das mir keine Ruhe lässt. Du kannst dich darauf verlassen, dass ich deine Entscheidung respektiere. Auf keinen Fall möchte ich, dass du dich von mir unter Druck gesetzt fühlst.«

Ich denke an La Talanquera, *die Zuflucht, jener Ort, an dem ich mich dem Danach gestellt hatte. Fernando war an meiner Seite gewesen.*

»Ich fühle mich nicht unter Druck gesetzt. Es geht um Alejandro und die Zukunft von La Esperanza. Das ist es, was zählt.«

Wir lächeln uns an, der große Mann und ich, so vertraut wie vorher. Nichts hat sich verändert, mein Herz hüpft wie früher.

LANGSAM WACHT DAS HAUS AUF, Alba und Mateo kommen Hand in Hand die Treppe hinunter, Sofias Schwestern Blanca und Marta folgen ihnen. Gelächter erfüllt den Raum, Alba umarmt Fernando und mich.

»Ach, ihr Lieben! Was war das für ein rauschendes Fest! Geht es euch gut? Fernando, wann musst du denn am Bahnhof sein? Ich habe mit Mateo gesprochen, er bringt dich, ich möchte den Tag mit Katharina genießen, morgen fliegt sie zurück nach Deutschland.«

Fernando winkt ab, doch gegen Alba hat er keine Chance, also gibt er nach. »Dann vielen Dank, Mateo«, sagt er, als dieser an unseren Tisch kommt, mit einem Tablett, größer als er selbst.

»Wenn meine Frau mich um etwas bittet, wie kann ich da ablehnen?«

Ich grinse, es macht mich so glücklich zu sehen, welche Freude er daran hat, »meine Frau« auszusprechen.

Innerhalb von dreißig Minuten ist der Raum angefüllt mit gut gelaunten Menschen. Marías Schwestern räumen Tablett für Tablett von der Küche auf die Tische und, nachdem alles leergeputzt ist, wieder zurück. Ich sehe María die Treppen herunterkommen, Hugo ist dicht hinter ihr und redet beruhigend auf sie ein. Sie lässt den Kopf hängen und ich habe das Gefühl, als hätte sie geweint.

»Wann reisen Marías Schwestern wieder ab?«

Alba beobachtet María und seufzt auf: »Heute Nachmittag fährt der Zug los. Es tut mir leid für sie. Sich gegen die Familie zu stellen ist schwer, auch wenn es richtig ist.«

»Wie Margarete? Du hast mir erzählt, dass sie den Jakobsweg allein mit einer Freundin wandern wollte.«

Alba lacht. »So hat sie es erzählt. Ich kann mir vorstellen, dass sie ihre Eltern in den Wahnsinn getrieben hat! Vor allem in der damaligen Zeit und im konservativen Spanien.«

Margarete, meine Großmutter, die stärkste Frau, der ich je begegnet bin.

»Ich werde jetzt nach oben gehen und meine Tasche packen.« Fernando steht auf, reicht Alba die Hand.

»Es war schön, dich kennenzulernen, Fernando. Ich würde die geheimnisvolle Orangenplantage gerne sehen. Katharinas Geschichten darüber haben mich verzaubert.« Sie erhebt sich elegant, Fernando schließt sie in ihre Arme. Alba tätschelt seine Wange, als sei er ein Kind, das Aufmunterung benötigt.

»Es wird alles gut, Fernando. Richte María bitte meine Grüße aus. Ich wünsche ihr alles Gute in dieser schweren Zeit, die auf sie zukommt. Gute Besserung von Herzen an Alejandro. Ich schließe euch alle in meine Gebete mit ein.«

Gerührt sehe ich, dass er ebenso seine Wange in ihre Hand schmiegt, wie ich es tue. Alba hat etwas Magisches an sich, ihre Berührung tröstet und spendet Zuversicht. Er wirft mir einen Blick zu, ich kann den Ausdruck darin nicht deuten, doch er geht mir nahe, erfüllt mich mit einer Sehnsucht, die ich nicht beschreiben kann. Mit langen Schritten geht er die Treppe in den oberen Stock, ohne sich von mir zu verabschieden. Haben wir alles besprochen?

»Warte noch, Katharina. Dann solltest du nach oben gehen und ihm auf Wiedersehen sagen.«

»Woher wusstest du, dass Alejandro schwer krank ist? Hast du mit Fernando darüber gesprochen?«

»María hat mich angerufen, bevor Fernando angereist ist. Was hältst du davon, ich ziehe mir etwas Wärmeres an, du verabschiedest dich von Fernando und wir beide gehen eine Runde spazieren? Ich würde dir gerne die Kathedrale zeigen.«

Ich nicke, trinke den letzten Rest meines kalten Kaffees, drücke Alba einen Kuss auf die Stirn und gehe die Stufen nach oben.

Vor Fernandos Zimmer bleibe ich stehen und klopfe an die Tür. Er öffnet sie. Sekundenlang sehen wir uns an.

»Ich wollte mich verabschieden, wir hatten ja gar keine Möglichkeit mehr.«

»Als du La Esperanza verlassen hast, stand ich zum Abschied vor deiner Tür. Erinnerst du dich?«

Ich nicke. Wie könnte ich das vergessen. Wir küssten uns. Ein Abschiedskuss, ich dachte, ich würde ihn lange Zeit nicht mehr wiedersehen. »Ich verspreche dir, dass ich alles tun werde, um La Esperanza zu retten.« Ich umarme ihn, spüre seinen Herzschlag trommelnd an meinem Herzen. Dann legt er seine Arme um mich, drückt mich fest, ich fühle seine Emotionen: Furcht, zurückgestoßen zu werden, und seine Sehnsucht nach mir. Fast grob löst er sich von mir.

»Ruf mich an und sag Bescheid, wann du kommst, ich hole dich vom Flughafen ab. Ich danke dir, Katharina. Ich bin froh, dass ich nach Burgos gekommen bin. Bitte warte noch einen Moment, ich habe etwas für dich.« Er dreht sich um und ich sehe durch die geöffnete Tür, dass er aus seiner Tasche etwas nimmt, was in ein Tuch eingewickelt ist.

Er kommt an die Tür und reicht es mir.

»Das hast du zurückgelassen in deinem Zimmer. Aber es gehört zu dir.«

Obwohl ich weiß, was es ist, schlage ich das Tuch zur Seite. Es ist das Kästchen mit Margaretes und Josés Briefen.

»Das ist wunderbar. Danke, Fernando, das bedeutet mir viel. Hast du sie gelesen?«

Er nickt. »Ich dachte, das wolltest du?«

»Ja, das wollte ich.«

»Es ist alles gut, Katharina. Ich kenne dich, ich sehe dich. Gleichgültig wie tief du dich vergräbst, ich sehe dich.«

Langsam zieht er sich zurück, nickt zum Abschied und schließt die Tür.

Ich winke ihm zu, gehe ein paar Schritte in die andere Richtung, sperre die Tür auf und lasse mich auf das Bett fallen, im Arm das Kästchen mit den wertvollen Briefen. Nicht gedachte Bilder tanzen in meinem Kopf, verdrängte Gefühle bahnen sich einen schmalen Pfad in mein Herz. Ich bleibe liegen, bis ich Fernandos Zimmertür höre, seinen Schritt, der sich entfernt. In Gedanken verfolge ich seinen Weg, sehe vor meinem geistigen Auge, wie er sich von allen verabschiedet, verspricht, dass man sich wiedersieht. Fröstelnd ziehe ich die Decke über meinen zitternden Körper und rolle mich zusammen. Gedankenfetzen treiben den Herzschlag nach oben, meine Haut kribbelt wieder, als könne sie sich an Fernandos Berührung erinnern. Mehr als eine halbe Stunde bleibe ich hier im Zimmer, ich möchte Fernando nicht mehr begegnen, wenn ich nach unten gehe. Es klopft leise an meine Tür, ich springe aus dem Bett und öffne. Alba steht vor mir mit Jacke und Schal.

»Fernando ist mit Mateo unterwegs zum Bahnhof. Du kannst herunterkommen.« Sie lächelt und wendet sich zum Gehen. »Vergiss nicht, dich warm anzuziehen!«

Sprachlos ziehe ich mir den Mantel an, stecke mein Handy in die Hosentasche und ziehe die schwere Holztür hinter mir zu. Das Kästchen verstaue ich in meiner Tasche. Anscheinend kann Alba durch die Wände sehen.

Die kühle Luft weckt meine Lebensgeister, ich atme tief ein, das Chaos im Kopf, die Sorgen um Alejandro und María, die Angst, dass La Esperanza nicht zu retten ist, ein schlechtes Gewissen, weil ich Sehnsucht nach einem Menschen empfinde, den ich nur kurze Zeit kenne.

»Was ist zwischen dir und Fernando?«

»Ah, eine direkte Frage.«

»Ich bin alt, ich habe keine Zeit.« Sie grinst und ich muss lachen. Alba ist alles, aber nicht alt.

»Ich schätze, wir haben uns ineinander verliebt, als ich auf La Esperanza war.«

»So etwas habe ich mir gedacht. Aber jetzt möchte ich dir die Kathedrale zeigen. Mit meinen Augen.« Gemeinsam bleiben wir vor einigen Stufen stehen, die zu einem reich verzierten Portal führen.

»Das ist der Eingang, über den die Pilger die Kathedrale betreten. Das Sarmental-Portal ist für mich so wundervoll, dass ich an manchen Tagen nur deshalb hierherkomme, um es zu betrachten.« Alba steigt langsam die steile Treppe nach oben, den Blick auf den Eingang gerichtet. Ich bin neben ihr, lasse mich begeistern. Die Eingangstür, die sich farblich mit dunklem Rot vom hellen Stein abhebt, wird geteilt von einer schlanken Säule mit einer großen Statue.

»Das ist Maurizio, der Gründerbischof der Kathedrale, darüber sitzen die zwölf Apostel.«

»Sehr beeindruckend.«

Alba zeigt mit dem Finger auf eine Darstellung über der Statue, sie erklärt mit Begeisterung, dass es Jesus ist, der auf dem Thron sitzt. Ihr Gesicht glüht und sie strahlt eine Energie aus und eine Lebenskraft, die mich sofort packt. Bewegt nehme ich ihre Hand und drücke einen Kuss darauf. »Ich bin so glücklich, dass ich dich getroffen habe, Alba.«

»Das bin ich auch. Ich liebe dich, du gehörst zu meiner Familie. Aber jetzt komm. Ich bin gespannt, was du sagst, wenn wir hineingehen.«

Wir durchschreiten das Portal und betreten eine andere Welt, ein Bollwerk, das den Geräuschen der Stadt den Zutritt verwehrt. Der Innenraum ist lichtdurchflutet, und erstmals seit langer Zeit lösen sich meine Gedanken und treiben davon. Langsam gehe ich Kunstwerk für Kunstwerk ab, Bilder, Statuen, Verzierungen und ein Altar, der mich sprachlos ob seiner gewaltigen Präsenz zurücklässt. Ich zünde eine Kerze an, denke an meine Mutter Josefa und meine Großmutter Margarete, zwei Menschen, die ich viel zu früh verloren habe und die mich so vieles gelehrt hatten. Ich weiß nicht, wie lange Alba und ich nebeneinander auf den Bänken sitzen, als sie mir ins Ohr flüstert: »Lass uns zurückgehen. Ich bin müde.«

Auf dem Heimweg warte ich, ob Alba das Gespräch wiederaufnimmt, mich nach Fernando fragt oder nach Paul. Ich bin froh, dass sie es nicht tut. Wieder in *Casa Alba*, zieht sich die Namensgeberin auf ihr Zimmer zurück. Ich bin erstaunt, wie schnell die Stunden vergangen sind. Aus der verwaisten Küche nehme ich mir etwas Brot und Schinken und setze mich zu María an den Tisch, die mir mit melancholischem Blick entgegensieht.

»Darf ich mich setzen?« Sie nickt und ich lasse mich auf dem Stuhl nieder.

»Alba und du ward in der Kathedrale?«

»Ja. Ein unglaubliches Bauwerk.«

»In Sevilla, meiner Heimatstadt, steht die größte gotische Kathedrale Spaniens. Sie zählt sogar zu einer der größten der Welt. Sie ist außergewöhnlich. Hundertachtzehn Jahre wurde daran gebaut.«

»Was für eine unfassbar lange Zeit!«

María wischt sich mit einer heftigen Bewegung über ihre Augen. »Es tut mir leid, Katharina, meine Schwestern sind auf dem Weg nach Hause und ich vermisse sie so sehr!«

»Alles ist gut! Das kann ich gut verstehen. Gibt es keine Möglichkeit für dich, keinen Weg zurück?«

Sie richtet sich auf, stolz und unbeugsam. »Wenn ich mich meinem Vater füge, vielleicht. Aber das ist keine Option.«

Sie steht mühsam auf, hält eine Hand an ihren Bauch. »Es

ist auch nicht mehr meine Entscheidung allein. Ich liebe Hugo und möchte mein Leben mit ihm verbringen. Er und die Kleine … das ist das Einzige, was zählt.«

»Ich kann nur sagen, dass ich dich verstehe. Es gibt Entscheidungen, die nicht umkehrbar sind.«

Sie lacht und klopft mir im Vorgehen auf die Schulter. »Du wirkst so, als wüsstest du genau, was du tust. Ich mache ein Nickerchen.«

In Gedanken versunken beende ich meine Mahlzeit. Erstaunlich, wie mich andere Menschen erleben. Im Moment habe ich nicht das Gefühl, ich selbst zu sein. Weder im *Davor* oder Danach und schon gar nicht im Jetzt.

7

Erschöpft sitze ich in der Maschine und schaue aus dem kleinen Fenster auf die grauen Wolkenmassen, die sich unter dem Flugzeug bedrohlich aufbauen. Neben mir hat eine Mutter mit ihrem Kind ihren Platz, das unaufhörlich auf meine Narbe starrt. Die Mutter redet leise auf den kleinen Jungen ein, doch der ist fasziniert und lässt sich nicht ablenken. Ich drehe meinen Kopf weiter zum Fenster und lehne mich an. Noch eine Stunde, dann landet das Flugzeug in Frankfurt und ich kann mich in den Schutz meiner Wohnung flüchten.

Voller Zweifel und dunklen Gedanken schlafe ich ein und werde kurz vor der Landung durch die Flugbegleiterin geweckt. Das kleine Kind spielt in der Zwischenzeit mit einer quietschgelben Konsole, ich und meine Narbe sind endlich uninteressant geworden.

Als eine der Ersten verlasse ich das Flugzeug. Da ich nur Handgepäck bei mir habe, stehe ich einige Minuten später vor Paul, der mich zärtlich begrüßt und mich umarmt.

»Du siehst blass aus, war es sehr anstrengend?« Seine

Stimme ist mitfühlend, er nimmt mir die Tasche aus den Händen.

»Schön, wieder hier zu sein. Ja, ich bin etwas müde.«

»Eine schöne Tasse Tee wartet auf dich.« Wir sind beim Auto angelangt, ich lasse mich auf den Beifahrersitz fallen, Musik ertönt, ein Stück von Ludovici Einaudi erfüllt den Innenraum des Autos mit entspannenden Klängen. Paul nimmt meine Hand und legt sie auf seinen Oberschenkel, dann fahren wir los. Wie schon im Flugzeug lege ich meine Stirn ans Fenster und schließe die Augen. Meine Hand ziehe ich wieder zu mir. Anscheinend bin ich eingeschlafen, denn Paul weckt mich vorsichtig. »Wir sind zu Hause.«

Ohne Energie ziehe ich mich aus dem Auto, die Treppen zu unserer Wohnung scheinen endlos lang zu sein. Ich bin froh, durch die Tür zu gehen, und wie erhofft fühle ich mich sofort wohler. Paul legt meinen Reiserucksack auf dem Bett ab, ich nehme in der Zwischenzeit Tassen aus dem Schrank und fülle beide randvoll mit heißem schwarzem Tee aus der Thermoskanne. Mit einem Seufzer setze ich mich auf meinen Platz, Paul sitzt mir gegenüber.

»Wie läuft es in der Arbeit? Kommst du gut zurecht mit deiner Partnerin?«

»Ja, sehr gut. Sie ist engagiert und hat einen Kundenstamm, der sich sehen lassen kann. Das wird mein Architekturbüro weiter nach vorne bringen.«

Ich mustere ihn. Es ist mir gar nicht aufgefallen, doch er scheint etwas abgenommen zu haben, seine hellen Haare fallen ihm wie immer in die Stirn, er wirkt gelöst und glücklich. Ich freue mich so sehr, er hat das letzte Jahr ebenso gelitten wie ich. Mein Überfall hatte auch Auswirkungen auf ihn, nicht nur auf unsere Ehe.

»Ich habe darüber nachgedacht, was du am Telefon gesagt

hast, Katharina. Wenn es in Ordnung ist, dass wir jetzt darüber reden. Wie du magst.«

»Gerne. Ich bin sowieso viel zu aufgewühlt.«

Paul sieht mich abwartend an, ich erzähle alles – oder alles, was notwendig ist, um die Situation auf La Esperanza zu erklären. Paul räuspert sich.

»Ich verstehe und du musst dich auch darum kümmern, du bist der Miteigentümer, beziehungsweise das Land und die Gebäude gehören dir.«

»Die Orangenplantage habe ich Alejandro und María zur Hälfte überschrieben, die Pferde Fernando.«

»Ja. Du kannst vorrübergehend einspringen, einen Teil der Arbeiten übernehmen, aber auf Dauer ist das nicht möglich. Du lebst in Deutschland, nicht in Spanien. Wie hast du dir eine kurzfristige Lösung vorgestellt?«

»Ich werde, so schnell wie möglich, nach Andalusien fliegen und erst einmal alle Unterlagen sichten, um einen Überblick zu bekommen, wie es aussieht.«

»Die Buchhaltung wurde von María geführt?«

»Ja, das war auch immer in Ordnung.«

»Ich habe mir auch Gedanken gemacht und ich möchte dir einen Vorschlag unterbreiten.«

»Jetzt machst du es spannend, Paul.«

Er rümpft die Nase und nippt an seinem Tee. »Ich habe meine Projekte fertig und bisher noch keinen neuen Auftrag angenommen. Sabine muss sich ihre Sporen verdienen, ich habe jede Möglichkeit, kürzerzutreten.«

»Was willst du damit sagen?«

»Ich möchte damit sagen, dass ich mit dir nach Andalusien komme und mithelfen werde, wo ich nur kann.«

Ich starre ihn an, unsicher, ob ich glücklich darüber sein soll oder nicht. Ich kann nicht ermessen, was das bedeutet. Von Anfang an war es Pauls Wunsch, La Esperanza zu verkaufen, daraus hatte er keinen Hehl gemacht. Auch nicht, als er mich überraschend auf der Finca besucht hatte. Er war vorzeitig abgereist und wir hatten uns im Streit verabschiedet.

»Das ist ja unglaublich! Aber weshalb?«

»Was soll ich sagen? Ich kann nicht von dir verlangen, alles aufzugeben. Das würde dich unglücklich machen, ich finde es wichtig, dich zu unterstützen und alle anderen auch.«

Ich springe auf und umarme ihn. Gemeinsam würden wir alles schaffen. Die kleine warnende Stimme in meinem Kopf schiebe ich zur Seite.

»Das bedeutet mir viel, Paul. Ich danke dir.«

WIR SITZEN auf dem Sofa und sehen uns einen witzigen Liebesfilm an. Das haben wir sehr lange nicht mehr getan und es tut gut, einen Alltag zu leben, wie viele andere Paare auch. Paul hat seinen Arm um meine Schulter gelegt und mich an sich gezogen. Der Druck seines Arms auf meiner Schulter lässt mich von ihm abrücken, nach wie vor fällt es mir schwer, Berührungen zu ertragen. *Du belügst dich selbst.*

»Alles okay, mein Schatz? Magst du den Film?«

»Ja, er ist lustig.«

»Bist du entspannt?«

»Hmhm.« Es kribbelt in meinem Nacken, Pauls Stimme verändert den Tonfall, wird eine Spur dunkler.

Er zieht mich am Arm näher zu sich. »Es ist schön, dich zu berühren, du bist mir nah, ich vermisse dich, Katharina.«

Ich kann einfach weglaufen oder im Boden verschwinden wie damals im Wald.

Der Film ist auf einmal Nebensache, mein Shirt ist über meinen Bauch nach oben gerutscht, Paul zieht mit seinem Finger Kreise über meine Haut und sieht mir dabei in die Augen. Es ist Paul, sage ich mir, mein Ehemann, der alles für mich tut und den ich liebe. Weshalb löst seine Berührung einen solchen Schrecken in mir aus?

»Wie fühlt es sich an? Mein Finger auf deiner nackten Haut? Es ist so lange her, Katharina, so unfassbar lange. Sag, dass du mich so begehrst wie ich dich.«

Ich öffne die Lippen, möchte etwas sagen, doch die Worte verstecken sich in meiner Angst, die jetzt heller lodert als ein Feuer. Ich bin sprachlos, ohne Bewegung. Ich weiß, ich müsste nur STOP flüstern und alles wäre gut. Doch ich kann es nicht. Ein Teil von mir ist in der Vergangenheit, gefangen im Wald mit Kapuzenmann und seinem Messer, der andere Teil redet sich ein, dass alles gut ist. *Er ist dein Ehemann, verdammt. Reiß dich zusammen!*

In einer Sekunde, als ich das NEIN nur denken konnte, hat Paul mein Schweigen als Zustimmung gedeutet.

Er zieht mir das Shirt über meinen Kopf, streichelt jeden Zentimeter meiner Haut, küsst mich zärtlich, wird drängender. Es gab eine Zeit, irgendwann und irgendwo im *Davor,* da liebten wir uns, wann immer wir die Gelegenheit dazu hatten, denn unsere Körper sprachen dieselbe Sprache. Paul hält mich im Arm, drückt mich fest an sich, meine Knochen sind aus Gummi, meine Hände finden keinen Halt. *Nein! Nein!* Paul streicht über meine Haare, küsst die Narbe in meinem Gesicht, ich sehe ihn an und erkenne doch nur Kapuzenmann, der lachend auf mir sitzt.

Leidenschaftlich öffnet Paul die Knöpfe meiner Jeans, schiebt seine Hand von meinem Bauch tiefer. Ein Laut baut sich in meinem Inneren auf, etwas Hohes, Animalisches, Verzweifeltes und bahnt sich den Weg aus mir.

Paul unterbricht seine Liebkosung und sieht schockiert die Qual in meinem Gesicht. Fassungslos wischt er mir die Tränen von meinen Wangen. Im Augenblick als er von mir lässt, findet meine Stimme wieder zu mir und ich schreie das

»NEIN« in den Raum. Ich kauere mich am Ende des Sofas zusammen und ziehe die Arme um meine Knie. Pauls Gesicht ist grau vor Schock, er legt mein Shirt über mich, um meine nackte Brust zu bedecken. Ich kann nichts dagegen tun, die Tränen stürzen aus meinen Augen, ich schluchze und bin vollkommen fertig. Meine Reaktion auf die Berührungen meines Mannes überfordert mich. Er steht auf, geht in die Küche, ich kann hören, wie er ein Glas mit Wasser füllt. Er kommt zurück und hält es in meine Richtung. Meine Hand zittert so stark, dass ich es nicht greifen kann. Paul stellt es auf die Glasplatte des Tisches und sinkt vor mir auf die Knie.

»Es tut mir so furchtbar leid, Katharina. Ich wollte dir nicht solche Angst machen.« Er klingt verzweifelt und eine Spur trotzig.

»Ich dachte, dass du nach dieser langen Zeit offen bist für körperliche Nähe.«

»Ich habe geglaubt, ich kann es ertragen.«

»Oh Gott, Katharina. Ertragen? Deine Reaktion war ähnlich, als du vor fast einem Jahr das erste Mal nach Burgos gereist bist. Du hast immer noch das Gefühl, mich *ertragen* zu müssen?«

Seine Miene ist betroffen, seine Hände vergraben sich in den Haaren.

»Paul. Bitte verzeih mir. Ich verspreche dir, es wird schon werden. Es muss einfach werden. Ich brauche noch Zeit, mehr Zeit.« *Ich bin eine Versagerin, ein Schwächling. Ich bin im Jetzt, weshalb kann es nicht so sein wie früher zwischen uns?*

In Pauls Augen schimmern Tränen. Ich habe ihn mit meiner Reaktion verletzt und ich habe das Gefühl, auf einer Ebene meiner Ehe versagt zu haben. Wieder habe ich meinen Mann von mir gestoßen.

»Kann ich mich zu dir setzen?«

»Selbstverständlich. Es geht mir besser.«

»Du solltest, so schnell wie möglich, nach Andalusien fliegen. Ich werde hier noch einige Tage benötigen, um den Alltag zu organisieren, dann komme ich nach.«

»Paul …«, ich ergreife seine Hand, »du weißt, dass meine Reaktion eben nichts mit dir zu tun hat.«

»Das weiß ich, Schatz, aber es betrifft mich und unsere Ehe.« Ein trauriges Lächeln umspielt seine Lippen. »Ich bin für dich da. Du hast die Zeit, die du brauchst.« Er holt sein Tablet und zeigt mir die Flüge, die er herausgesucht hat. Ich entscheide mich dafür, übermorgen nach Granada zu fliegen.

»Möchtest du deinen Flug schon buchen?«

»Heute noch nicht. Morgen oder übermorgen, wenn ich abschätzen kann, wie lange es noch dauert. Ich gebe einen Schlüssel unserem Hausmeister und bitte ihn sich um die Post zu kümmern. Er freut sich sicherlich über ein großzügiges Trinkgeld.«

»Paul?«

»Ja?«

»Ist alles in Ordnung zwischen uns?«

»Natürlich. Mach dir keine Sorgen. Davon geht die Welt nicht unter. Für mich auf alle Fälle nicht. Wir sind so weit gekommen, Katharina, weil wir zusammengehalten haben.«

»Ich bin müde. Ich werde zu Bett gehen.«

»Ich bleibe noch etwas auf, geh schon vor.«

Bevor ich schlafen gehe, stelle ich mich unter die Dusche. Das Wasser reinigt mich innen wie außen. Ich wünschte, es könnte die dummen Gedanken aus meinem Kopf spülen, die Ängste, die ich nicht zu überwinden scheine. Die sich verstecken in den entlegensten Winkeln meiner Seele, darauf wartend, mir zu zeigen, dass sie über mich bestimmen können.

Mein Telefon liegt auf der Ablage, ich nehme es in die Hand und kontrolliere meine Mails. María hat mir etwas geschickt, das hatte ich schon erwartet. Ich nehme vom Kleiderhaken an der Tür meinen Schlafanzug, rubble meine Haare etwas trocken, mache es mir im Schlafzimmer auf dem großen Bett bequem, und rufe ihre E-Mail auf.

Liebe Katharina,

Fernando hat mir alles erzählt. Ich hatte vermutet, dass er nach Burgos fährt, um dich zu treffen und dich letztendlich über unsere Situation zu informieren. Nun bin ich froh, dass er es getan hat.

Was soll ich dir sagen. Es ist Alejandro! Er ist so mutig, für ihn ist es eine Selbstverständlichkeit, dass alles gut ist und er wieder gesund werden wird. Davon ist er so überzeugt, dass ich es nicht wage, daran zu zweifeln. Ich habe solche Angst, Katharina, solche Angst.

Ich wollte dich nicht aus deinem Leben in Deutschland herausreißen, ich wollte nicht um Hilfe bitten, obwohl ich weiß, dass du es bist, die uns allen Mut und Hoffnung geben kann.

Du gehörst zu uns in dieser schweren Stunde, nicht, weil La Esperanza *ohne dich nicht weiter existieren wird, sondern weil wir dich brauchen. Alejandro, Fernando und ich. Wir sind eine Familie, das waren wir von Anfang an.*

Ich danke dir so sehr, Katharina, und ich bin traurig, dass es diesen Anlass braucht, dass du nach Hause kommen wirst.

In Liebe, María Garcia Lopez

Ich antworte María und nenne ihr Tag und Zeitpunkt meiner Ankunft. Nach kurzem Überlegen setze ich ein *Ich liebe euch* darunter.

Erschöpft lege ich das Telefon zur Seite. Die Lichter der Stadt leuchten in mein Zimmer, malen ein Muster an die Wände und auf den Teppich. Um mich herum wird gelebt in allen möglichen Facetten. Das tröstet mich, obwohl oder gerade weil sich diese Existenz in völliger Anonymität abspielt. Ich bin nicht allein und doch muss ich nichts von mir preisgeben, ich kann in meiner Blase sein und entscheiden, ob ich sie zerplatzen lasse oder nicht.

Wie ich auf Paul reagiert habe, zeigt mir, dass ich nicht bereit bin, aus meiner schützenden Hülle herauszukommen. Wieder und wieder lasse ich die Szene vor meinem inneren Auge abspielen, wieder und wieder drohe ich in das namenlose Grauen zu fallen. Aufgewühlt strample ich die Decke von mir uns setze mich an die Bettkante. Mein Herz rast wieder und ich schwitze und trotzdem ist mir kalt. Ich lege mich erneut auf den Rücken und ziehe die Decke über mich, sehe den Lichtern zu und überlege mir Geschichten dazu. Mein Atem wird ruhiger, Albas Gesicht ist da und ihr Lächeln, ihr strenger Blick zu Hugo, wenn er sich mit Miguel streitet, und die Liebe in ihren Augen am Tag ihrer Hochzeit. Mein Geist fliegt über die Orte, die mir so viel bedeuten und mir zeigen, dass das Danach keine Macht mehr über mich hat. In jener Nacht, die ich mit Fernando in der Sierra Nevada verbracht habe, habe ich den Kapuzenmann hinter mir gelassen. Ist es möglich, dass er mich wieder eingeholt hat?

Als Paul ins Bett kommt werde ich wach. Er riecht nach Alkohol und ich rutsche an die äußerste Kante, möglichst weit weg von ihm.

»Katharina? Bist du wach?«

Ich beiße die Zähne zusammen, wie gerne würde ich ihn trösten, in den Arm nehmen und ihm versprechen, dass alles gut werden wird, doch ich schweige und schäme mich dafür.

Am nächsten Morgen spielen wir uns vor, dass alles in bester Ordnung ist. Paul nimmt zu seinem Kaffee eine Aspirintablette, seine Augen sind geschwollen, er hat gestern anscheinend dem Alkohol zugesprochen.

»Wie geht es dir?«

»Na ja, ich habe zu viel getrunken, bevor ich zu dir gekommen bin. Dementsprechend brummt mir der Schädel.«

»Die Tablette wird dir helfen. Hast du heute viel zu tun?«

Paul nimmt zwei Brote aus dem Toaster, beschmiert sie mit Butter und Honig und reicht mir eines davon.

»Ich werde ein Gespräch mit Sabine führen, du kannst dir sicherlich vorstellen, dass sie nicht begeistert sein wird, dass ich ihr das Büro nach so kurzer Zeit überlasse.«

Er grinst schief, ich streiche ihm eine Strähne aus dem Gesicht.

»Ich liebe es, wenn du mich berührst. Denkst du, ich sollte zum Friseur gehen?«

Mein Mann schätzt seine Haare, die immer ein wenig zu lang sind, aber perfekt zu ihm passen.

»Das fragst du mich?« Ich muss lachen. »Hast du keine Bedenken, dass ich sage: ›Weg damit‹?«

»Ich vertraue dir da völlig.«

Und plötzlich ist die Leichtigkeit in unserem Gespräch

wieder zurück und der schreckliche Abend fällt von mir ab wie ein kratziges Kleidungsstück.

»Dann bitte ich dich, deine verstrubbelten Haare zu behalten. Auch in Spanien ist es um diese Jahreszeit kühl, nicht dass du dich erkältest.«

»Das waren genau meine Gedanken!« Er beißt von seinem Brot und kaut genüsslich. Brösel bleiben an seinem Kinn hängen, Honig an seinen Lippen. Er isst den Rest, nimmt einen Schluck Kaffee und hat innerhalb von Minuten sein Frühstück beendet.

»Ich vermisse unser ausgiebiges Essen und Zusammensein am Morgen. Als ich noch im Nachtdienst gearbeitet habe, gönnten wir uns das öfter.«

»Wir brauchen keinen Nachtdienst, um uns die Zeit für eine gemeinsame Mahlzeit zu nehmen. Wir können tun, was wir wollen.«

Er kommt auf meine Seite der Theke. »Katharina, es ist schrecklich, was dir geschehen ist. Wir werden nicht aufgeben und Schritt für Schritt gemeinsam gehen. Okay?«

Er küsst mich auf die Wange. »Ich muss los. Habe die erste Besprechung in fünfundvierzig Minuten. Bis heute Abend. Ich ruf dich an.«

Er verschwindet und die Ruhe ist fast unheimlich. Pauls Worte sind lieb gemeint, weshalb fühlen sie sich so an, als müsse er sich das selbst einreden?

Auf dem Tisch liegt mein Notebook, ich öffne es und überprüfe, ob es Änderungen an meinen Flugzeiten gibt. Nein, es sieht gut aus. Ich habe auch keine neue E-Mail von María oder von Fernando, doch damit habe ich nicht gerechnet. Er ist nicht der große Schreiber. Ich beschließe zu frühstücken und dann meine Koffer zu packen. Mit einer Tasche werde ich nicht auskommen, ich stelle mich darauf ein, dass ich länger auf La Esperanza bleiben werde. Der Gedanke lässt mich lächeln, wie sehr freue ich mich, meine Familie wiederzusehen.

Als Paul am frühen Abend die Wohnung betritt, stößt er einen Laut der Überraschung aus.

»Wow. Das sind einige Koffer und Taschen. Das willst du alles mit nach Spanien nehmen? Du hast aber nicht vor, hier auszuziehen?«

»Nein, habe ich nicht, und nein, ich bringe nicht alles mit nach Spanien. Ich nehme einen Teil mit und du den Rest, wenn du nachkommst. Ist das in Ordnung?«

»Ich denke schon.« Er sieht stirnrunzelnd auf das Gepäck.

»Ich habe viel Bürozeugs dabei, einige Bücher …«

»Das funktioniert schon alles. Hast du Hunger? Wollen wir etwas essen gehen?«

»Ins ›Schweizer's‹ sehr gerne.«

»Gut. Start in zehn Minuten?«

»Schaffe ich locker.« Ich sehe an mir herunter und grinse ihn an. Das ist unser Ritual, jeder versucht, schneller fertig zu sein als der andere. Dieses Mal sind wir beide gleichzeitig ausgehbereit. Die Stimmung zwischen uns ist locker, fast so, als hätte es den gestrigen Abend nicht gegeben.

Es ist nur ein kurzer Fußmarsch zu unserem Lieblingsrestaurant. Wir begrüßen den Ober und haben Glück, denn es ist ein Tisch am Fenster frei.

»Das haben wir auch länger nicht mehr gemacht.« Paul reicht mir die Speisekarte.

»Ich weiß schon, was ich essen möchte.«

»Lass mich raten: Ceasar Salad mit Scampi?«

»Erwischt.«

»Wollen wir ein Gläschen Weißwein dazu trinken? Einen Luganer vielleicht?«

»Du kennst mich halt. Sehr gerne.«

Der junge Kellner kommt an unseren Tisch und nimmt die Bestellung entgegen. Paul hat sich ebenfalls für einen Salat entschieden.

»Wie war es in der Arbeit? Hast du das Wichtigste klären können?«

Bevor ich eine Antwort erhalte, werden Wasser und Wein an unseren Tisch gebracht. Wir stoßen an, das Glas klirrt leise. »Ich habe mit Sabine gesprochen, wie ich schon dachte, sie war nicht begeistert, hat aber natürlich vollstes Verständnis für deine Situation.«

»Ich bin nervös und ich freue mich auch auf morgen. Ich weiß nicht, was mich erwartet, und ich habe keine Ahnung, wie es weitergehen soll.«

»Das musst du ja nicht allein entscheiden, La Esperanza ist trotz aller Probleme gut aufgestellt, ich habe die Verträge ja damals mit überprüft.« Er klingt zuversichtlich, ich weiß, dass er recht hat, trotzdem ist es eine Fahrt mit ungewissem Ausgang. *Was, wenn Alejandro stirbt?*

Ich trinke einen Schluck Wein, vertreibe den Gedanken dahin, wo er hingehört: ins Nichts, wo sich die Angst wie ein Knoten zusammengezogen hat.

»Paul! Das ist ja ein Zufall dich zu treffen.«

Ich sehe zu der Frau auf, die am Tisch steht und eine Hand auf Pauls Schulter gelegt hat.

»Sabine! Möchtest du nach unserem Gespräch deine Trauer in Alkohol ertränken?«

»Was denkst du dir? Ich werde die Freiheit genießen!« Sie lacht hell und eine Spur zu laut. »Hallo, Katharina. Schön, dich zu sehen. Geht es dir besser?«

Irritiert sehe ich kurz zu Paul. »Ich weiß nicht, was du meinst, Sabine, mir geht es gut, vielen Dank.«

Pauls Geschäftspartnerin ist ein Energiebündel. Ich habe

sie einige Male gesehen, wenn ich Paul aus dem Büro abgeholt habe, sie saß nie am Schreibtisch, telefonierte oder stand am Zeichentisch. Sie ist mir nicht sympathisch, aber auch nicht wirklich koscher. Ich würde sie in die Kategorie »uninteressant« einordnen.

Sabines Haare sind blond und lang, sie zupft an nicht vorhandenen Strähnen, die Frage, die sie mir stellte, ist ihr im Nachhinein unangenehm. Kann es sein, dass Paul mit ihr über MICH spricht?

»Ich gehe dann zu meinem Platz. Mädelsabend.« Sie kichert verlegen. »Wir sehen uns morgen im Büro, Paul, euch noch einen schönen Abend.«

Ich sehe ihr nach, weiß immer noch nicht, was ich mit ihrer Frage anfangen soll.

»Was für ein Zufall, Sabine hier zu ...«

»Sprichst du mit ihr über unsere Beziehung oder über mich?«, unterbreche ich ihn brüsk.

Paul hebt beide Handflächen. »Katharina! Natürlich nicht. Sabine hat mich heute Morgen gefragt, weshalb ich so fertig aussehen würde. Ich habe daraufhin erwidert, dass das nichts mit dir zu tun hat.«

»Ich finde sie übergriffig. Sie vermittelt den Eindruck, als wäre sie genauestens informiert.«

»Wir wollten einen schönen Abend zusammen verbringen, Katharina. Ich weiß nicht, vielleicht hat sie schon etwas zu viel getrunken. Gib dem Ganzen nicht so viel Bedeutung.«

Der Salat wird gebracht, der Duft nach Knoblauch und gebratenen Scampi erfüllt meine Nase. Ich habe bis auf das Frühstück nichts gegessen und bin ausgehungert.

Schweigend genießen wir unsere Mahlzeit, doch ich bekomme Sabines Lachen nicht aus dem Kopf.

Eine Flasche Wein später verlassen wir die Bar, von Sabine

ist nichts mehr zu sehen, was mich nicht mit Traurigkeit erfüllt.

»Es war ein wundervoller Abend, Paul.«

»Mit diesem Gefühl lasse ich dich gerne nach Spanien reisen. Ich werde noch einige Tage benötigen, wie besprochen.«

»Das ist kein Problem.« Der Alkohol macht mich müde, und ich bin froh, dass es nicht lange dauert, bis wir zu Hause angekommen sind. Das Zähneputzen muss heute besonders schnell gehen und kurz darauf liege ich im Bett, Pauls Nähe nehme ich im Halbschlaf wahr, er legt einen Arm um meine Taille und ich schlafe mit einem Gefühl von Geborgenheit ein.

Seit ich im Flugzeug sitze, treiben mich meine Gedanken fast zur Verzweiflung. Ich frage mich, ob sich auf La Esperanza viel verändert hat. Einige der Orangenbäume tragen jetzt Namen und die Früchte werden zu den Menschen geschickt, die den Baum gekauft haben. Nervös sehe ich auf mein Telefon, noch eine halbe Stunde. Das Flugzeug sinkt und durchbricht die Wolkendecke.

Wir fliegen über die Sierra Nevada und deren Ausläufer. Majestätisch und geheimnisvoll präsentieren die Berge ihre Erhabenheit. Tränen steigen in meine Augen, es sind gute Tränen, Tränen des Glücks.

Aus den Lautsprechern kommt die Ansage, dass wir uns im Landeanflug befinden und uns anschnallen sollen. Aufgewühlt konzentriere ich mich auf meine Atmung, ich muss ruhiger werden. *In einigen Minuten sehe ich Fernando.* Immer wieder schießt der Satz durch meinen Kopf und als ich an der Gepäckausgabe stehe und auf meinen großen Koffer warte, bin ich so nervös, dass ich zittere.

Mein Gepäck ist das erste Stück, ich wuchte es vom Band und

gehe durch den Ausgang. Fast laufe ich Fernando in die Arme. Breit grinsend steht er vor mir, er trägt seine Reiterhose und Boots, ist frisch rasiert und duftet nach einem Mann, der sich die meiste Zeit im Freien aufhält. Wir fallen uns in die Arme und er drückt mich eine Spur zu lange an seinen Körper. Der Duft seines Rasierwassers kitzelt mich in der Nase. Ich schnuppere an seiner Jacke und bin glücklich, Pferdegeruch wahrnehmen zu können.

»Schön, dass du endlich da bist! Du wirst schon von allen sehnlichst erwartet. María hat zur Feier des Tages Paella gekocht und Brot gebacken.«

»Ich bin glücklich, hier zu sein. Danke für das Abholen, Fernando. Wie geht es Alejandro?«

Wir haben das Flughafengebäude verlassen, ich sehe Fernandos Auto, das so blank geputzt aussieht wie sein Fahrer.

»Was hast du alles in deinem Koffer?« Er hebt ihn in den Kofferraum und lacht mich fröhlich an. Das ist der Fernando, den ich kenne. Er wirkt gelöst, jungenhaft und ich habe ihn noch nie so viel lächeln sehen. Wärme breitet sich in mir aus, ich bin versucht, meine Hand auszustrecken und über seine gebräunte Haut zu streichen. Es macht mich glücklich, ihn fröhlich zu sehen. Natürlich kommt das nicht infrage. Ich werde ihn nicht berühren.

»Alejandro geht es heute besser, es tut ihm gut, dass du kommst. Er freut sich und das gibt ihm Auftrieb.«

Er lenkt den Wagen auf die Autobahn, wir schweigen und sind in unsere Gedanken vertieft. Manchmal sehen wir uns an, es ist ein Abtasten, eine Kommunikation, die keine Worte braucht. Olivenplantagen säumen die Straße, die blaugrünen Blätter bilden einen Kontrast zur rot-orangen trockenen Erde. Sanft wie Wellen im Ozean wiegt mich der Anblick der hügeligen Umgebung in einen Zustand der Ruhe. Gedankenfetzen treiben träge durch meine Realität, sind ebenso entspannt wie ich. Es sind knapp dreißig Minuten bis zu La Esperanza, wie mir Fernando mitteilt.

»Katharina, du solltest dich darauf gefasst machen, dass sich Alejandro verändert hat.«

»Du meinst, wie er aussieht?«

»Nicht nur das. Er ist zerbrechlich, abgemagert. Ich möchte nur nicht, dass du nicht darauf vorbereitet bist.«

»Ich danke dir. Fernando, ich bin Krankenschwester und mir darüber im Klaren, was auf mich zukommt.«

»Ich weiß, und doch ist es etwas völlig anderes, wenn man jemanden liebt.«

Das ist richtig. Alejandro Torres Baptiste, ein Riese von einem Menschen, ein klares Gesicht unter buschigen Augenbrauen mit einer hohen Stirn, die ihm etwas Erhabenes verleiht. Lange, schwarze Haare, die er in einem Pferdeschwanz gebändigt trägt. Eine beeindruckende Erscheinung, ein empathischer, liebevoller Mensch, immer mit Schalk in seinen braunen Augen. Ich sehe ihn vor mir stehen und mit den Augen rollen, wenn seine temperamentvolle Frau auf ihn einredet. Das alles ist die Gegenwart für mich. Ich habe die Tatsache zur Seite geschoben, dass Alejandros Krankheit alles verändert hat.

»Fernando, du hast recht und ich habe Angst. Ich habe mir eingeredet, dass es nicht so schlimm sein kann, nicht er, nicht Alejandro.«

Wir sind angekommen. Fernando parkt das Auto. Ich steige aus und bleibe auf der Anhöhe stehen. Ein großer Teil der Orangen ist reif, der Weg nach unten zum Wohnhaus und zum Pferdestall ist noch genauso unbefestigt und voller Schlaglöcher wie bei meiner Abreise. Wie bin ich froh, dass sich auf den ersten Blick nichts verändert hat. Fernando stellt sich neben mich. »Es ist so wunderschön hier, atemberaubend.«

Die Sierra erzählt mir Geschichten aus meiner Vergangenheit, alles, was ich dort erlebt und gefühlt habe, trägt sie für mich weiter. Ich sehe die Sierra und ich sehe meine Erinnerung. Gleichgültig was geschehen sein mag, dort oben, wo kein Platz ist für Furcht und Scham, habe ich den Schritt vom Danach ins Jetzt gewagt.

Ein lautes Wiehern katapultiert mich in die Realität. Es klingt ungeduldig.

»Oh mein Gott. Das ist Oso!«

»Allerdings. Der weiß anscheinend, dass du kommst, und freut sich ebenso.«

»Wie ist das möglich?«

»Andalusische Pferde und Oso eben.«

Als ob das alles erklären würde. Für Fernando anscheinend schon. Wir gehen den steilen Weg zum Anwesen hinunter.

»Geh doch zuerst Oso begrüßen und ich schaue im Haus nach dem Rechten. Ist das in Ordnung für dich?«

»Ich verstehe. Selbstverständlich. Soll ich ins Haus kommen oder holst du mich?«

»Ich hole dich. Vorher wuchte ich den fahrbaren Schrank in dein Zimmer.«

»Tu doch nicht so. Sind nur ein Paar Socken drin.«

Der große Schimmel mit der dunklen Mähne sieht mir aus seinem Stall entgegen. Freude durchflutet meinen Körper mit Endorphinen, die letzten Meter werde ich immer schneller.

»Oso. Mein Bär. Hallo, mein Kleiner. Woher hast du gewusst, dass ich komme?«

Der Wallach pustet in mein Gesicht, knabbert an meinem

Hals, stupst mich an. Ich öffne die Tür, betrete seine Box, umfasse seinen mächtigen Hals mit meinen Armen. »Ich habe dich vermisst.«

Oso senkt seinen Kopf, ich lege meine Stirn an seine, er schmiegt seine weichen Nüstern in meine Hände. Ich weiß nicht, wie lange wir so stehen, für meine Seele ist es die Ewigkeit, die sie braucht, um Frieden zu finden.

»Katharina?« Fernandos Stimme ist tief und leise. Er will mich und das Pferd nicht erschrecken.

»María und Alejandro erwarten dich in der Küche.«

»Ich komme.« Ich kraule Oso beide Ohren und verspreche ihm in Gedanken, auf La Esperanza zu bleiben. Er schnaubt, senkt seinen Kopf und beginnt an seinem Heu zu fressen.

»Er hat mich wiedererkannt.« Ich begrüße die anderen Pferde, die neugierig ihre Köpfe in meine Richtung strecken. Fernando krault wie ich Pferdehälse und zieht mich dann zum Haus. »Komm. Hast du Angst?«

»Nein.« *Fang bloß nicht an zu weinen, wenn du Alejandro siehst.*

Vor einem Jahr bin ich auch diesen Flur entlanggegangen und habe die Fotos an den Wänden betrachtet, mein Herz hat genau so schnell geschlagen wie heute. Ich hatte nie damit gerechnet, Menschen zu begegnen, die mich augenblicklich in ihr Herz schließen würden. Nun weiß ich wieder nicht, was mich erwartet, aber ich weiß, wie viel ich für María und Alejandro empfinde.

Mein Vorsatz, nicht zu weinen, verschwindet in Marías Armen. Sie schluchzt, umarmt und streichelt mich, nimmt mich an den Schultern und sieht mit ihrem speziellen Blick in mein Gesicht, als könne sie darin lesen wie in einem Buch. Dann schluchzt sie bewegt auf und drückt mich wieder an sich. María ist ein Schatten ihrer Selbst, die Sorgen um ihren Mann haben sich in ihr Gesicht gegraben und den Augen ihren Glanz beraubt. »Ich bin da, María, und ich bleibe.«

»Du bist so hübsch! Alejandro, schau, sie blüht. Geht es dir gut, mein Herz?«

Ich nicke, wische mir die Nässe von meinen Wangen, ringe um Beherrschung. »Alejandro. Ich weiß nicht, was ich sagen soll.«

»Das ist gut so. Bekommt ein alter Mann einen Kuss?«

Er hat sich aus dem Stuhl gequält, möchte mich im Stehen begrüßen. Wie abgemagert er ist. Seine Haare sind dünn geworden. Er bekommt Sauerstoff durch die Nase, neben ihm steht ein Gerät, das ich durch meine Arbeit kenne.

»Na, was meinst du? Würdest du noch mit mir tanzen?« Alejandro hustet etwas und hält sich sofort ein Taschentuch an den Mund. Obwohl er so viel größer ist als ich, fühlt er sich zerbrechlich wie dünnes Glas in meinem Arm an.

»Jeden Tanz, Alejandro. Jederzeit.«

»Ich mit dir auch. Was für ein Glück ich doch habe, nicht wahr, María?«

Sie lächelt mit tränenüberströmtem Gesicht. »Du bist ein Glückskind. Das warst du schon immer.«

Alejandro schält sich aus meinen Armen und setzt sich. Ich sehe zu Fernando, der inmitten von diesem Emotionsmeer mein Anker ist.

»Wenn ihr alle mit diesem Geheule fertig seid, würde ich gerne essen. Das ist kaum auszuhalten.« Demonstrativ rückt er den Stuhl für mich zurecht und dankbar nehme ich Platz.

»Es duftet himmlisch, María, Fernando hat nicht zu viel versprochen.«

»Die Paella ist meine Spezialität. Wie meine Vorfahren kommt sie ursprünglich aus Valencia. Du weißt, wo das liegt?«

Ich bin abgelenkt, Perro Negro, Marías weißer Hund, ist

auf meinen Schoß gesprungen und wedelt so heftig mit seiner Rute, dass ich ihn festhalte, damit er nicht herunterfällt.

»Ah, dieses Hundetier, zu nichts nütze.« María tätschelt ihm zärtlich den Kopf und hält ihm ein Stückchen Fisch vor das Maul. »Ich bekomme ihn einfach nicht los. Na ja, kann man nichts machen.«

Ich muss lachen, denn María liebt Perro Negro abgöttisch und der kleine weiße und sehr kluge Hund folgt ihr überall hin.

»Valencia ist auf alle Fälle eine Küstenstadt, aber ich weiß nicht genau, wo in Spanien.«

»Oh, oh, Katharina! Was jetzt folgt, hast du dir selbst eingebrockt.« Alejandro verdreht die Augen und schüttelt den Kopf. Von Fernando kommt ein Husten, und ich sehe von einem zum anderen. »Gebt zu, DAS ist der eigentliche Grund, warum ihr mich vermisst habt!«

»Deine rudimentären Kenntnisse, was die spanische Geografie angeht?« Fernando blinzelt mir zu.

»Also Fernando! Vertreib mir Katharina nicht sofort wieder!« María wendet sich freundlich an mich: »Nicht nur das allein mein Herz …«

Alle lachen, ich schlage meine Hände theatralisch angemessen vor mein Gesicht. »Wenn das so ist und ich das alles hier ertragen muss, dann möchte ich bitte eine besonders große Portion. Oh, mit Meeresfrüchten. Lecker.«

Die erste Portion ist für mich gedacht. Herrliche Aromen von gebratenem Fleisch, Knoblauch und Kräutern lassen mir das Wasser im Mund zusammenlaufen. »Das sieht ja fantastisch aus. Das ist das erste Mal, dass ich eine Paella esse.«

»Dann wird es höchste Zeit!« María verteilt großzügig das Essen auf die anderen Teller. »Paella war ursprünglich ein Essen für die Resteverwertung, günstig musste es sein.

Deshalb findest du in einer traditionellen Paella keine Meeresfrüchte.«

Gespannt probiere ich den gelben Reis. Die Gewürze lösen eine regelrechte Geschmacksexplosion aus.

»Mein Gott, ist das lecker. Wie entsteht die gelbe Farbe?«

»Durch die Safranfäden.« Fernando spricht mit vollem Mund, was ihm einen strafenden Blick der Köchin beschert.

»Valencia liegt an der Ostküste Spaniens, der Costa Blanca und Costa del Azahar«, fährt María fort. Dort isst man die Paella traditionell am Sonntag, weil es der Tag ist, an dem die große Familie zusammenkommt. Außerdem essen wir sie nur mittags, niemals abends, denn sie ist schwer zu verdauen und man schläft schlechter.« Sie mustert Alejandro, der lustlos im Reis stochert. »Ist alles in Ordnung? Schmeckt es dir?«

Er nimmt eine kleine Gabel, kaut und strahlt seine Frau an.

»Wie immer ein Gedicht.«

María senkt den Kopf, ich spüre, dass sie bewegt ist und die Tränen verbirgt. Sie weiß, dass Alejandro kaum etwas essen kann und möchte ihm ein gutes Gefühl geben. Wie sehr sich die beiden lieben! Die gute Stimmung droht zu kippen.

»Woher kommt der Name Paella eigentlich?«

»Da gibt es mehrere Theorien, aber nur eine macht Sinn. Aus dem lateinischen ›patella‹ was ›Pfanne‹ bedeutet.« Sie deutet auf die große, runde Pfanne mit dem niedrigen Rand.

»Wie schmeckt es dir, Katharina?«

»Unglaublich gut, was sind denn die Zutaten?«

»Da sind der Fantasie keine Grenzen gesetzt. Ich gebe Putenbrust, Kabeljau, Miesmuscheln und große Garnelen hinein, Erbsen, Schoten, Paprika und so weiter. Ich kann es dir zeigen, wenn du möchtest.«

»Sehr, sehr gerne! Ich kann nicht kochen und würde gerne etwas lernen.«

»Natürlich, Kleines. Wir werden Zeit dafür finden. Jetzt erzähle du etwas. Wie geht es dir? Was macht dein Mann?«

Mit Schrecken fällt mir ein, dass ich bisher niemandem erzählt habe, dass Paul plant, ebenfalls nach La Esperanza zu kommen, um uns zu unterstützen.

»Es geht ihm sehr gut. Er hat jetzt eine Geschäftsteilhaberin und die Möglichkeit, zu helfen. Er wird in einigen Tagen eintreffen und auch hierbleiben.«

»Das sind gute Neuigkeiten.« Alejandros Stimme klingt laut in das plötzlich auftretende Schweigen hinein.

»Das ist sehr freundlich von Paul und wir nehmen das Angebot sehr gerne an. Nicht wahr, Fernando?«

»Natürlich. Weißt du genau, wann er ankommen wird?«

»Noch nicht.« Ich mag Fernando gar nicht ansehen. Aus einem Grund, der mir schleierhaft ist, habe ich das Gefühl mich rechtfertigen oder entschuldigen zu müssen.

Wir essen, ohne zu reden, und ich bin überwältigt und den Tränen nah. Alejandros Haut ist fahl, das Kinn spitz, die Haut zieht sich straff über seine Wangenknochen. Er schiebt den Reis auf seinem Teller hin und her, nimmt nur etwas zu sich. María weiß Bescheid und Alejandro weiß, dass sie genau sieht, was er zu sich nimmt. Vielleicht ist es gerade diese Fassade, die ihnen Kraft und Mut gibt.

»Schmeckt es dir, mein Schatz?«

»Ich liebe deine Paella, das weißt du doch. Ich habe schon eine Menge gegessen und bin satt.«

»Was immer dir guttut. Vielleicht noch etwas Fisch?« Marías Stimme hat einen sorgenvollen Unterton.

Er nickt und isst ein kleines Stückchen gebratenen Fisch. Mit einem wehen Gefühl beobachte ich seine Mühe.

»Schmeckt wundervoll. Aber nun ist es genug.« Alejandro legt die Gabel auf den Teller und lehnt sich zurück.

»Fernando, ich bin müde. Ich würde mich gerne etwas

hinlegen, damit ich danach wieder ein guter Gesprächspartner für Katharina sein kann.«

»Natürlich, ich bringe dich nach oben.«

»Kann ich helfen?«

»Nein danke, Katharina. Fernando und ich sind ein eingespieltes Team. María möchte dir sicherlich einiges Neues berichten.« Ohne Hilfe steht er auf, wenn Fernando die Hand ausstreckt, um ihm zu helfen, winkt er ab.

»Die Treppe nach oben ist schwer für ihn, doch er möchte keines der Zimmer im Erdgeschoss beziehen. Daran hält er sich fest. Wir bewohnen seit eh und je die Zimmer oben, daran ist nichts zu rütteln.«

Wir räumen gemeinsam den Tisch ab, ich erinnere mich an den Alejandro vom letzten Jahr, seine Zuversicht und Lebensfreude. All das konnte ich auch heute in ihm sehen, er wirkte geläutert, als wäre er schon auf einer anderen Stufe. Ein Schauer durchfährt mich. Es kommt mir so vor, als würde Alejandro Stück für Stück Abschied vom Leben nehmen.

»Und? Was sagst du?« Marías Worte sind so leise, dass ich zuerst glaube, sie spricht mit Perro Negro.

»Ich sehe, dass er schwer krank ist. Erzähl mir alles darüber.«

María holt eine Glasflasche aus dem Schank und schenkt uns zwei kleine Gläser mit Orangenlikör ein. Sie lässt sich schwer in den Stuhl fallen. Seit Alejandro die Küche verlassen hat, haben sich ihre Energie und Kraft zurückgezogen. Sie muss sie sparen für ihren Mann und die Zeit, die vor ihr liegt. María ist eine große, schlanke Frau, doch im Gegensatz zum letzten Jahr scheint sie weniger geworden zu sein. Als würde ein Teil ihres Wesens durchsichtig werden und mit ihrem Körper verschmelzen. Wir sehen uns an, prosten uns nicht zu. Das ohnmächtige Schweigen übernimmt die Herrschaft und die Verzweiflung in María gewinnt die Oberhand. Obwohl sie hochaufgerichtet am Tisch sitzt, sackt sie in sich zusammen wie eine Marionette, deren wichtigster Faden durchtrennt wurde.

»Ich weiß nicht, wie lange er den Krebs schon hat, doch es muss viele Monate sein. Es ist mir aufgefallen, dass er dünner wurde. Er meinte, es ginge ihm gut und ich würde mir unbegründet Sorgen machen. ¡Madre mía!« Sie wirft ihre Arme nach oben. »Ich kenne meinen Alejandro seit über dreißig Jahren, ich habe gespürt, dass etwas nicht in Ordnung ist.«

María senkt den Kopf und kratzt gedankenverloren mit ihrem Finger über einen imaginären Fleck auf der Tischplatte.

»Er wurde schwächer und dann ist er umgefallen. Auf der Plantage. Perro Negro hat ihn gefunden.« Liebevoll streichelt sie den struppigen weißen kleinen Hund, der sich auf ihrem Schoß zu einer Kugel zusammengerollt hat.

»Das war der Anfang von diesem Wahnsinn. Untersuchungen, Krankenhausaufenthalt, CT, MRT. Dann kam die Diagnose. Ein Bronchialkarzinom mit großer Wahrscheinlichkeit. Die Ärzte meinten, wir müssten die Biopsie abwarten, welche Art Krebs es ist, es gibt einen der langsamer wächst und nicht so schlimm ist wie der andere. Das war eine furchtbare Zeit, dieses Warten.« Einige Sekunden lang hält sie die Handflächen vor ihr Gesicht, dann spricht sie mit gefasster Stimme weiter.

»Du weißt sicher, von was ich spreche.«

Ich nicke. Mein Herz stolpert vor Entsetzen.

»Gabriela, unsere Tochter, lebt in Madrid, sie ist schwanger und es geht ihr nicht gut. Alejandro wollte nicht, dass ich sie benachrichtige. Es ist unsere Tochter! Sie ist erwachsen und hätte es uns nie verziehen, wenn ich verschwiegen hätte, wie krank ihr Vater ist. Daniel ist Entwicklungshelfer in Nigeria. Wir können ihn nicht erreichen und müssen abwarten, bis er zurück im Krankenhaus ist, wo er arbeitet. Ich habe eine Nachricht hinterlassen.« Ihre Stimme ist leise, sie macht sich Sorgen um ihre Kinder.

»Das war richtig. Wie ging es weiter?«

»Die Diagnose war: Es ist ein ›nichtkleinzelliger‹ Krebs, die Variante, die nicht so schnell wächst. Ein Glück im Unglück.«

Erleichtert stoße ich die angehaltene Luft aus. María hat recht. Ein Licht in der Dunkelheit.

Wir unterbrechen unser Gespräch, Fernando kommt zurück und setzt sich zu uns. Er nimmt mein leeres Glas und lässt sich von María Orangenlikör einschenken.

»Er lag kaum im Bett, da ist er schon eingeschlafen. Die Treppen zu steigen erschöpft ihn sehr. Ich wollte euch nicht unterbrechen, ich gehe zurück in den Stall, habe viel zu tun.«

»Alles gut. Ich berichte Katharina gerade.« Sie lächelt Fernando liebevoll an und wendet sich mir wieder zu.

»Wir waren in der Klinik in Marbella, die sich auf Krebserkrankungen spezialisiert hat. Dort wird seine Behandlung fortgeführt. Es ist so, dass es einige Möglichkeiten für Alejandro gibt. Er hat einen Zyklus Chemo erhalten, allerdings mussten sie abbrechen, da es ihm zu schlecht ging. Er ist so abgemagert und schwach, dass die Ärzte befürchtet haben, dass er daran sterben wird.«

Ihre Stimme klingt mechanisch, sie hat ihre Gefühle in sich begraben. Tränen laufen aus ihren Augen, benetzen die starren Wangen, doch sie scheint es nicht zu bemerken. Ich habe das Gefühl, als müsse mein Herz brechen, ich würde ihr so gerne einen Teil des Schmerzes abnehmen.

Fernando nimmt ihre Hand in seine. »Du bist nicht allein. Wir sind eine Familie. Alles wird gut.«

Sie sieht ihn an, als würde sie aus einem Traum erwachen und wüsste für einen Augenblick nicht, wo sie sich befindet.

»Der ursprüngliche Plan, eine Kombination aus Chemo-

und Immuntherapie, war hinfällig. Katharina, du weißt, was eine Immuntherapie genau ist?«

»Ich habe darüber gelesen, allerdings nie in der Onkologie gearbeitet.«

»Könntest du es mit deinen Worten erklären, bitte?«

»Natürlich, soweit ich das kann, gerne. Der Krebs versteckt sich in unserem Körper, er tarnt sich, sodass unser Immunsystem nicht erkennt, dass da etwas ist, was den Körper zerstört. Die Immuntherapie macht den Krebs sichtbar, holt ihn aus seinem Versteck. Dadurch können die körpereigenen Abwehrkräfte die Krebszellen bekämpfen. Und das mit oft erstaunlichen Resultaten. Außerdem gibt es kaum Nebenwirkungen.«

»Ja, die Immuntherapie soll sehr gut wirken. Ich habe Angst, ich habe solche Angst. Alejandro ist zu schwach für eine Chemotherapie, seine Ärzte haben Bedenken, dass er diese nicht überleben würde und sich dagegen ausgesprochen.«

Sie stockt kurz, muss sich die Situation immer wieder und wieder bewusst machen. Wir sehen uns an, erkennen uns in unserem Schmerz wieder. Das Leben hat María die Kontrolle über ihr Leben genommen, sie kann nichts tun, nur hoffen, dass Alejandro und sie die richtigen Entscheidungen treffen.

»Verstehe. Ist es denn üblich, beides gleichzeitig zu verabreichen?«

María nickt. »Das meinte der Arzt. Es hat sich angefühlt … als wäre es Alejandros Todesurteil.«

Ihre Hände zittern, ballen sich zu Fäusten zusammen. »Er bemüht sich so sehr, Katharina. Mir bricht es das Herz zu sehen, wie er essen will, es versucht. Am Anfang war er voller Tatendrang. ›Ich schaffe das‹, hat er mir versprochen. ›Ich gebe nicht auf.‹ Nun weiß ich nicht mehr, ob ich es schaffe.«

Sie dreht ihr schönes Gesicht zu mir, ihre Augen sind weit aufgerissen, dunkel und bodenlos in ihrem Grauen.

Fest lege ich meine Hände auf ihre.

»Ich verspreche dir, dass ich auf La Esperanza bleibe. Ihr seid meine Familie. Bitte hab Vertrauen, das braucht Alejandro, und du brauchst es auch.«

Sie schweigt, ringt um Fassung, schluckt und schluckt und schluchzt schließlich auf. Es klingt, als würde ein verletztes Tier schreien. Wie gerne würde ich ihre Last tragen, doch ich kann nur neben ihr sitzen und ihre Hände streicheln.

Es ist keine Spur Bitterkeit in ihrer Stimme. »Wenn unsere beiden Kinder hierherkommen und ein Risiko eingehen, habe ich das Gefühl, dass es für Alejandro keine Chance gibt. Verstehst du? Ich kann es gar nicht erklären. Wahrscheinlich ist es ein Fehler, wie so vieles ein Fehler ist. Es kann nicht richtig sein, dass so ein guter Mensch wie Alejandro so schwer krank ist. Manchmal hasse ich Gott dafür!«

Tonlos nicke ich, sie holt tief Luft und steht auf. »Du solltest in den Stall gehen, Fernando wartet auf dich. Wir setzen uns die Tage zusammen, es gibt viel zu besprechen und zu organisieren. Ich danke dir, Katharina, dass ich mir das von der Seele sprechen konnte. Ich weiß, du urteilst nicht über mich.«

»Ich liebe dich, María! Weshalb sollte ich über dich urteilen? Du bist einer der wertvollsten Menschen, die ich kenne.«

Ich umarme María vorsichtig, sie drückt mich an sich und schiebt mich zur Tür hinaus.

»Los jetzt! Ab in den Stall.«

8

Langsam, als sähe ich alles das erste Mal, gehe ich den langen Korridor entlang zum hinteren Ausgang, der mich auf direktem Weg zum Pferdestall bringt. Ich atme bewusst tief ein und langsam aus. Fragen und Ängste fegen durch mich und wühlen mich zutiefst auf.

Vor dem Stall stehen zwei gesattelte Pferde. Oso und Pajarito, beide sehen mir entgegen und es fühlt sich an, als würde Oso strahlen wie ein Licht am Morgen und die Dunkelheit in mir vertreiben. Fernando tritt aus der Stalltür, er trägt seine Reiterhose, die sich wie eine zweite Haut an ihn schmiegt, mit einer lässigen Selbstverständlichkeit. Seine braunen Haare trägt er etwas länger, sie kräuseln sich in seinem Nacken und um seine Schläfen, was seine Züge weicher erscheinen lässt. Er trägt einen dunklen Pullover, der an den Ärmeln abgewetzt ist und eine ärmellose gefütterte Weste. Er krault seinen dunkelbraunen Hengst und sieht mir entgegen. Mein Herz klopft, wir werden gemeinsam ausreiten.

»Keine Reithose?«

»Gerade nicht.«

Fernando mustert meine Schuhe. »Du trägst Reitschuhe«,

seine Stimme klingt erfreut. »Hast du sie in Deutschland gekauft? Bist du in der Zwischenzeit geritten?«

Ich nicke unverbindlich. Was hätte es für einen Sinn, zu erzählen, dass ich um den Reitershop herumgestrichen bin wie eine herrenlose Katze und es einige Tage dauerte, bis ich das Geschäft betrat. Der Geruch nach Leder raubte mir fast den Atem und doch hatte ich mich das erste Mal seit vielen Wochen belebt gefühlt. Nur der Gedanke an Paul hatte mich davon abgehalten, ein Lederhalfter zu kaufen. Die Verkäuferin verwickelte mich in ein Gespräch und ich erzählte ihr von Oso und verließ den Laden mit den Reiterboots. Zu Hause versteckte ich die Schuhe im Kleiderschrank.

»Sagen wir mal so, ich dachte für alle Fälle.«

Wir stehen uns gegenüber, das Lächeln in seinem Gesicht ist verschwunden. Er runzelt die Stirn, seine Augenbrauen ziehen sich zusammen, jede Leichtigkeit ist aus ihm verschwunden.

»Wie geht es dir wirklich?«

Damit habe ich nicht gerechnet und ich weiß nicht, was ich darauf antworten soll, ohne emotional zu werden. Letztes Jahr in der Sierra, an diesem in so vieler Hinsicht magischem Ausritt, habe ich mich Fernando geöffnet und das Danach hinter mir gelassen, zumindest glaubte ich das. Nichts ist schwieriger als ein Trauma hinter sich zu lassen. *An Krebs erkrankt zu sein und zu sterben wahrscheinlich.*

»Es bricht mir das Herz, Alejandro so zu sehen, und trotzdem bin ich glücklich, wieder hier zu sein. Das letzte Jahr …« Ich breche ab. Etwas hat dieser Mensch an sich, dass ich das Bedürfnis empfinde, über meine Gefühle zu sprechen.

»Du möchtest nicht darüber reden?«

Ich trete zu Oso, der unruhig hin und her tritt und meine Aufmerksamkeit fordert. »Ich würde gerne reiten und dir zeigen, dass ich nichts vergessen habe. Ist das nicht wie Fahrrad fahren?«

Fernando grinst, hebt sein Gesicht aufatmend in das Sonnenlicht und klopft Pajarito auf die Kruppe, was der mit einem lauten Schnauben quittiert.

»Ist es nicht, Katharina.« Er sitzt auf und reitet an mir vorbei. »Du kennst ja den Weg, falls du noch länger brauchen solltest.«

»Da ist er verschwunden«, sage ich zu Oso, löse den Führstrick, überprüfe den Sattelgurt und ziehe den Steigbügel zu mir. Zumindest das Aufsteigen ist wie Fahrrad fahren, ich kann es genauso schlecht wie das Jahr zuvor. Oso dreht den Kopf zu mir und ich denke kurz, er wird mich in meinen Hintern zwicken, was mich animiert, und schon sitze ich auf seinem Rücken. Ich nehme die Zügel in die Hand und spüre sofort den Kontakt zu meinem Pferd. Wir gehen flott hinter Fernando her, Oso ist nicht so gerne der Letzte und tänzelt. Ich reite den Weg an der Orangenplantage entlang, Osos Hufe wirbeln die dunkelrote Erde auf, die an seinem weißen Fell klebt wie kleine Sommersprossen. In der Ferne kann ich Fernando erkennen, er wartet am Ufer des Flusses auf mich. Osos Ohren gehen vor und zurück, er fühlt meine Unsicherheit und Nervosität. Meine Hände sind schweißnass und das Leder gleitet aus meinen Fingern, wenn Oso seinen Kopf bewegt. Mit Radfahren hat das nichts zu tun, so gar nichts. Wir kommen Pajarito und seinem Reiter immer näher, mein Herz klopft heftig gegen meine Rippen, wir werden galoppieren und ich werde vom Pferd fallen. »Du passt auf mich auf Oso, oder?«

Selbst schuld, wenn du weggegangen bist.

Der Schimmel fällt ohne mein Zutun in Trab, seine Ohren sind nach vorne gerichtet. Er freut sich auf Bewegung, seine Schritte sind lang, ich hebe mich im Takt aus dem Sattel und zurück, das habe ich nicht verlernt. Die Sierra begrüßt mich an diesem Nachmittag mit einer grandiosen Sicht auf ihre schneebedeckten Gipfel und die sanft geschwungenen Hügel mit uralten Bäumen, die geflüsterte Versprechen gehört, Geheimnisse bewahrt haben, und versteckten kargen Tälern.

Ich bin zurückgekommen, wie ich es versprochen habe.

Als ich beinahe bei Fernando angekommen bin, ruft der:

»Dann lass uns mal sehen, ob du noch Rad fahren kannst, Katharina!« Ich bin sicher, dass seine braunen Augen blitzen vor Freude, doch er galoppiert los, bevor wir ihn erreicht haben. Oso krümmt seinen Rücken und springt nach vorne, ich halte mich am Sattel fest, mein Kopf ruckt erst nach hinten. *Na gut,* denke ich und Freude keimt in mir auf wie eine leuchtende Blüte. *Ich kann es noch, ich kann es noch,* denke ich und lasse Oso frei. Ich presse meine Knie an den Sattel, beuge mich nach vorne und fasse in seine üppige graue Mähne. Ich gebe ihm mit dem Zügel genug Raum, sich nach vorne zu strecken. Wir galoppieren am Fluss entlang, dessen Rauschen das Trommeln der Pferdehufe wie ein Musikstück untermalt. Pajarito ist hinter der Biegung verschwunden, ich setze mich zurück in den Sattel und nehme die Lederzügel auf. Oso wird langsamer, was sicher an seiner Kenntnis von der Strecke liegt und nicht an meinem reiterlichen Können. Der Fluss beschreibt einen Bogen, das Ufer ist von Büschen gesäumt. Dort sammelt sich das von der Sierra kommende Wasser in einem natürlichen Becken mit klarem, kaltem Nass.

Fernando wartet auf Pajarito sitzend. Außer Atem und etwas zu abrupt kommen wir kurz vor beiden zum Stehen. Pajarito legt seine Ohren an. *Wie letztes Jahr!*

»*Tranquillo,* mein Kleiner. Oso ist etwas überschwänglich, geht uns ja allen so, jetzt, da Katharina wieder zurück ist. Ich dachte, wir reiten ein wenig in die Sierra hinein. Magst du?«

»Gerne«, nuschle ich. Meine Gedanken haben sich in dem Wort »überschwänglich« festgebissen.

Etwas ratlos reite ich hinter Fernando her. Wenn ich daran denke, was alles vor mir liegt, wird mir flau im Magen. Die Probleme um Alejandro und La Esperanza scheinen endlos zu sein. Fernando dreht sich im Sattel zu mir um und breitet seine Arme aus.

»Sieh dir das an!« In seiner Stimme klingt die Liebe zu seiner Heimat und der Stolz wie in einem spanischen Flamenco. Ich schaue nach vorne, folge mit meinen Augen dem Weg, der mich ein Jahr zuvor körperlich und seelisch so gefordert und an meine Grenzen gebracht hatte.

»Wohin reiten wir?«

Fernando hält Pajarito zurück, bis wir nahe sind: »Einen anderen Weg ins Tal hinunter, dann trinken wir einen Tee zusammen und reiten wieder nach Hause. Zwei Stündchen in etwa.«

»In ein Dorf?«

»Nein, nicht wirklich. Lass dich mal überraschen. Siehst du die Abzweigung, die wir letztes Jahr genommen haben? Der Weg war oben eingebrochen.«

Ein Schauer läuft mir den Rücken hinunter, wenn ich daran denke. Oso hatte mich sicher von dem Hügel, den wir uns zuerst nach oben kämpfen mussten, auf den Weg gebracht, der vom Schmelzwasser zum Teil weggespült gewesen war.

»Das werde ich nicht vergessen, glaub mir«, rufe ich in Fernandos Richtung.

»Wir bleiben auf unserem Weg, die Vegetation ist anders, man kann schon etwas vom Frühling spüren. Hier liegt kein

Schnee, doch es kann Stellen geben, die rutschig sind. Pass auf.«

Sofort schaltet mein Katastrophengehirn einen Gang höher. Mein Herz beginnt zu rasen. Auf was lasse ich mich nur immer ein? Oso spürt meine Unruhe und schlägt mit seinem Kopf. Ich klopfe auf seinen mächtigen Hals und suche den Boden ab. Es geht leicht bergab, die Zügel liegen in meiner Hand, ich reite etwas nach vorne gebeugt, wie es mir Fernando beigebracht hat. Der Himmel erstrahlt in einem satten Blau, das sich wolkenlos über uns spannt. Der Weg wird breiter, ich treibe Oso an, er setzt sich neben Pajarito, der ihn mit einem heiseren Wiehern begrüßt. Dunkelgrüne Büsche säumen den Weg, so gerade, als hätte ein Gärtner sie gepflanzt, da er sich nicht der Wildnis der Sierra ergeben wollte. Doch die Sierra ist nicht zu zähmen, sie ist gewaltig in ihrer Unendlichkeit, schafft tiefe Täler mit ihren schroffen Bergen. Ein kühler Wind bläst mir die Haare aus dem Gesicht und teilt die Düfte der Natur mit mir. Ja, Fernando hat recht. Ganz sanft hält der Frühling an der Sierra fest und wird sich auch nicht vertreiben lassen, wenn der Schnee wieder zurückkommen sollte.

»Du siehst glücklich aus, Katharina.«

»Trotz allem. Trotz der Probleme. Ja, ich glaube, ich bin glücklich.« Ich höre selbst, wie überrascht meine Stimme klingt.

Fernandos summt eine Melodie, Pajaritos Ohren gehen vor und zurück und ich muss lachen, weil der braune Hengst genau den Takt trifft.

»Pajarito ist musikalisch.«

Fernando lacht, was mein Herz zum Hüpfen bringt. Er hat ein so ansteckendes Lachen. Liebevoll klopft er den Hals seines Hengstes. »Du hast wohl verborgene Talente, mein Kleiner.«

Wir haben das Tal erreicht, die Luft wird merklich kühler, ich ziehe fröstelnd den Reißverschluss meiner Jacke bis zu meinem Hals hoch. Riesige Findlinge liegen, mit Gräsern bewachsen, am Fuße von überwucherten Felsen, deren Spitzen wie mahnende Finger in die Luft zeigen. In diesem Teil der Sierra sind die Steinformationen bizarr, Wasser läuft aus einem Steinvorsprung in ein natürliches kleines Becken, das so hoch ist, dass Fernando sein Pferd dorthin lenkt, sich nach vorne beugt und mit den Händen Wasser daraus schöpft und trinkt.

»Magst du probieren?«

»Ja, unbedingt!«

Fernando macht mir Platz und ich lenke Oso zum Stein, den das plätschernde Wasser nicht interessiert. Es dauert einige Versuche, bis ich an das Becken herankomme und meine Finger hineintauchen kann.

»Es ist eiskalt!« Ich beuge mich nach vorne und schöpfe mit meiner Hand das kristallklare Nass zum Mund. »Es schmeckt köstlich.«

»Das Schmelzwasser versorgt Granada und Almería. Die letzten Jahre schneit es nicht mehr so viel, dadurch fließt weniger Schmelze im Frühjahr ins Tal, was ein Problem ist.«

Fernando freut sich, dass er mich begeistern kann. Je länger wir unterwegs sind, desto entspannter wirkt er. Die letzten Monate waren für alle Menschen auf La Esperanza schwer. Fast bin ich versucht ihn zu fragen, wie es ihm mit allem geht. Er war verzweifelt, deshalb war er nach Burgos gekommen, um mit mir zu sprechen.

»Weshalb hat María dir verboten, mir zu sagen, dass Alejandro so schwer krank ist? Sie wollte mich nicht belasten damit, okay. Aber steckt nicht noch mehr dahinter?«

Wir reiten nebeneinander durch das Tal, das aussieht, als hätte das Volk der Riesen Völkerball gespielt. Die Steinwände rechts und links des Kiesweges bestehen aus bröckeligem Gestein, dessen Konsistenz durch Abbruch die skurrilsten Formationen hervorbringt.

»Wenn man nicht aufpasst, kann man auch einen Stein auf den Kopf bekommen.« Fernandos Stimme ist ernst und ich beäuge die steilen Felswände. »Am besten wir rennen der Gefahr davon!« Er lacht laut und Pajarito galoppiert mit einem Bocksprung los, ich lehne mich etwas nach vorne, mehr braucht mein Schimmel nicht, um hinterher zu jagen. *So kann man sich natürlich auch vor einer Antwort drücken.* Das Tal scheint kein Ende zu nehmen, ich entspanne mich und genieße die Geschwindigkeit des Galopps. Der Wind treibt mir Tränen in die Augen, ich muss lachen, weil die Nässe auf meiner Haut kitzelt. Vier Wochen zuvor hätte ich niemals daran gedacht, so bald zurück in Andalusien zu sein. Wie von Geisterhand gezügelt, fallen beide Pferde in Trab und dann in Schritt. Ich reite neben Fernando, Wolkenfetzen treiben schnell über den blassblauen Himmel, die Sonne steht hoch. Wie lange wir wohl schon unterwegs sind?

»Wie geht es dir?«

»Ich kann es nicht glauben, dass ich zurück bin. Bin ich jemals fort gewesen? Es fühlt sich gar nicht so an.«

Gedankenverloren tätschelt Fernando Pajaritos Hals.

»Für mich sehr.« Fernando zieht an Pajaritos Ohr, was dieser mit einem unwilligen Kopfschütteln quittiert.

»Was meinst du denn?«

»Ich bin mir jeder Minute bewusst, die du nicht hier warst. Ich habe mich bei jedem meiner Ausritte gewünscht, dass du neben mir bist und die Sierra so siehst, wie ich sie sehe.«

In meinem Kopf tost mein Blut wie die Stromschnellen eines Flusses. »Was soll ich darauf sagen?«

»Einfach die Wahrheit!«

Mir fehlen die Worte, um die Wahrheit aussprechen zu

können, vielleicht gibt es sie nicht. Ich ziehe mich zurück, nicht körperlich, doch mein Strahlen ist nach innen gerichtet. Ich kann Fernando nicht sagen, wie es mir die letzten Monate ergangen ist. Meine Entscheidung, La Esperanza zu verlassen, war richtig gewesen, und doch …

Der große Spanier murmelt einen Befehl und Pajarito und Oso bleiben stehen.

»Es ist alles gut, Katharina. Ich bin glücklich, dass du zurückgekehrt bist. Alejandro und María zu unterstützen und La Esperanza zu halten ist das Wichtigste.«

»Was meinst du mit *halten*?« Ein flaues Gefühl breitet sich in mir aus. Fernando runzelt die Stirn; bevor ich nachfragen kann, was er gemeint hat, legt er den Kopf in den Nacken und starrt in den Himmel. Es sieht nicht so aus, als würde ich eine Antwort auf meine Frage erhalten.

»Katharina! Schau nach oben! Siehst du die Geier?«

Unter dem blassblauen Himmel kreisen drei Vögel von beeindruckender Größe.

»Ja, sie sind gewaltig. Das sind Geier?«

»Gänsegeier, kannst du erkennen, dass der Hals lang erscheint wie der einer Gans? Daher der Name.« Fernando streckt seinen Hals und verdreht die Augen, was mich zum Lachen bringt. Pajarito schüttelt seinen Kopf in Fernandos Richtung und lässt sich zwischen den Ohren kraulen.

»Ich wusste gar nicht, dass Geier in den Bergen leben. Wie groß sind sie denn?«

»Es sind interessante Tiere, wenn es wärmer wird, kommen noch mehr Geier dazu, die anderswo überwintert haben. Weshalb einige hierbleiben und einige Tiere nicht, weiß man nicht.« Er lehnt sich im Sattel nach hinten und wir beobachten die Vögel, die fast bewegungslos am Himmel kreisen. »Ihre Flügelspannweite kann bis zu zwei Meter siebzig betragen. Diese hier suchen nach Tieren, die in Felsspalten gefallen und gestorben sind.«

Ein Schauer überläuft mich und überträgt sich auf Oso, der mit einem Huf zu scharren beginnt.

Wir treiben unsere Pferde vorwärts, die von selbst den vielen Steinen ausweichen, die auf dem Weg liegen und für Pferdebeine gefährlich werden können.

Fernando mustert die Umgebung, bleibt stehen und murmelt vor sich hin. »Da ist er!«, ruft er aus und deutet auf einen schmalen Trampelpfad, der sich zwischen dichtem Gebüsch verliert.

»Was ist denn da?«

»Ich würde dich gerne jemanden vorstellen. Dort gibt es vorzüglichen Tee.« Fernando zwinkert mir zu und ich frage mich, wer und vor allen Dingen wo dort jemand ist, der Tee kochen kann.

EINIGE MINUTEN später verschwindet der Pfad in der Vegetation. Wir reiten an einem hellen, mit Pflanzen überwuchernden Findling vorbei, der aussieht, als wäre er aus dem Boden gewachsen und nicht aus der Felsenwand gebrochen. Moos und süßlich riechende Pflanzen haben dem Stein ein grün-braunes Kleid angezogen. Dahinter, vor neugierigen Blicken geschützt, ist eine Art Zelt aus Decken und Teppichen an den gigantischen Felsbrocken befestigt. Fernando lächelt mir zu, springt vom Pferd und bedeutet mir, ebenso abzusteigen. Er nimmt Pajarito und Oso Sattel und Zaumzeug ab und klapst beide auf das Hinterteil.

»Wer lebt hier?« Oso legt seinen Kopf auf meine Schulter, pustet sanft in meine Haare. Ich muss lachen.

»*Eres un oso gentil.*« Fernando streichelt zärtlich über Osos Nüstern. »Er ist dein Pferd. Ihr passt perfekt zueinander.«

Es stimmt, dieser große, kräftige Schimmel ist ein sanfter Bär. Liebevoll schmiege ich mein Gesicht an ihn und atme seinen Geruch ein.

Hinter Fernando taucht wie aus dem Nichts ein großer, sehr dünner Mann auf und berührt ihn an der Schulter. Fernando fährt herum, lacht laut und begrüßt den Mann fröhlich. Mir fällt auf, dass er besonders langsam spricht und mehr gestikuliert als sonst. Pajarito bleibt ruhig stehen und zuckt auch nicht zurück, als der Mann seinen Hals klopft.

»Katharina, ich möchte dir Marcos vorstellen. Er lebt in der Sierra.«

Marcos grinst mich an und entblößt strahlend weiße Zähne, seine Haut ist faltig, die Jahreszeiten in der Sierra Nevada haben sich in sein Gesicht gegraben. Die dunklen Haare sind von weißen Strähnen durchzogen, er sieht alt aus und auch wieder jung. Es ist unmöglich, ihn zu schätzen. Er spreizt die Finger seiner Hand vor der Brust und winkt. Seine Lippen formen »Hallo«. Wie ich es vermutet hatte: Marcos kann nicht sprechen. Fernando stellt Marcos Fragen, die dieser mit einer beeindruckenden Palette an Gesten beantwortet. Wir haben im Zelt Platz genommen, das größer ist, als man es von außen vermutet. Eine Feuerschale mit Kohle lässt der Feuchtigkeit im Inneren keine Chance, und einige Minuten später bekomme ich den angepriesenen Tee in einer kleinen Glastasse serviert. Er ist süß und stark. Das hätte ich hier in dieser Wildnis nicht erwartet. Marcos lächelt zufrieden, als ich den Daumen nach oben hebe.

»Schmeckt himmlisch, Marcos. Fernando hat geschwärmt davon, vielen Dank.«

Er legt kurz die Hand auf sein Herz.

»Lebst du immer hier? In diesem Zelt meine ich. Was machst du, wenn es regnet oder schneit?«

Marcos schlägt beide Arme um seine Mitte und schüttelt mit dem Kopf, dann deutet er nach draußen zu den Bergen.

»Ah, dein Zuhause ist in den Bergen?« Ich bin etwas verwirrt.

Fernando springt ein: »Marcos ist ein Höhlenbewohner. Ich weiß nicht, wo genau sie liegt. Er macht ein Geheimnis daraus.«

»Woher wusstest du, dass Marcos hier ist und nicht in seiner Höhle?«

»Wusste ich nicht. Habe ich vermutet.«

»Ah.« Müde strecke ich meine schmerzenden Beine aus. Ich bin das Reiten nicht mehr gewöhnt. Hoffentlich komme ich wieder allein in den Sattel. Obwohl mich der Tee belebt hat, könnte ich mich hinlegen und eine Runde schlafen. Fernando und Marcos unterhalten sich. Fernando erzählt von María und Alejandro, dessen Krankheit und seine Angst, ihn zu verlieren. Der große Mann legt seine Hände auf Fernandos Arme, sein Gesicht schreit die Betroffenheit heraus, es sind keine Worte notwendig. Meine Augen schließen sich von selbst und ich kann nicht genau sagen, ob ich eingenickt bin.

»Katharina, komm, wir reiten nach Hause, sonst schickt María einen Suchtrupp hinter uns her.«

Marcos begleitet uns zu den Pferden, nimmt mir den Sattel ab und legt ihn Oso vorsichtig auf den Rücken. Er summt, Pajarito stellt die Ohren auf, der Ton scheint ihm zu gefallen. Marcos schließt geschickt den Gurt und Oso senkt seinen mächtigen Hals, damit Marcos ihm die Trense bequem anlegen kann. Er vertraut ihm, Marcos schnalzt mit der Zunge und legt seine Stirn an die des Pferdes. Unsere Blicke treffen uns, erst jetzt fällt mir auf, wie hellgrün seine Augenfarbe ist. Fernando ist aufgesessen, bevor ich meinen Fuß in den Steigbügel stellen kann, steht Marcos neben mir, umfasst meinen rechten Knöchel, ich stoße mich ab und sitze auf dem Pferd.

»Danke, Marcos. Es war schön, dich kennenzulernen.«

Er drückt seine Handflächen gegen die Lippen. Dann reiten Fernando und ich den Weg zurück.

»Und was sagst du?«

»Ein interessanter Mensch. Woher kennst du ihn?«

»Er ist vor zehn Jahren auf La Esperanza aufgetaucht, hat als Erntearbeiter gearbeitet und später mit den Pferden. José hat sein Potential erkannt und ihm eine feste Stellung angeboten.«

»Was ist dann passiert?«

»Er hat sie angenommen. Ich habe sehr gerne mit ihm gearbeitet, die Ställe waren voll, es war genug zu tun.«

»Und dann?«

»Dann ist er kurz vor dem Pferdefest verschwunden. Er hat María auf seine Weise gesagt, dass er in die Berge möchte. José war verärgert, er wollte, dass er die Pferde bei der Ausstellung vorführt.«

»Ah, Marcos wollte das nicht?«

»Ich denke, das war der Grund, weshalb er gegangen ist.«

Wir sind auf dem Hauptweg zurück, unsere Tiere schreiten weit aus, für Fernando ist das Gespräch beendet, er trabt an, was mich noch neugieriger macht.

»Schaffst du ein Stückchen Trab oder bist du zu schwach?« Fernandos Worte klingen verstärkt von den Felsen, die sich auf beiden Seiten nach oben strecken und die Luft so abkühlen, dass Osos Atem wie Rauch aus seiner Nase kommt. Pajarito stürmt davon und ich kann nicht umhin, seinen Reiter zu bewundern, der mit dem Tier verwachsen scheint. Mein Pferd trippelt aufgeregt, denn ich halte ihn zurück und lasse Abstand zu meinem Vordermann. Ich genieße den Augenblick, die Kontrolle zu besitzen, den Moment, bevor ich Oso die Erlaubnis erteile, Pajarito einzuholen. Es sind nur wenige Zentimeter, die ich mich nach vorne beuge, nachgebe. Mein Wallach macht einen Satz, streckt sich und jagt Pajarito hinterher. Seine Galoppsprünge sind weit, zuerst kralle ich mich in seine Mähne, dann nimmt mein Körper die Bewegung auf und ich lasse locker. *Ich bin hier und alles wird gut werden.* Ich wiederhole den Satz wie ein Mantra immer und immer wieder.

Meine Beine zittern, ich bin verschwitzt und fühle einen Muskelkater herannahen, als ich Fernando eingeholt habe. Wir grinsen uns an und ich bin davon überzeugt, dass ich einiges an Zweifeln und Ängsten in der Sierra zurückgelassen habe.

Wir sind am Fluss angekommen, die Orangenplantage von La Esperanza liegt im dunstigen Licht des Nachmittags, eine dunkelgrüne Insel, meine Heimat. Ein kühler Wind lässt mich frösteln und ich freue mich auf einen Tee in Marías Küche. Je näher wir La Esperanza kommen, desto schwerer wird mein Herz. Ich würde alles darum geben, Alejandro helfen zu können.

»María hat mir von Gabriela und Daniel erzählt.«

»Daniel ist als Entwicklungshelfer in Nigeria, er ist wohl nicht erreichbar. María hat die Organisation benachrichtigt, doch bisher weiß man nicht, wo er ist. Gabriela lebt mit ihrem Mann in Madrid. Sie bekommt ein Baby und ist geschwächt. Alejandro verweigert einen Besuch.«

Das trifft mich und mir ist nach Heulen zumute.

»Das sind zusätzliche Sorgen, die sich die beiden machen müssen.«

Fernando bringt Pajarito nah neben mir zum Stehen. Sein vertrauter Geruch steigt mir in die Nase, mein Magen zieht sich zusammen, als hätte ich Hunger und nichts, womit ich dieses Gefühl stillen könnte.

»Komm her.« Er streckt seine langen Arme aus, bringt sein Pferd nahe an meines. Erschrocken glaube ich, dass er mich in die Arme ziehen möchte, doch er nimmt meine Hände in seine. »Ich bin davon überzeugt, dass es Alejandro schaffen wird. Willst du weinen?«

»Bitte?« Was für eine Frage. Ich muss schlucken.

»Wenn du weinen musst, mach es jetzt.«

Er lässt meine Hände los, sieht mich nicht mehr an. Ich presse meine Lippen aufeinander, Weinen ist keine Option für mich.

»Danke, das ist nicht notwendig.«

»Gut. Dann reiten wir jetzt zurück.«

Pajarito trabt an, Oso tut es dem braunen Hengst nach. In mir tobt ein Sturm, der Leichtigkeit des Ausritts in die Sierra Nevada ist eine Schwere gewichen, die mich mit Dunkelheit füllt und an die erste Zeit im Danach erinnert. *Es geht nicht um mich, es geht nicht um meine Befindlichkeiten. Jetzt kann ich etwas zurückgeben von dem, was mir diese Menschen letztes Jahr geschenkt haben.*

Vor dem Fluss macht der Pfad eine Biegung und führt an der Orangenplantage vorbei. Der süße Duft umhüllt mich, ich atme tief ein, wünschte, ich könnte mich darin verlieren.

Oso ist anderer Meinung, er weiß, dass jetzt Zeit für sein Futter ist und hat es eilig, zum Stall zu kommen. Ich lasse ihn gewähren, fühle mich seltsam körperlos, wie Wasser, das in eine undichte Form gepresst wird. In Gedanken versunken steige ich ab, versorge den großen Schimmel und bringe ihn einige Minuten später in seine geräumige Box. In der Zwischenzeit füllt Fernando die Tröge der Pferde mit Futter und Heu. Gedankenversunken stehe ich an Osos offener Box. Er frisst langsam und genüsslich. In seiner Welt ist kein Platz für Gier oder Futterneid. Er vertraut auf uns Menschen, dass wir für ihn sorgen und ihn nicht im Stich lassen. *Er vertraut mir, obwohl ich ihn verlassen habe. Er hat mir verziehen.*

»Sammelst du noch die schönen Wörter?« Fernando steht neben mir und beobachtet Oso ebenfalls.

»Ich habe dich gar nicht gehört.«

Fernando zuckt mit den Schultern. »Also? Sammelst du sie noch?«

»Ja, ich habe mein Buch dabei. Wieso?«

»Herzbetörend.« Er sagt das Wort auf Deutsch zu mir. Ich sehe ihn überrascht an, er grinst. Die Überraschung ist ihm gelungen.

»Also, das ist ein wundervolles Wort. Ich wusste gar nicht, dass du Deutsch gelernt hast.«

Er lacht laut. Oso sieht ihn irritiert an, das Maul voller Heu. Jetzt lachen wir beide.

»Es bedeutet in etwa *Hechizando el corazón*. Eliza und Sergei waren einige Male zum Reiten auf La Esperanza. Das sind Freunde von mir. Eliza kommt aus Deutschland, lebt aber die meiste Zeit in Granada bei Sergei.«

»Das ist interessant. Wie seid ihr denn darauf gekommen? Also mit den Wörtern.«

»Wir haben über dich gesprochen, über deine Vorliebe für schöne Wörter«, setzt er schnell nach.

Ich bin mir nicht sicher, ob mir das gefällt.

»Herzbetörend. Ich danke dir dafür. Ich werde es in mein Buch schreiben.«

Ich kann sehen, wie sehr sich Fernando darüber freut. Zärtlichkeit steigt in mir auf und noch etwas anderes, Helles, Warmes.

»Die beiden haben mich nach einem Termin für einen Ausritt gefragt.«

»Machst du geführte Touren? Bezahlen sie dafür?«

»Ja, es sind Reitstunden und sie bezahlen dafür. Einen Freundschaftspreis versteht sich. Ich weiß, auf was du hinauswillst.«

»Eine neue Einnahmequelle. Besteht Bedarf an Reittouren in die Sierra Nevada? Was denkst du? Haben wir geeignete Pferde dazu?«

»Ich habe schon öfter Anfragen von einer Sprachenschule in Granada erhalten, die für ihre Schüler nach einem Event suchen.«

In meinem Kopf wirbeln die Gedanken durcheinander. Wir haben acht Pferde, wobei Luna und Oso nicht für die Touristen geeignet wären.

»Ich denke nicht, dass wir genügend Pferde haben für so ein Unternehmen.«

»Für den Anfang schon. Wir haben auf alle Fälle genug Platz für Neuzugänge.«

»Oh! Das stimmt!« Allein die Vorstellung macht mich glücklich. Die mahnende Stimme in meinem Kopf ignoriere ich. Über Personal, Kosten und Ähnliches können wir uns Gedanken machen, wenn eine Vergrößerung notwendig werden sollte.

»Wir sind fertig, alle Pferde sind versorgt. Lass uns reingehen. Es ist kalt.«

DIE WOHNKÜCHE IST VERWAIST. Fernando steigt die Treppen zu seinem Zimmer nach oben, um sich umzuziehen, ich überlege kurz, mich in meines zurückzuziehen. Ich bin erschöpft, kann mich nicht entscheiden. Einer Eingebung folgend gehe ich zum Gasherd, der so penibel sauber ist wie der Rest der Küche. Ich drehe den Knopf und zünde das Gas mit einem Streichholz an. Die Flamme zischt, ich nehme den schweren Wasserkessel, fülle ihn und stelle ihn auf die

Flamme des Herdes. Letztes Jahr hat María einen Tee für mich gekocht, nun bin ich an der Reihe. Ich hole aus dem Schrank eine Teekanne, Filter und aus einem anderen die getrockneten Orangenblüten, die María selbst pflückt und liebevoll trocknet. Mit geschlossenen Augen öffne ich die Dose und atme tief ein. Heimat steigt mir in die Nase, Heimat und Erinnerungen an meine Kinderzeit. Ich glaube Margaretes Lachen zu hören und drehe mich erschrocken um. María steht in der Tür und beobachtet mich schweigsam.

»María! Ich habe dich nicht gehört. Ich mache uns einen Tee. Setz dich doch.«

»Ich danke dir.«

Der Wasserkessel pfeift, was Perro Negro zum Knurren bringt. Marías Hund, der ihr nicht von der Seite weicht und sich auf ihrem Schoß zu einer Kugel zusammengerollt hat.

Ich schütte das heiße Wasser in die Kanne mit den Orangenblüten und der Duft erfüllt den Raum. María lächelt.

»Ich liebe diesen Duft so sehr. Es gibt nichts Schöneres.«

Ich nicke, trage ein Tablett mit Tassen, Zimtstangen und Honig zum Tisch, dann die Kanne. Der Tee muss noch einige Minuten ziehen. Ich setze mich neben María und atme tief durch. »Wie geht es Alejandro? Schläft er noch?«

»Er ist wach, gerade so.«

»Soll ich dir helfen, ihn nach unten zu begleiten?«

María zuckt mit den Schultern, feine Linien haben sich in ihr Gesicht gegraben, weiße Strähnen ziehen sich durch ihr dunkles Haar. Wie gerne würde ich ihr sagen, dass alles gut wird.

»Alejandro möchte im Bett liegen bleiben, er hat keine Kraft, aufzustehen.« Ich nehme ihre Hand in meine. Ihre Finger sind rau, an den Kuppen feine Risse durch die tägliche Arbeit. Meine Liebe zu ihr schnürt mir die Kehle zu. Sollte

Alejandro gehen, was würde dann aus María? Der Tee ist fertig, ich fülle beide Tassen, gebe einen Löffel Honig dazu.

»Danke, Katharina. Ich bin froh, dass du hier bist. Du hast uns allen gefehlt. Fernando blüht seit deiner Anwesenheit regelrecht auf.«

Sie sieht mich mit ihren dunklen Augen ernst an.

»Wie ist es dir ergangen?«

Ich überlege, das Gespräch in eine andere Richtung zu lenken, dann entscheide ich mich dagegen.

»Ich habe versucht, mein Leben wieder so zu leben wie im *Davor*.«

»›Davor‹ bedeutet vor dem Überfall?«

Ich nicke, suche nach den passenden Worten. »Die Zeit bei euch hat mir viel gegeben. Mir wurde klar, dass ich im *Jetzt* leben kann, dass ich nicht kämpfen muss, denn ich habe das Danach hinter mir gelassen. Verstehst du, was ich meine?«

Marías Blick ist unergründlich, sie legt eine Hand an meine Wange. »Ich verstehe dich.«

»Ich habe jeden Tag versucht, im Wald zu laufen. Jeden Tag. Ich wollte es so unbedingt. Es war mir klar, dass ich nicht einfach nach Deutschland zurückkehren konnte, und alles wäre gut. Doch ich war davon überzeugt, dass ich im *Jetzt* angekommen war. Dass es einfacher werden würde.« Der Tee duftet verführerisch, ich halte die Tasse vor mein Gesicht und atme tief ein. »Ich bin gescheitert. Ich habe Angst, dass ich das *Davor* nicht besiegt habe, Angst, dass ich einen Fehler gemacht habe. Angst und Zweifel. Das sind die Gefühle, die mich begleiten, seit ich wieder in Deutschland zurück war.«

Aufgewühlt trinke ich einen Schluck Tee, die Aromen sind eine Streicheleinheit für die Seele. »Entschuldige bitte, María. Das ist nicht wichtig.«

»So etwas darfst du nicht sagen.« Ihre Stimme ist fest, und plötzlich ist sie wieder da, stark und selbstsicher. »Weshalb sollte nicht wichtig sein, wie es dir geht? Ich weiß, dass es schwer für dich war letztes Jahr.«

Es kribbelt in meinem Nacken. Weiß María von meinen Gefühlen für Fernando?

»Ja, das war es«, sage ich schlicht und sehe ihr in die Augen. María nickt und streichelt gedankenabwesend Perro Negro, der sich ihrer Hand entgegenstreckt und schnurrt wie eine Katze.

»Dieses verfressene Untier.« Marías Stimme ist voller Zärtlichkeit. »Seit …«, sie sucht nach Worten, »… Alejandros Diagnose ist er nur noch an meiner oder Alejandros Seite. Das macht mir am meisten Angst. Er war immer mein Hund und andere Menschen haben ihn nicht interessiert. Jetzt schläft er nachts an Alejandros Fußende und auch tagsüber sucht er seine Nähe.« Marías Gesicht wirkt grau im Licht des verschwindenden Tages, ihre Wangen sind eingefallen. Sie beugt sich über den verstrubbelten weißen Hund und flüstert Koseworte. Er setzt sich auf seine Hinterbeine und drückt seinen Kopf gegen ihr Gesicht. Es dauert einen Augenblick, bis ich erkenne, dass María weint. Vor diesem kleinen Geschöpf erlaubt sie sich, ihren Schmerz zu zeigen, und ich bin zutiefst berührt. Liebe in allen Facetten.

Ich erinnere mich an die Nacht in der Hütte mit Fernando. Ich konnte nicht schlafen und hatte mich zu Oso geflüchtet.

»Ach, Katharina, ich bin ein gläubiger Mensch, doch Gebete können mich nicht trösten. Vor mir ist ein Abgrund, ich versuche, mich zu halten, und doch weiß ich mit einer Gewissheit, dass ich in die Tiefe hinunterstürzen werde.«

Ihre Augen sind weit aufgerissen und deren vormals sanftes Braun ist stumpf geworden. »An guten Tagen kämpfe ich, bin davon überzeugt, dass wir gemeinsam den Krebs besiegen, und lasse keinen Zweifel zu. Dann leuchten Alejandros Augen. Er vertraut mir. Dann ist es so wie früher, zumindest können wir so tun.«

Sie sieht aus dem Fenster, ihre Finger krallen sich in das Fell des Hundes. Perro Negro springt von ihrem Schoß und flüchtet unter den Tisch. María sieht ihm gedankenverloren nach. »An den dunklen Tagen habe ich keine Kraft, ich kann nur daran denken, wie ein Leben ohne Alejandro aussieht. Das ist eine Zukunft, in der ich nicht leben möchte. Wie kann ich leben, wenn er stirbt?«

Sie schlägt beide Hände vor ihr Gesicht und schluchzt kurz auf.

»Das sind die schlechten Tage und diese nehmen überhand. Ich habe so oft keine Kraft mehr, was sich dann auf Alejandros Gemüt auswirkt.«

Marías Hände liegen halb geöffnet auf ihrem Schoß, sie öffnet und schließt sie zu Fäusten.

»Ich bin da und möchte helfen. Ich gehöre zu euch, ihr seid meine Familie, ungeachtet von allem. Ich liebe dich und Alejandro!« Einer Eingebung folgend stehe ich auf, knie mich vor ihren Stuhl und ziehe sie in meine Arme.

Wir lösen uns, lächeln uns an. »Ja, das bist du, Katharina. Familie. Wollen wir uns um das Abendessen kümmern? Wir haben noch Zeit, doch ich habe Lust, etwas Schönes zuzubereiten.«

»Habe ich etwas von Abendessen gehört?«

Fernando steht im Türrahmen. Er hat sich von seiner Reiterhose getrennt und trägt eine dunkle Jeans mit einem Hemd. Er sieht so verändert aus, dass ich ihn eine Weile sprachlos anstarre.

»Nicht gut?« Er zwinkert mir zu.

»Doch. Gut. Nur ungewohnt.«

»Also hör mal, in Burgos habe ich einen Anzug getragen«, sagt er mit einem übertrieben beleidigten Unterton.

»Was hältst du davon, uns einen Albariño zu holen?« María sieht ihn streng an.

»Rückst du dann auch ein Gläschen deines köstlichen Orangenlikör heraus?«

»Habe ich eine Wahl?«

Er schüttelt den Kopf, wirft ihr eine Kusshand zu. María lacht, öffnet den Kühlschrank und holt eine große zugedeckte Schüssel heraus.

»So. Unser Abendessen. Du magst hoffentlich Garnelen?«

Augenblicklich knurrt mein Magen. »Oh ja. Sehr gerne.«

»Sehr schön. Holst du bitte aus dem Ofen das Brot? Ich habe es heute Vormittag gebacken, wir essen es dazu mit einem Salat. Alejandro wird es auch schmecken, hoffe ich.«

Das Weißbrot duftet verführerisch, mir läuft das Wasser im Mund zusammen. »Soll ich es schon schneiden?«

»Noch nicht, sonst wird es trocken. Leg es bitte auf das Brett. Soll ich dir zeigen, wie ich die Garnelen zubereite?«

Fernando kommt mit zwei Flaschen Wein in die Küche. Eine stellt er in den Kühlschrank, die andere öffnet er und schenkt uns in drei kleine Weingläser ein.

»Ich hole Alejandro, er kann mit uns anstoßen.«

»Danke, Fernando. Er ist schwach, bitte frag ihn, ob er schon aufstehen möchte.« María sieht stirnrunzelnd Perro Negro hinterher, der sich Fernando anschließt und vor ihm die Treppen in das Obergeschoss läuft. Ich lege meinen Arm um ihre Schultern.

»Was kann ich machen?«

»Wasch doch bitte die Garnelen, dann zeige ich dir, wie man den Darm entfernt.«

Während ich kaltes Wasser darüberlaufen lasse, bereitet sie den Salat zu. Es macht Spaß, María zuzusehen, wie geübt sie das Gemüse schneidet. Ich war nie eine besonders gute Köchin, Paul hatte das mit Freude übernommen.

»Paul ist der Koch in der Familie. Ich habe mich nie dafür begeistern können.«

Sie lacht und hält mir eine rohe Garnele unter die Nase.

»Du wirst es lieben! Sie zu essen, aber auch zu kochen.«

Sie nimmt ein kleines Messer zur Hand, schneidet in den Rücken und zieht mit der Spitze den langen dünnen Darm heraus, wie sie mir erklärt. Ich muss mich sehr konzentrieren und bin viel langsamer als María, doch auch vor mir wird der Berg an geputzten Garnelen immer höher.

»Ah, was macht ihr beiden denn da?«

Alejandro betritt an Fernandos Arm die Küche. Er hält sich aufrecht, überragt Fernando und wirkt trotz seiner Größe zerbrechlich wie dünnes Porzellan.

»Wir bereiten dein Lieblingsessen zu, Schatz.«

»Ich liebe alles, was du zauberst, meine María. Was gibt es Schönes?«

»Knoblauchgarnelen mit Zitrone.«

»Ja, ich rieche es. Ein Festschmaus.« Vorsichtig lässt er sich auf den Stuhl sinken. Fernando reicht ihm ein Weinglas und füllt es mit Wasser auf. »Halb und halb, Alejandro.«

Er nickt. »Das ist genug.«

Jeder von uns hat sein Glas in der Hand, wir heben sie hoch, als könnten wir einen Gott oder Götter beschwören. Wieder habe ich das eigentümliche Gefühl, als wäre noch nichts entschieden, als hätte Alejandro die Wahl, welche Tür er durchschreiten will.

»Ich habe die Bücher dabei, Katharina, wenn du dir einen Überblick verschaffen möchtest.« Er tippt auf einen nicht kleinen Stapel Blöcke auf dem Tisch.

»Ja, danke. Das würde ich gerne.« Ich wasche die Hände und warte auf weitere Anweisungen von María. Sie hebt eine große, gusseiserne Pfanne auf den Ofen und gießt Olivenöl hinein.

»Die getrockneten roten Chilies sind scharf, wir geben sie mit dem Knoblauch in das Öl. Sie werden im Stück bleiben, das gibt dem Gericht eine besondere Würze. Du rührst, bis sie zu braten beginnen, dann kommen die Garnelen dazu.« Sie verteilt die Teller, schneidet das Brot und stellt den Salat auf den Tisch.

Das Öl beginnt zu sieden, ich lege die Garnelen in die Pfanne, sie krümmen sich und nehmen eine rosa Farbe an.

María wirft einen kritischen Blick auf die Meeresfrüchte. »Sie sind fertig. Du kannst sie portionsweise in den Schalen servieren. Es kommt noch der Zitronensaft darüber und die Petersilie. Zu Tisch, meine Lieben.«

Sie klatscht in die Hände. »Heute ist ein guter Tag. Ein sehr guter sogar, nicht, Alejandro?«

»Ein sehr guter.« Er nickt und schiebt die Bücher zur Seite. »Wollt ihr jetzt alle zusehen, wie ich esse?« Er schneidet eine Grimasse.

»Dann probiere jetzt bitte Katharinas Garnelen, nur darum geht es.«

»Sie sind köstlich, Katharina, und du bist eine gute Lehrerin.«

»Wir haben heute bei unserem Ausritt Marcos einen Besuch abgestattet. Katharina war begeistert von seinem Tee.«

»Er hat sein Sommerquartier schon bezogen? Ist es nicht noch zu kalt?«

»Er kann sich ja jederzeit wieder zurückziehen, wo immer er auch überwintert.«

»Keiner weiß, wo er sich den Winter über aufhält?«

»Die Richtung ja, aber nicht genau. Kannst du dich an unseren Ausritt letztes Jahr erinnern, als wir in der Hütte übernachtet haben?«

Das kann ich schwer vergessen. »Ja. Ich kann mich erinnern.«

»Diese Anhöhe, der weggespülte Weg.«

»Ich hatte Angst, Oso würde ausrutschen. Aber er hat mich mit einem Monstersprung auf den Weg gerettet.«

»Also Fernando! Das wusste ich ja gar nicht.« María fixiert ihn mit blitzenden Augen.

»Bevor du dich darüber echauffierst, ich habe es gleich danach der Parkverwaltung gemeldet.«

»Kann ich noch etwas von diesen herrlichen Garnelen bekommen?«

Alejandro lenkt die Aufmerksamkeit auf sich, gewollt oder ungewollt. Er isst mit großem Appetit, reißt sich ein großes Stück vom Brot ab, tunkt es in die Knoblauchsauce und hört erst auf zu Essen, als nichts mehr davon übrig ist. Dann lehnt er sich im Stuhl zurück und legt die Hand auf seinen Bauch. »Ich bin fertig. Vielen Dank fürs Kochen.«

»Das haben wir gerne gemacht.« Ich lächle ihn an und kann nur bestätigen: Heute ist ein sehr guter Tag.

María räumt den Tisch ab, ich darf nicht mithelfen. Fernando beginnt, von unserer Idee zu erzählen. María hat sich erweichen lassen und jeder von uns hat ein kleines Gläschen Orangenlikör vor sich. Alejandro probiert und schließt genießerisch seine Augen. Ich nippe nur etwas, denn diesen Geschmack möchte ich länger auskosten.

Alejandro ist sehr interessiert, Wanderritte als feste Einnahmequelle zu nutzen war nicht neu.

»Mir scheint, wir haben nicht genug Anfängerpferde, richtig?«

»Ja. Das ist das Problem. Was ist, wenn wir die Kooperationen mit den Sprachschulen eingehen können und wir viele Interessierte haben?«

Alejandro und María sehen sich an. »Wie viele Pferde wären dafür denn geeignet?«

»Sueño, Noche und Nube. Vielleicht noch Gallito, doch der nur für erfahrene Reiter.«

»Es gibt den alten Stall.« Alejandro sieht uns abwechselnd an.

»Wir haben auch das alte Lagerhaus, das wir zu einer Übernachtungsmöglichkeit für Gäste anbieten könnten. Reiterurlaub in Andalusien, Ausritte in die Sierra Nevada.« Fernando denkt nicht das erste Mal darüber nach, wird mir klar.

»Die Touristen könnten auch bei der Ernte helfen und so mehr über Orangenplantagen erfahren.« Alle starren mich an.

»Die Idee ist Gold wert, Katharina!« Fernando ist begeistert.

»Ist der Stall baufällig?«

»Nein, die Substanz ist sehr gut. Die Türen der Boxen müssen repariert oder erneuert werden, doch das kann ich selbst mit etwas Hilfe.«

»Das ist ein erster Schritt.« Alejandro sieht müde aus.

»Möchtest du dich hinlegen? Es ist ja Zeit, ich bin ebenfalls müde.« Fernando steht auf und hilft ihm beim Aufstehen. »Warte kurz, Fernando. Katharina, du beflügelst uns, nur falls ich meine Freude über deine Anwesenheit noch nicht zum Ausdruck gebracht habe. Schlaf gut. Bis morgen.«

»Ich bin hier glücklich«, sage ich ruhig, aber gerührt.

María streicht mir über meine Haare und geht hinter Fernando und Alejandro her, die langsam die Stufen nach oben steigen. Ich beschließe, das Geschirr abzuwaschen, und nach zehn Minuten gehe ich in mein Zimmer. Als ich es betrete, hüllt mich der Duft nach getrockneten Orangenschalen ein. Ich trete zum Fenster und sehe die Berge der Sierra Nevada in der Dämmerung und die Ebene, die ich heute entlanggaloppiert bin. Vor einem Jahr stand ich auch hier, verletzt, einsam und verzweifelt. Die Narbe in meinem Gesicht war frisch und dunkelrot, ebenso wie die Narben in meiner Seele. Das Danach war dabei, mich aufzufressen, ich war nicht in der Lage, das Trauma der Vergewaltigung zu verarbeiten.

Der Koffer steht vor dem Bett, ich könnte auspacken, mich frischmachen oder mich einfach aufs Bett fallen lassen. Ich entschließe mich zu Letzterem. Es ist herrlich bequem, weich, warm und flauschig. Ich habe nicht gelogen: Hier zu sein macht mich glücklich. War ich in Deutschland unglücklich? Pauls Gesicht, seine verstrubelten Haare, die in seine Stirn fallen und ihn Jahre jünger erscheinen lassen. Sein ansteckendes lautes Lachen, sein zärtlicher Blick. Nein, ich war nicht unglücklich in Deutschland, nur war ich auch nicht glücklich. Es wird dunkler, ich mag nicht aufstehen, sehne mich nach einer heißen Dusche. Die Aufregung und die Nervosität des Tages vom Körper waschen.

Mein Telefon vibriert und gibt ein Bellen von sich. Ich muss jedes Mal grinsen, das habe ich exklusiv für Paul eingestellt.

»Paul! Hallo? Hörst du mich?«

»Hallo, mein Schatz. Na, wie ist es, wieder in Spanien zu sein? Wie geht es Alejandro?«

»Es ist wundervoll hier, Paul. Als wäre keine Zeit vergangen. Aber Alejandro ist schwach, er ist so dünn und kraftlos.«

Es kratzt in meiner Kehle, meine Augen brennen.

»Ich komme morgen Nachmittag um sechzehn Uhr in Granada an. Holst du mich ab, oder soll ich ein Leihauto nehmen?«

»Ich hole dich ab.«

»Ich freue mich so sehr auf dich. Es ist einsam so allein. Bis morgen, Katharina.«

»Schickst du mir bitte noch die Flugnummer?«

»Wird gemacht. Schlaf schön.«

Bevor ich antworten kann, hat Paul das Gespräch beendet. Ich zwinge mich, aufzustehen, hieve den schweren Koffer auf das Bett und packe meine Kleidung aus. Ich habe nicht viel dabei, aber ich kann mir etwas kaufen. Reithosen zum Wechseln wären ein guter Anfang. Das Holzkästchen mit den Briefen meiner Großeltern stelle ich auf den Schreibtisch, Ihre Erinnerungen vermischen sich mit meinen. Ich weiß, dass Margarete dieselben Berge wie ich gesehen hat. Sie ist ebenso am Fluss entlanggeritten und sie hat die Sierra ebenso geliebt wie ich.

Nach einer heißen Dusche liege ich im Bett und lasse den Tag Revue passieren. Was ich gestern erlebt habe, füllt in Deutschland mindestens eine ganze Woche. Ich bin gespannt auf den neuen Tag, die Orangenernte steht an, ich bin neugierig, wie viele Paten es für die Orangenbäume gibt, wie die Ernte ausfällt und welche Bäume auf dem äußersten Teil der Plantage stehen. Die Decke ziehe ich bis zu meinem Kinn. Mein Körper schmerzt, ein Riesenmuskelkater ist im Anmarsch, doch ich bin zufrieden wie lange nicht mehr. Müde schließe ich meine Augen und stelle mir vor, wie die alte Scheune renoviert wird und wir uns vor Touristen nicht mehr retten können. Dann schlafe ich ein.

9

Ich stehe vor dem kleinen Flughafen in Granada, der sich etwa dreißig Kilometer entfernt von Otura befindet. Fernando hat mir sein Auto geliehen, ein rostiges Gefährt, das seine besten Jahre schon lange hinter sich hat.

Als ich mich gerade dazu entschlossen habe ins Flughafengebäude zu gehen, kommt mir Paul entgegen. Er trägt einen Rucksack, dessen Größe von einem riesigen Koffer noch getoppt wird.

»Katharina! Schön, dich zu sehen.« Er umarmt mich und hält mich fest. »Danke, dass du mich abholst.«

»Das ist doch selbstverständlich. Wie war der Flug?«

»Der war in Ordnung. Die Wartezeit in Madrid hat mich etwas genervt. Aber es geht ja nicht anders.«

Ich nicke, für einen Nonstop-Flug ist der Flughafen zu klein.

»Wo ist das Auto?«

Ich deute nach hinten, wo der klapprige Land Rover in seiner ganzen Pracht in der Sonne steht. Paul verdreht die Augen und ich muss lachen.

»Schwer für dich? Du bist wohl nichts mehr gewohnt?«

»Na, du bist ja gut drauf!« Er grinst. »Das schaffe ich noch.«

Wir steigen ein und einige Minuten später sind wir auf der Landstraße, die an Olivenplantagen vorbeiführt. Die Bäume stehen wie Soldaten in geordneten Reihen, schmiegen sich an die kargen Berghänge, ergießen sich gelb-grün über die Landschaft Andalusiens.

»Ich liebe dieses Grün der Olivenbäume, einfach wunderbar. Für mich der Inbegriff des Südens.«

Erstaunt blicke ich zu Paul. »Ja, das geht mir genauso. Dazu die rote Erde und die unterschiedlichen Formen der Berghänge, die mich an die Buckel einer Seeschlange erinnern. Für mich ist der Anblick wie nach Hause kommen.«

Verärgert beiße ich mir auf die Lippe. Hoffentlich nimmt er mir die Bemerkung nicht übel.

»Ich verstehe dich. Nein wirklich«, setzt er nach, als keine Reaktion von mir kommt. »Das letzte Jahr war das Schrecklichste in deinem Leben und du hast einen Sinn gefunden, als du auf La Esperanza angekommen bist.«

Darauf kann ich nicht antworten, aber Paul erwartet es auch nicht. Er sieht entspannt aus dem offenen Fenster, der warme Wind fährt durch seine Haare und dennoch ist er mir fremder als je zuvor.

La Esperanza war so viel mehr, nicht die Finca, es waren die Menschen, die ich auf dem Weg kennenlernen konnte. Burgos – Salamanca – Granada – La Esperanza, es war die Reise meines Lebens, in die Vergangenheit und in das *Jetzt. Und in deine Zukunft?*

Die Worte krallen sich in mir fest, ich kann nichts dagegen tun.

»Wir sind da.«

Ich fahre auf den Parkplatz und helfe meinem Mann, die Gepäckstücke auszuladen, und schultere den Rucksack. Der

Weg zur Finca ist tückisch. Feuchtigkeit hat sich auf die Steine gelegt, und der Weg ist steil. Paul hat mit seinem schweren Koffer zu kämpfen, der ein Eigenleben entwickelt hat und kaum zu bremsen ist.

»Dieser Weg ist das Letzte!«

Da gebe ich ihm recht. Vor meinem geistigen Auge sehe ich die Scharen von Touristen am Weg stürzen. Diese Ausgaben müssen wir bei unseren Planungen einrechnen. Ich habe keine Ahnung, was die Pflasterung eines Weges kostet, doch günstig ist das sicher nicht.

Wir kommen zum Haus, ohne zu stürzen, putzen die rote Erde von unseren Schuhen und betreten das Haus, das mich augenblicklich verschluckt und in der Vergangenheit auftauchen lässt.

»Hier hat sich nichts verändert, soweit ich mich erinnern kann. Ich war nur einige Tage hier.«

»Alles ist so, wie es war, ich genieße das.«

Wieder dieser Seitenblick meines Mannes. »Ich danke dir, dass du hier bist.«

»Wir gehören zusammen, das schließt La Esperanza mit ein.«

Er bleibt stehen und deutet auf ein Foto, das durch die Jahre vergilbt ist. Ein Mann ist darauf zu sehen, der ernst auf einem großen Schimmel sitzt.

»Das ist dein Großvater, richtig?«

Ich nicke stumm. Tatsächlich habe ich die vielen Bilder noch nicht genau betrachtet, die Vergangenheit schüchtert mich nach wie vor ein. Meine Großmutter Margarete und dieser Mann auf dem weißen Pferd. Eine verbotene Liebe, solch eine schmerzvolle Beziehung. Mein Großvater José war verheiratet, eine Scheidung nicht möglich.

»Ich finde, du hast einiges von ihm.«

»Ah, das ist mir nicht aufgefallen. Kommst du?«

Ich gehe an ihm vorbei in die Küche. María, Alejandro und Fernando sitzen am Tisch und scheinen auf uns zu warten.

Paul steht hinter mir und winkt ihnen zu. Die Situation ist absurd und ich muss lachen. Bei Pauls letztem und einzigen Besuch wollte er, dass ich La Esperanza verkaufe und so schnell wie möglich zurück nach Deutschland komme. Er war einen Tag später wieder abgereist, wir hatten uns nicht im Guten verabschiedet und er hatte sich bei allen unbeliebt gemacht. Diesen ersten schlechten Eindruck wollte Paul jetzt vergessen machen. Ich bin ihm dankbar dafür.

Er schiebt mich etwas zur Seite und geht mit ausgetrecktem Arm auf María zu. Sie steht auf und die beiden begrüßen sich mit einer kurzen Umarmung, Alejandro und Fernando schütteln dem aufgekratzten Paul die Hände.

»Ich möchte mich bei jedem von euch entschuldigen. Ich war bei meinem Besuch letztes Jahr nicht ich selbst.« Paul lächelt in die Runde, sein Englisch ist perfekt und er sagt genau das Richtige.

»Danke für deine ehrlichen Worte, Paul. Wir schlagen ein neues Kapitel auf.« Alejandros Stimme ist ernst. »Setzt euch bitte, wir haben viel zu besprechen.«

Die nächsten Stunden verbringen wir damit, die Unterlagen zu sichten, Abrechnungen zu sortieren.

»Wo sind die Lohnabrechnungen? Gibt es eine Warteliste für die Patenschaften an den Orangenbäumen?«

Wir sehen uns an. Alejandro räuspert sich. »In den Heften findest du die Adressen und Namen der Kunden. Eine Warteliste gibt es nicht. Durch meine Erkrankung ist einiges auf der Strecke geblieben.«

Alejandro fällt ins Spanische zurück, ich übersetze.

»Die Ausgaben für die Pferde.« Fernando deutet auf einen

Ordner. Paul nickt, blättert, notiert sich Anmerkungen. Immer wieder fährt er sich durch die Haare, die in alle Richtungen abstehen.

»Ich möchte zuerst verstehen, in welcher finanziellen Situation sich La Esperanza befindet. Das wird eine Weile in Anspruch nehmen. Wer ist euer Steuerberater?«

»Javier Gonzáles ist unser Rechtsanwalt und erledigt die Steuersachen. Er ist ein Freund der Familie.«

Paul nickt María zu. »Ich würde gerne einen Termin mit Señor Gonzáles vereinbaren.«

»Selbstverständlich. Er spricht kein Englisch. Katharina, du solltest bei diesem Treffen mitkommen.«

Ich schlucke. Alejandro hat recht. Ich muss dabei sein, La Esperanza und das Land, auf dem es steht, ist mein Eigentum. Ich habe Fernando, María und Alejandro einen Teil überschrieben, doch die Majorität gehört mir. Weshalb fühle ich mich, als würde ich Alejandro etwas wegnehmen?

»Warum machen wir den Termin mit Javier nicht hier? Dann können wir alle dabei sein.«

»Das ist eine gute Idee.« Paul drückt meine Hand. »Ich bespreche mit ihm das Allgemeine, und was die Plantage oder das Gestüt angeht, ist der dabei, den es betrifft.«

Wie gut kenne ich Pauls Untertöne, sein Ton ist distanziert und etwas arrogant. Er war von Anfang an nicht damit einverstanden, dass ich die Hälfte der Pferdezucht und die wertvolle Stute Luna an Fernando überschrieben hatte. Was María und Alejandro anging, hatte er keinen Ton darüber verloren. Beiden gehören die Hälfte der Plantage und die Einkünfte.

Gott sei Dank fiel das nur mir auf, die Stimmung sollte nicht getrübt sein. Nichts war wichtiger, als zusammenzuhalten, unabhängig jedweder Befindlichkeiten.

»Wer hat die Homepage von La Esperanza angelegt?« Paul

klappt sein Notebook auf, wählt sich in das WLAN ein und schnalzt missbilligend mit der Zunge. »Das Netz ist schlecht, wenn es in Ordnung für euch ist, kümmere ich mich darum. Außerdem schlage ich vor, dass wir die Webseite überarbeiten lassen. Katharina hat mir gesagt, dass die Majorität der Baum-Paten in Deutschland leben.«

Paul erörtert seine Pläne, er ist ein seinem Element, stellt Fragen und ich kann sehen, wie er alle begeistert. Zärtlichkeit für ihn überschwemmt mich. Ob ihm La Esperanza etwas bedeutet?

Diese Frage stelle ich ihm, als wir in unserem gemeinsamen Zimmer sind.

»Natürlich bedeutet es mir etwas. Ich liebe dich, Katharina, das ist schon ein Grund, dass mir La Esperanza am Herzen liegt.«

»Hast du die Projekte an Sabine abgeben können? Konntest du alles regeln?«

Paul trägt einen Stapel T-Shirts zum Holzschrank und legt sie sorgfältig hinein.

»Ja. Sie war nicht begeistert über die Aussicht, längere Zeit die Verantwortung zu tragen, aber ich bin ja nicht verschwunden und erreichbar, wenn sie mich braucht.«

Paul hat seine Kleidung verstaut und der große Koffer verschwindet zu meinem kleinen unter das Bett. Er legt eine längliche Tasche darauf.

»Was ist das denn?«

»Das habe ich dir mitgebracht. Ich dachte, vielleicht kannst du es hier gut brauchen.«

Neugierig öffne ich den Reißverschluss. Mein Herz stolpert.

Es sind meine Laufschuhe, Hose, Shirts und meine Jacke, die ich am Tag des Überfalls getragen hatte. Wie konnte das sein? Szenen blitzen auf, der Überfall, die Laufjacke und mein Shirt hatte Kapuzenmann von meinem Körper geschnitten.

»Ich habe die Laufjacke und die Hose neu gekauft, die Schuhe habe ich in deinem Schrank gefunden. Du bist blass, ist alles okay?«

Ich versuche zu lächeln, es gelingt mir nicht richtig.

»Wie bist du auf die Idee gekommen? Ich laufe seit dem Überfall nicht mehr.«

»Du hast es versucht. Denkst du tatsächlich, es wäre mir nicht aufgefallen?«

Darauf kann ich nichts erwidern, ich hätte nie geglaubt, dass Paul irgendetwas von meinen Bemühungen mitbekommen hatte.

»Du warst so gehetzt, was ich zuerst den Überlegungen deiner beruflichen Zukunft betreffend zugeschrieben hatte. Dann lag an einem Abend dein Sportrucksack auf dem Bett und ich habe hineingesehen.«

»Aha. Und dann?«

»Laufschuhe, ein zerknülltes Shirt, feucht. Das hat mich gewundert.«

An diesem Tag war ich in einen Platzregen geraten und das als Ausrede benutzt, zum Auto zurückzugehen. Dort hatte ich meine Kleidung gewechselt, was das nasse Shirt erklärte.

»Ich wollte dir nicht nachspionieren, war allerdings aufmerksamer. Dann habe ich mir Sorgen gemacht und bin dir an einem Morgen nachgefahren. Es tut mir leid. Weshalb hast du nicht mit mir darüber gesprochen?«

»Was hätte ich sagen sollen? Ich konnte es mir nicht erklären.« Meine Augen brennen, das Gefühl von Hilflosigkeit ist zurück, es hat darauf gewartet, dass es zuschlagen kann wie eine Schlange. »Ich wollte wieder laufen, einfach laufen.«

»Du kannst es hier probieren. Ich unterstütze dich.«

Paul zieht mich an den Händen vom Bett in seine Arme.

»Ich bin so froh, hier zu sein, bei dir. Ich kann dir nahe sein, endlich wieder.«

»Ich danke dir für deine Worte, Paul, ich bin auch froh, dass du hier bist. Magst du spazieren gehen? Fernando und ich haben einige Ideen, ich würde dir gerne davon erzählen.«

»Das macht mich neugierig. Dann los.«

Er zieht seine Schuhe an und wir gehen zum Stall. Fernando ist sicherlich bei der Abendfütterung, ich möchte ihm dabei helfen und Paul das Gefühl geben, dazuzugehören. *Das wird nicht funktionieren, du machst dir etwas vor.*

»Lass uns zu den Pferden gehen, dort ist Fernando, er sollte dabei sein.«

Oso begrüßt mich wie immer mit einem dunklen, kurzen Wiehern, er erkennt meine Schritte, und dieses kleine Geräusch macht mich glücklich.

»Mein Bär, hast du schon gefressen?« Ich streichle sanft über seine kleinen Ohren, er genießt es kurz, dreht sich um und frisst weiter.

»Was für ein großes Pferd.«

»Für einen Andalusier ist er mit seinen einen Meter siebzig Stockmaß ungewöhnlich groß.« Fernando stellt sich neben uns.

»Was ist ein Stockmaß?«

»Damit bezeichnet man die Höhe des Pferdes. Sie wird vom Widerrist bis zum Boden gemessen.« Fernando zeigt auf Oso. »Der Widerrist ist der Übergang vom Hals zum Rücken des Pferdes. Sieht aus wie ein kleiner Hügel.«

Paul nickt. »Verstanden.« Er zieht den Kragen seiner Jacke nach oben. »Es ist ganz schön kalt.«

»Sobald die Sonne weg ist, kommt der Winter zurück. Wenn du gerne Ski fährst, hast du in der Sierra Nevada die Möglichkeit dazu. Die Saison ist von November bis Ende April.«

»Tatsächlich fahre ich nicht mehr, Katharina hat nie Interesse gezeigt und mir war es nicht so wichtig.« Er legt seinen Arm um mich. »Vielleicht hast du jetzt Lust dazu?«

»Ja, vielleicht. Die nächste Saison.« Ich schließe die Tür zu Osos Box und kann mich so unauffällig aus Pauls Arm befreien. Ich möchte ihn nicht verletzen.

»Sind alle Tiere versorgt? Lass uns die alte Scheune ansehen.« Mein Herz klopft erwartungsvoll, was Paul dazu sagen wird. Vielleicht ist es ganz einfach, das Gebäude umzubauen.

In der beginnenden Dunkelheit laufen wir schweigend den schmalen Weg an der Orangenplantage entlang, auf der rechten Seite passieren wir den leeren Pferdestall und erreichen das kleine Gebäude, das schräg nach hinten versetzt beim Stall steht. »Eine Beleuchtung ist notwendig. Die Gäste brechen sich die Beine oder Schlimmeres, wenn sie zum Abendessen ins Haupthaus kommen.«

»Zum Essen ins Haupthaus. Das ist eine Superidee, Fernando.« Ich bin Feuer und Flamme und sehe alles vor mir.

Er öffnet das Schloss, drückt auf den Lichtschalter. Enttäuscht schaue ich mich um, ich hatte das Gebäude größer in Erinnerung. Kartons stapeln sich in der Ecke, lange Tische, die zur Sortierung der Orangen dienen, wie Fernando erklärt.

»Alejandro würde gerne die gesamte Produktion auf Crowdfarming umstellen. Bevor er krank wurde, hatte er fantastische Ideen, Kooperationen mit anderen Orangen- und Gemüsebauern zum Beispiel. Die Möglichkeiten sind gegeben, nur sollte Alejandro die Gespräche führen, und das ist kein Thema mehr. Verständlich.«

Fernando beäugt kritisch die Mauern, das Gebäude ist aus Stein errichtet, doch ich kann mir beim besten Willen nicht vorstellen, wie daraus eine Unterkunft für Gäste entstehen könnte. Ich bin allerdings auch keine Architektin.

Paul hat seine Inspektion schnell beendet.

»Was meinst du? Könnten wir daraus Unterkünfte für Touristen machen?«

»Du kannst alles umbauen, das ist eine Kostenfrage. Positiv sind die massive Bauweise und der Boden. Das Gebäude ist klein, doch die Höhe ausreichend, um zum Beispiel im oberen Bereich Zimmer auszubauen und unten einen Aufenthaltsraum, sprich Gemeinschaftsraum und eine große Küche für gemeinsame Unternehmungen.«

Fernando und ich grinsen uns an. »Mir schießt gerade so viel durch den Kopf«, sage ich begeistert.

»Wir besprechen dort unsere Touren durch die Sierra, María könnte Kochkurse anbieten.«

»Das solltest du lieber vorher mit ihr besprechen«, warne ich Fernando, der abwinkt.

»Am besten schicken wir dich zu ihr.«

»Du hast ja ein großes Vertrauen in meine Person.«

Wir albern herum. Gute Freunde, die Pläne schmieden und denselben Traum träumen.

»Wenn alle Stricke reißen, würde ich den Kochkurs übernehmen.« Paul hat die Hand gehoben. »Frag Katharina, ich bin ein herausragender Koch.«

Fernando schüttelt übertrieben den Kopf. »Auf keinen Fall! Wir wollen die Touristen nicht vertreiben!«

Die Männer stehen nebeneinander, die Stimmung ist ausgelassen.

Müde setze ich mich auf den Boden und lehne mich an die Wand. Beide sprechen Englisch, Paul erklärt Fernando, wie er sich einen Umbau vorstellt, er gestikuliert und zählt mit seinen Schritten die Anzahl der Zimmer.

Kurz schließe ich die Augen. Ich bin wieder hier und es fällt mir immer schwerer mir vorzustellen, nach Deutschland zurückzukehren. *Denk nicht daran.* Wie leicht es mir fällt, hier zu leben, wie gut es sich anfühlt. Die beiden Männer nebeneinander fröhlich zu sehen, verwirrt mich. Wünsche und Grenzen verschwimmen in meinem Gefühlschaos.

»Wollen wir in den Pferdestall gehen?« Langsam stehe ich auf und strecke meinen müden Körper.

»Ja, gut. Wie geht es denn jetzt weiter, Paul? Was für ein Glück, dass du Architekt bist. Ich hoffe doch, du machst einen Freundschaftspreis?«

»Ich werde morgen bei Tageslicht die Scheune vermessen, dafür habe ich alles dabei, was ich benötige. Danach skizziere ich meine Vorstellungen und dann sehen wir weiter.«

»Fantastisch!«

Ich würde gerne Fernandos Enthusiasmus teilen, aber ich bin zu müde, und die Realität holt mich schneller ein als ein Rennwagen. Wie ist die finanzielle Lage von La Esperanza? Wie wird Alejandro auf die Therapie ansprechen? Die beiden Männer gehen vor mir zum dahinterliegenden Stall, der ebenso flach und lang gezogen ist wie der Hauptstall. Es ist Platz für zehn Pferde. Fernando schließt die Tür auf. Der Steinboden ist sauber, es riecht frisch.

»Du kümmerst dich regelmäßig um den Stall, alles ist so sauber und scheint auf neue Bewohner zu warten.«

»Ja, Katharina. Ich könnte niemals etwas verfallen lassen. Für José war es wichtig, alles auf La Esperanza intakt zu halten.«

Er schiebt den Metallriegel nach hinten und öffnet die Tür.

Die Boxen sind groß, der obere Teil der hinteren Holzwand lässt sich öffnen, und die Pferde können hinaussehen.

»Die Idee mit den ›Fenstern‹ ist schön. Wenn man zum Stall geht und die vielen Pferdeköpfe sieht … Ich liebe das!«

»Die Touristen hoffentlich auch.« Fernando stemmt sich gegen die Wand, um es zu öffnen.

»Darum muss ich mich kümmern. Ich schreibe es auf

meine Liste, die so lang ist wie von hier bis nach Madrid.« Er streckt seine Hand aus.

Ich kann ihn gut verstehen. Je näher wir dem Wohnhaus kommen, desto mehr scheinen mich die Probleme zu Boden zu drücken. In der Küche ist María damit beschäftigt, das Abendessen zuzubereiten. Sie steht mit dem Rücken zu uns beim Herd. Ihre Arme hängen herunter, als wäre ihr etwas Wertvolles entrissen worden, sie hat die Fäuste geballt. Meine Nackenhaare stellen sich auf, Grauen überfällt mich.

»María? Was ist passiert?« Sie antwortet nicht, bleibt stehen. Perro Negro ist nicht zu sehen. Ich durchquere mit zwei großen Schritten die Küche und fasse sie an den Schultern und beuge mich zu ihr.

»María! Du machst mir Angst!«

»Katharina.« Sie streckt mir ihre Fäuste entgegen und öffnet sie. Blutige, zerknüllte Taschentücher fallen auf den Boden. Marías Gesicht ist grau vor Verzweiflung, sie schaut mir unverwandt in die Augen, als könne sie sich damit verankern.

»Ist das von Alejandro?«, frage ich, obwohl ich die Antwort schon weiß. »Müssen wir den Notarzt rufen?«

Aus den Augenwinkeln sehe ich Fernando die Treppen nach oben stürmen, gefolgt von Paul.

»Setz dich doch, María.«

»Ich weiß, dass Alejandro todkrank ist, ich weiß es, und doch hat ein Teil von mir es verdrängt. Ich wollte ihn aufwecken, er hat gerne einige Zeit für sich, bevor er aufsteht und wir ihn nach unten bringen.«

Sie spricht hektisch, abgehackt. Paul steht an der Tür und macht einen Daumen nach oben. Ich bin so erleichtert, dass ich heulen könnte. Einen furchtbaren Augenblick hatte ich gedacht Alejandro wäre tot.

»Ich wecke ihn dann auf, setze mich zu ihm und wir

unterhalten uns. Manchmal schweigen wir zusammen, er ist immer so müde.«

Auf dem Tisch stehen eine Karaffe mit Wasser und saubere Gläser. Ich fülle eines und schiebe es zu ihr.

»Trink doch bitte einen Schluck, dann geht es dir besser.«

Sie scheint mich nicht zu hören, verknotet ihre Finger und starrt auf ihre Handflächen.

»Was soll ich nur tun ohne ihn? Ich kann mir so ein Leben nicht vorstellen. Alles ist sinnlos.«

»Du darfst daran nicht denken, Alejandro steht mit der Therapie erst am Anfang.«

»Wir haben darüber gesprochen, wie schön es ist, dass du hier bist und wie heller es sich anfühlt. Alejandro räusperte sich, dann hustete er und es wurde schlimmer. Er konnte nicht aufhören. Sein Körper zog sich zusammen, er bekam keine Luft. Es war furchtbar! Er hielt sich die Hand vor den Mund und dann kam das Blut.«

Paul setzt sich an den Tisch und legt ihr seine Hand auf den Arm. María scheint es nicht zu bemerken.

»Diese Angst in seinem Blick. Er sah mich an, hilflos und klein. Doch ich konnte ihm nicht helfen, ich kann ihm nicht helfen!« Sie legt ihr Gesicht in die Hände und weint, wir halten sie in der Wirklichkeit mit unseren Berührungen und doch würde ich mir wünschen, dass sie davonfliegen könnte in eine Welt, in der Schmerz und Verlust nur eine Illusion sind.

»Alejandro geht es wieder besser, María. Fernando und Paul haben nach ihm gesehen.«

»Der Husten hat sich beruhigt, ich habe das Blut von seinem Gesicht abgewischt und bin hinausgelaufen. Ich konnte nicht mehr, und jetzt schäme ich mich.«

»Dafür gibt es keinen Grund. Übermorgen fahrt ihr nach Marbella und dann beginnt die Therapie.«

»Ja. Du hast recht.« Sie wischt sich die Tränen vom Gesicht und steht auf. »Ich danke euch fürs Zuhören.«

Sie streicht Paul über seine Hand und küsst mich auf die Stirn. »Danke, Paul.«

Etwas verlegen nickt Paul. Er fährt sich mit den Fingern durch seine Haare und kann es nicht vor mir verbergen, wie gerührt er ist.

»Ist alles in Ordnung mit Alejandro? Kommt er nach unten?«, flüstere ich Paul zu. María verschwindet in der Speisekammer, sie hat ihre Fassung wiedererlangt und kann uns nicht hören.

»Mehr oder weniger. Er war sehr erschrocken, als er das Blut gesehen hat. Sofort hat er sich erkundigt, wie es seiner Frau geht. Fernando bringt ihn in die Küche.«

Als Krankenschwester hatte ich im Laufe meines Berufslebens hin und wieder Kontakt mit Krebspatienten. Die Diagnose wurde gestellt, der erste Schock und die Angst, sterben zu müssen, lösten die unterschiedlichsten Reaktionen bei den Betroffenen und deren Angehörigen aus. María hatte sich erlaubt, Schwäche zuzulassen. Das war wichtig. Jetzt würde sie wieder kämpfen, wir alle würden kämpfen.

Beim Abendessen erzählte Paul von seiner Idee, die Scheune nicht ausschließlich als Übernachtungsmöglichkeit für Touristen zu nutzen.

»Wir ziehen einen Boden ein und erhalten ein zusätzliches Geschoss. Dort ist Platz genug für schöne, helle Zimmer. Das Erdgeschoss bekommt eine große Küche, dort können die Gäste mit uns kochen. Die Küche Andalusiens …«, setzt er schwärmerisch nach.

»Die Küche ist ländlich und einfach. Eine Arme-Leute-Küche.« María klingt nicht begeistert.

»María, mein Schatz«, Alejandro lächelt seine Frau zärtlich an. »Ich finde die Idee sehr gut. Du könntest deine Paella kochen, Geheimnisse weitergeben.«

Perro Negro hebt kurz seinen Kopf, als er das Wort Paella hört, und als er merkt, dass zu diesem Wort der passende Geruch fehlt, legt er sich auf Alejandros Schoß zurück und schnarcht Augenblicke danach weiter.

»Ich weiß nicht, Katharina, im Moment kann ich mir keine Gedanken darüber machen. Die Idee ist originell, das stimmt schon.«

»Das Ganze könnte noch weitergehen, der leere Stall ist bereit, um weitere Pferde zu beherbergen. Ich werde Kontakt zur Sprachschule La Vida aufnehmen und fragen, ob noch Interesse an einer Zusammenarbeit besteht.«

»Eine Kooperation, sehr gut.« Paul nickt anerkennend. »Ausritte in den Nationalpark, oder? Eine Win-win-Situation für alle Beteiligten.«

»Ja. Ich habe letztes Jahr eine Zusammenarbeit abgelehnt. José war kürzlich verstorben und wir hatten von dir erfahren.«

Seine dunklen Augen verengen sich, er schaut mich ernst an. Es kribbelt in meinem Bauch, ob er gerade auch an die Nacht in der Hütte denken muss?

»Ich frage mich, wie wir das alles bezahlen sollen! Es sind große Investitionen nötig. Sollten wir nicht unser Augenmerk auf die Orangenplantage lenken, das Crowdfarming und den Verkauf der Früchte?«

»María, Schatz.« Alejandros Stimme ist brüchig. »Wir müssen nach einem zweiten Standbein suchen. Wer weiß, wie es weitergeht.«

»Was meinst du damit? Was willst du damit sagen?«

»Schhhh, du weckst Perro Negro.« Er legt seine große

Hand auf den Kopf des Hundes, der darunter verschwindet wie in einer Höhle.

»Das ist so nicht korrekt. Katharina, würdest du bitte für Paul übersetzen?«

Ich nicke. Fernando wirkt aufgewühlt, er steht schnell auf, kann den Stuhl an der Lehne halten, bevor dieser zu Boden fällt.

»Ihr täuscht euch, was unsere Ideen angeht. Es hat nichts, gar nichts, mit Alejandros Erkrankung zu tun.«

Ich habe ihn noch nie so aufgewühlt gesehen. Marías Worte haben ihn getroffen.

»Es ist Zeit, zu investieren. Der Tourismus boomt, viele Menschen wollen einen anderen Urlaub erleben, nicht am Strand liegen mit tausend anderen. Sie wünschen sich, mehr zu erfahren über unsere Arbeit, unsere Traditionen, unser Leben hier in Andalusien. Wir haben die Möglichkeiten, mit La Esperanza ihren Traum zu erfüllen.«

Leise übersetze ich für Paul, in das Schweigen klingt meine Stimme laut und störend. Alejandro seufzt. »Wie wollen wir das denn schaffen? Nicht nur finanziell, wir sind zu wenige Personen.«

»Dann stellen wir ein. Ich brauche Hilfe für die Pferde.«

»Ich bin auch da, Fernando.« Das klingt beleidigt, ich merke es selbst, aber weshalb zählt er mich nicht mit?

»Ja, Katharina. Wir müssen zusätzlich noch eine Hilfe einstellen. Die Pferde benötigen jeden Tag Training, wir wollen ja nicht, dass die Kunden herunterfallen.«

»Möchtest du auch Reitunterricht anbieten? Gibt es geführte Ausritte für Kinder?« Je mehr ich darüber nachdenke, desto aufgeregter werde ich. »Brauchen wir einen größeren Reitplatz? Vielleicht …«

»Katharina! Eines nach dem anderen!« Alle lachen über meine Begeisterung. Paul seufzt übertrieben, verschränkt seine Arme. Erst dann fällt mir auf, dass wir im Spanischen geblieben sind. »Ah, Paul. Das tut mir leid. Ich glaube, du solltest Spanisch lernen.«

»Na, das wird leicht.«

»Unbedingt!« María steht auf und klopft auf den Tisch. »Darauf sollten wir anstoßen!«

»Allgemeine Zustimmung, denke ich, wenn du deinen Orangenlikör aus deinem Geheimversteck im Schrank hinter dem Olivenöl holst.«

»Fernando, du Esel! Ich muss mir wohl ein neues Versteck suchen. Wer von euch braucht Olivenöl?« Sie streckt die Arme in den Himmel, als warte sie auf eine Antwort von oben.

Der als graues, starrsinniges Tier bezeichnete Fernando lehnt sich ebenfalls mit verschränkten Armen zurück.

»Dazu sage ich nichts.«

María holt die Flasche Orangenlikör. Der Schein der Deckenlampe fängt sich in der Oberfläche des geschliffenen Glases und wirft kleine Schatten auf die Tischplatte. María schenkt vorsichtig in die kleinen Gläser ein, kein Tropfen darf verloren gehen. Der Duft ist betörend, nimmt der Mattigkeit meines Körpers die Möglichkeit, überhandzunehmen, und legt sich wie ein schützender Mantel über mein Gemüt. Ich verbinde nur schöne Erinnerungen mit diesem Duft, der in mir aufblüht wie die schönste Blume.

»Wie ich diesen Duft liebe.« Überwältigt von meinen Gefühlen schließe ich die Augen. Es gibt nichts, wo ich lieber sein möchte, als hier an diesem Tisch, umgeben von Menschen, die mir alles bedeuten.

Unwillkürlich sehe ich zu Fernando, der genüsslich an seinem Glas schnuppert. Er hebt den Blick, verlegen schaue ich zur Seite.

»Lasst uns anstoßen.« Alejandro hält sein Glas hoch.

»*Salud, dinero y amor.*« *Gesundheit, Geld und Liebe.* Dem ist nichts hinzuzufügen.

Wir heben die Gläser und trinken.

Nach einem einfachen Abendessen ziehen sich Paul und ich auf unser Zimmer zurück. Während unserer Abwesenheit hat María eine zweite Decke auf das Bett gelegt. Mir ist kalt, ich trage zu meinem Pyjama dicke Socken und wickle mich in meine Decke.

»Frierst du nicht?« Paul sucht im Schrank nach etwas und antwortet nicht. Shirts fallen auf den Boden und er flucht leise.

»Was machst du denn?«

»Ich kann mein Skizzenbuch nicht finden, ich wollte dir etwas zeigen. Warte, da ist etwas.«

Er kommt zu mir ans Bett, hält ein braunes Kuvert in seiner Hand. »Das habe ich gefunden. Es war an die Rückwand des Schrankes gerutscht.«

»Oh, was ist das? Zeig mal.« Neugierig nehme ich das Kuvert an mich. Es ist aus Karton, eine Mappe. Ein Knopf befindet sich auf der Rückseite, der als Verschluss dienend von einem roten Faden umwickelt ist.

»Das sieht älter aus.«

»Scheint mir auch so. Mach es doch auf.«

Bedächtig wickle ich die Schnur vom Knopf und schaue in die Mappe hinein.

»Was ist denn drin?« Paul ist ungeduldiger als ich, alte Schriften oder Pläne sind sein Steckenpferd. Vorsichtig fasse ich hinein und ziehe ein Foto heraus.

»Mein Gott, Katharina, das ist ja unglaublich.« Paul flüstert und fährt mit den Fingerspitzen über das Bild, das in Schwarz-Weiß eine Nahaufnahme von einer jungen, schönen Frau mit großen, leicht schräggeschnittenen Augen zeigt. Ein kleines Lächeln umspielt ihren Mund, ihre Schultern sind nackt, die Haare aus dem Gesicht gebunden. Sie wirkt zart, aber nicht verletzlich, ihr Blick ist auf die Person hinter der Kamera gerichtet.

»Es ist meine Großmutter.«

»Ein beeindruckendes Gesicht. Sie sieht aus wie du! Kann ich mal sehen?« Ich reiche ihm das Foto, er hält es unter die Nachttischlampe. »Wo wurde das nur aufgenommen?«

»Der Hintergrund ist schlecht zu erkennen, doch ich denke tatsächlich, dass es in diesem Zimmer war.«

»Meinst du wirklich?«

»Ja, hier, die Vertäfelung der Wand und der Lichteinfall von vorne. Sie saß auf dem Bett, auf diesem Bett.«

Die Härchen auf meinen Armen stellen sich auf. Ich wusste, dass Margarete in diesem Zimmer geschlafen hatte, doch dieses intime Foto, aufgenommen, als die beiden allein in diesem hier waren, lässt mich einen Moment durch den Schatten der Vergangenheit sehen.

»Ist noch etwas in der Mappe?«

Ich greife hinein und ziehe ein Blatt Papier heraus.

»Ein Brief,« flüstere ich, »es ist ein Brief von José.« Sofort erkenne ich seine Handschrift, in meinem Holzkästchen befindet sich eine Korrespondenz zwischen meiner Großmutter und José. Weshalb dann das Versteck im Schrank?

»Lies vor. Bitte!« Paul lässt sich auf das Bett nieder und sieht mich an wie ein Kind, das vor einem riesigen Berg verpackter Geschenke steht.

Diesen Moment wäre ich gerne für mich gewesen, ich möchte die Worte meines Großvaters mit niemandem teilen, aber ich beginne zu lesen.

Geliebte Margarete,

du bist nicht mehr hier, und die Sierra weint wie ich seit vielen Wochen. Was geschieht mit einem Menschen, dessen Essenz verloren ist? Die letzten Monate gaben mir die Antwort. Dieser Mensch wird den Rest seines Lebens danach suchen, obwohl er weiß, wo er sie zu finden vermag. Mehr als zweitausend Kilometer entfernt bist du. Du und alles, was es für mich gibt. Sag, hast du alle Schönheit mit dir genommen?

Ich atme, doch die Düfte der Sierra bleiben mir verborgen.

Ich trinke, doch an der feinen Säure des Weines vermag ich mich nicht mehr zu erfreuen.

Ich esse, doch hat der wilde Rosmarin seine Würze verloren.

Ich schlafe, doch sind die Farben meiner Träume verblasst.

Wie sehr muss ich dich verletzt haben. Mein Bedürfnis, den Konventionen zu entsprechen, muss deinem freien Geist zuwider gewesen sein. Ich würde alles dafür tun, dich noch einmal in meinen Himmel heben zu können, dir unsere Sterne zu schenken, denn wir sind Pioniere in der Einzigartigkeit unserer Liebe.

Mein Herz ist erfüllt, über alle Maßen erfüllt von meiner Liebe zu dir. Meine Hände sind leer, ihrer Bestimmung zu halten zu beschützen und zu sorgen beraubt.

Ich breche mit jeder Tradition, jedem Reglement! Du sollst an meiner Seite und ich soll an deiner Seite sein, und wir halten, was aus uns entspringen wird.

Margarete, lass mich den Weg zu dir laufen, meine Hoffnung ist mir vorausgeeilt, meine Liebe war immer mit dir.

Komm mit mir zurück, La Esperanza *hat ohne dich seine Freude verloren. Sei meine Gefährtin.*

Der Deine, José.

Aufgewühlt lasse ich den Brief sinken.

»Also das ist … berührend.« Paul räuspert sich. »Steht ein Datum darauf?«

»Nein. Kein Datum. José hat die Zeilen geschrieben, als Margarete nach Deutschland zurückgereist ist. Was er da schreibt … er wollte sich von seiner Frau trennen, vielleicht sogar scheiden lassen. Weshalb hat er den Brief nicht abgeschickt?«

»Na, zu dem Zeitpunkt kannte er ihre Adresse nicht.«

»Denkst du? Oder er hat es sich wieder anders überlegt.«

»Du hast keine gute Meinung über deinen Großvater.«

»Das ist nicht richtig. Ich …« *Ich verstehe ihn nicht,* wollte ich sagen, doch das war eine Lüge. Liebe, Liebe in all ihren Facetten. Fernandos Lippen auf meinen, der Lebenshunger, der meine Seele packte und die Einzelteile zu einem Ganzen zusammenfügte.

»Er hatte eine Entscheidung getroffen, keine Scheidung, obwohl er mit seiner Frau getrennt lebte.« *Und Margarete verschwieg ihre Geschichte und den Namen ihrer großen Liebe.*

»Aber er hat sie vermisst und festgestellt, dass er ohne sie nicht leben möchte. Er hat einen Fehler gemacht und wollte ihn berichtigen.«

Vorsichtig, um das Papier nicht zu beschädigen, stecke ich es in die Mappe. Die strahlenden Augen meiner Großmutter sehen mich an, bis das Bild in der Mappe verschwindet. *Was würdest du an meiner Stelle tun? Weglaufen?*

»Alles in Ordnung?«

Ich nicke, wühle mich aus der Decke, stehe auf und lege Brief und Foto zurück in den Schrank auf meine Wäsche.

»Wirst du es den anderen erzählen?«, fragt Paul.

»Ich weiß nicht. Der Brief lag verborgen im Schrank, ein Geheimnis, das José bis zu seinem Tod mit sich getragen hat. Ich möchte daran nichts ändern.«

»Lass uns schlafen gehen, der Tag war aufregend und morgen ist viel zu tun.«

»Da freue ich mich darauf.« Ich gähne und schlüpfe unter die Decke. Wir halten Abstand voneinander, mein Körper kann sich nicht mehr erinnern, ob er die Umarmungen vermisst, ohne die wir im *Davor* nicht eingeschlafen sind. Spontan drehe ich mich zu Paul und küsse ihn auf die Wange.

»Wofür war der denn?« Wie erstaunt er ist. »Dann mache ich das öfter.«

»Ich danke dir, dass du hier bist. Ich habe das Gefühl, dass du nicht mehr daran denkst, La Esperanza zu verkaufen, richtig?«

»Es gehört dir, du entscheidest. Aber ja, letztes Jahr habe ich dich nicht verstanden. Weshalb es ein altes Gemäuer in einem fremden Land gibt, dass dir plötzlich so viel bedeutet! Sorry. Jetzt weiß ich, dass ich mich falsch verhalten habe.«

»Das hast du alles wettgemacht.«

»Danke. Lass uns schlafen. Wann stehen wir morgen auf?«

»Na, ich um sechs Uhr.«

»Um Gottes willen!«

Ich lache und drehe mich zur Seite.

Ich würde alles dafür tun, dich noch einmal in meinen Himmel heben zu können, dir unsere Sterne zu schenken, denn wir sind Pioniere in der Einzigartigkeit unserer Liebe.

Die Wörter tanzen durch mein erschöpftes Gehirn und meine verletzten Gefühle. Kleine Gedichte in einem einzigen Satz. Irgendetwas sagt mir, dass José ein Leben mit Margarete wählen wollte. Wie anders wäre ihres gewesen, wie anders wäre unser aller Leben gewesen?

Obwohl mich der Tag erschöpft hat, kann ich nicht einschlafen. Ständig kommen mir Ideen in den Sinn, die ich entweder verwerfe oder deren Erfolg ich mir in leuchtenden Farben ausmale. Schließlich gebe ich auf. Leise, um Paul nicht zu wecken, stehe ich auf, nehme meine Jacke vom Stuhl, greife nach den Schuhen und schleiche mich aus dem Zimmer. Ich bin zu aufgekratzt, um schlafen zu können. Aus der Küche fällt ein Lichtschein auf den Korridor, ich werfe einen Blick hinein, der Raum ist leer. Dann höre ich von oben ein Geräusch, Stimmen, ich glaube Marías zu erkennen. Perro Negro bellt, ich zucke zusammen und beeile mich, aus dem Haus zu kommen. Ich trete in die klare Nacht hinaus und ziehe frierend meine Schultern hoch. Ein bleicher Mond steht fast voll am Himmel, die Silhouetten der Berge mit ihren weißen Spitzen erheben sich aus der Nacht, hervorgelockt vom kalten Licht. Ich wünschte, ich bräuchte nur meine Arme in den Himmel zu heben und könnte zu den Sternen fliegen.

Jeder Stern steht für einen Traum, es liegt an dir und nur an dir. Hole dir die Sterne vom Himmel, Katharina, lass dir deine Träume nicht nehmen! Niemals. Seltsam, dass mir die Worte meiner Großmutter wieder in den Sinn kommen. Ich kann mich gut an diese Nacht erinnern, Margarete hatte den Tisch vor das Fenster geschoben, wir saßen auf der Platte und legten unsere Füße auf das Fensterbrett. Sie erzählte mir Geschichten zu ihren erfundenen Sternenkonstellationen und wir tranken Tee. Manchmal war einige Tage vorher ein Paket angekommen, was meine Großmutter glücklich gemacht hatte, dann tranken wir Orangenblütentee mit Honig und Zimt.

»Siehst du den Stern, der heller leuchtet als alle anderen? Man kann ihn selten entdecken, er zeigt sich nur in magischen Nächten, wenn der Mond noch nicht ganz voll ist.«

»Dann ist heute eine magische Nacht, Oma?«

»Heute ist eine von vielen magischen Nächten.«

»Wie sehr ich euch vermisse.« Meine Kehle wird eng, wenn ich an meine Mutter und meine Großmutter denke. Doch hier in dieser klaren kalten Nacht, an diesem Ort, der den Zauber der Vergangenheit, Gegenwart und Zukunft in sich trägt, erfüllt mich die Hoffnung wie ein helles Licht.

Leise betrete ich den Stall und halte das Handy vor mich, um etwas sehen zu können. Ich möchte nicht das Licht einschalten. Stroh raschelt, Oso begrüßt mich mit seinem dunklen Brummen. Im matten Schein wirken die Pferdeköpfe wie Wesen aus einer anderen Welt. Neugierig haben sie sich umgedreht und beäugen meine Gestalt regungslos.

Oso wird es zu langweilig, er brummt und stampft mit seinem Huf auf. *Komm jetzt her*, soll das wohl heißen. Ich trete zu ihm, öffne die Tür. Er senkt seinen Kopf, seine Lippen berühren meinen Hals, was kitzelt, und ich schiebe ihn zur Seite. Ich kraule ihn zwischen seinen Ohren, sein Hals wird lang und entspannt. Er genießt meine Zärtlichkeiten so wie ich es liebe, ihn zu streicheln.

»Bitte erschrick nicht.«

Ich fahre herum, mein Herz rast wie ein Zug. Oso wirft den Kopf hoch und verschwindet in seiner Box.

»Meine Güte, Fernando! Was machst du hier?«

Ich drehe mich in die Richtung, aus der seine Stimme kam.

»Das Gleiche wie du, vermute ich. Nachdenken, zur Ruhe kommen.«

»Warum hast du dich nicht früher bemerkbar gemacht? Du hast mich zu Tode erschreckt.«

»Es gab keinen Zeitpunkt, an dem ich dich nicht zu Tode erschreckt hätte.«

»Na, ist jetzt auch egal.«

Ich drücke auf den Bildschirm meines Telefons, und leuchte in die Dunkelheit. Fernando sitzt vornübergebeugt auf einem Strohballen und klopft auf dem Platz neben sich.

»Ganz bequem hier.«

»Ja, sieht so aus.« Langsam gehe ich auf ihn zu und nehme neben ihm Platz, gleichzeitig schätze ich den Abstand ab, den ich brauche, um ihn nicht zu berühren.

»Dein Mann ist klasse. Ich hatte meine Bedenken nach letztem Jahr, wenn ich das so ehrlich sagen darf.«

»Letztes Jahr war schwer. Für uns alle.«

Zwischen uns ist so wenig Platz, dass ich mir einbilde, ihn zu spüren. Die Dunkelheit verstärkt meine Empfindungen. Wenn ich weiter von ihm wegrutsche, falle ich auf den Boden.

»Er ist engagiert, seine Ideen gefallen mir und er ist ein sympathischer Kerl.«

»Du klingst verwundert.«

»Es zeigt, dass man sich keine vorschnelle Meinung über einen Menschen bilden soll.«

Er lehnt sich zurück, sein Arm drückt an meinen, ich schließe ergeben die Augen. Minutenlang sprechen wir nicht, ich würde gerne wissen, an was Fernando denkt. Die Gefühle, die ich für ihn habe, bringen mich aus der Fassung. Ich genieße seine Berührung, bei Fernando möchte ich nicht weglaufen, ich möchte mich an ihn schmiegen, meine Haut auf seine pressen und fühlen, wie unsere Herzen in einem Takt schlagen. Verlegen, als könne Fernando meine Gedanken durch unsere Nähe spüren, rutsche ich von ihm ab.

»Wir sind Freunde.«

»Ja, Katharina. Wir sind Freunde.«

»Ich habe Angst, dass Alejandro stirbt, Angst, dass ich nicht für ihn da sein kann.«

»Du bist doch hier, Katharina. Das ist genug für alles.«

Er legt seinen Arm um meine Schulter und zieht mich an sich. Im trügerischen Schutz der Dunkelheit schmiege ich mich an ihn, nehme die Kraft an, die er mir schenkt, die

Zuversicht, die er ausstrahlt. *Freunde* ... Ich löse mich von ihm und friere plötzlich.

»Ich glaube, ich bin nun müde genug, um schlafen zu können.«

Ich vermute sein Nicken mehr, als dass ich es sehe. Fernando nimmt meine Hand und zieht mich hoch. Wir stehen uns gegenüber, in der Dunkelheit ahne ich den Umriss seines Körpers, die Stille dehnt sich zu einem Déjà-vu. Fernando streichelt mit seinem Daumen über meinen Handrücken, sacht, als könne er mich zerbrechen. Ich möchte etwas sagen, der Situation eine andere Richtung geben, doch ich habe keine Worte. Ich fühle mein Blut durch meine Venen strömen wie ein reißender Strom, der mächtig und stark alle Hindernisse beiseiteräumt. Alle meine Sinne sind auf Fernandos Berührung konzentriert, eine Schwäche breitet sich in mir aus, ein Verlangen, so hell und jäh, wie ich es lange nicht mehr empfunden habe. Der Abstand zwischen uns, dieser Zentimeter, Millimeter, schwindet durch eine Anziehungskraft, der ich mich nicht entziehen kann. Unendlich langsam löst er seine Hand, tastet sich an meinem nackten Arm entlang, verweilt an der weichen Stelle des Ellenbogens und führt sie weiter über die Schulter zu meinem Nacken.

Ich komme ihm in Gedanken und mit meinem Körper entgegen, lege meine Arme um seine Mitte. Die Sehnsucht nach ihm lässt den Damm einbrechen, den ich das letzte Jahr mühsam aufgebaut habe. Er presst mich an sich, senkt seinen Kopf und küsst mich. Er ist vorsichtig, möchte mich nicht bedrängen, hält sich zurück, doch ich möchte mehr.

Er liest meine Gedanken, entfesselt Wünsche in mir, die ich verloren glaubte. Seine Zunge streicht über meine Lippen, teilt sie, ich fühle ihn und sein Geschmack erweckt einen Hunger nach ihm in mir. Ich weiß nicht, wie lange wir uns küssen. Vielleicht ein Augenblick, vielleicht ist es die Ewigkeit, wie sie nur die Liebe erschaffen kann.

Als würde er aus einem Traum erwachen, löst sich Fernando von mir. Wir halten uns an den Händen, Blut rauscht in meinen Ohren, mein Herz trommelt gegen meine Brust. Keiner sagt ein Wort. Jetzt hält er mich sanft, teilt seine Empfindungen mit mir, schenkt mir seine Sehnsucht und sein Verlangen.

»Wir sehen uns morgen früh. Schlaf gut, Katharina.«

»Schlaf du auch gut, Fernando.«

Fernando verschwindet in der Dunkelheit wie ein Phantom. Ich flüchte mich in Osos Box, drücke mein heißes Gesicht an seinen Hals. Lange Zeit bleibe ich so stehen, spüre dem Kuss und meinen Gefühlen nach. Freunde, hat Fernando gesagt. Darf man für einen Freund so empfinden?

Leise schleiche ich mich zurück in das Zimmer. Paul schläft, ich schlüpfe zurück ins Bett, kann keine Ruhe finden. Erst als es dämmert, schlafe ich ein. Was habe ich nur getan?

10

»Nube macht mit dir, was sie will! Du musst dich durchsetzen, aber zieh nicht an den Zügeln!«

Fernando ist heute ein Sonnenschein, das hat er mit der hübschen Grauschimmelstute gemeinsam, die kaum zu bändigen ist. Wie ich nicht an den Zügeln ziehen soll, ist mir ein Rätsel, sie kennt nur eine Gangart, nämlich Galopp. Gerne würde ich Fernando etwas sagen, aber ich bin beschäftigt, nicht vom Pferd zu fallen.

»Entspann dich, lass die Schenkel locker, du treibst sie ja noch an!« Fernandos Stimme hat alles von seiner Sanftheit des gestrigen Abends verloren. Wie gut, dass ich in einem tiefen spanischen Sattel sitze, sonst hätte ich schon lange den Boden geküsst. Wie es mein Reitlehrer gesagt hat, lasse ich die Beine lang und versuche, mich zu entspannen. Nube wird langsamer, hat sich aufs Trippeln verlegt. Frustriert versuche ich, sie mit einem »Schhhhh« zu beruhigen. Ein Blick zu Fernando sagt mir, dass ich es besser mache, zumindest schreit er mich nicht mehr an. Nube schnaubt, ihre Schritte werden länger und ich fühle, wie sich ihre Muskeln lockern.

Das habe ich im Griff! Aus den Augenwinkeln sehe ich eine Gestalt zum Reitplatz kommen.

»Wow! Wahnsinn, Katharina!« Es folgt ein frenetisches Klatschen und Pfeifen. *Das war's,* kann ich nur noch denken und Nube schießt davon, als wäre ein Rudel Wölfe hinter ihr her. Sie hat genug und ich kann es ihr nicht verdenken, macht einen Buckel und schlägt nach hinten aus. Ich fliege aus dem Sattel und lande unsanft auf meinem Rücken.

Fernando ist augenblicklich an meiner Seite.

»Kannst du aufstehen? Hast du starke Schmerzen?«

»Ich glaube, es geht schon.«

Paul kniet sich neben mich. »Schatz, es tut mir leid. Ist alles in Ordnung mit dir?«

»Ja, ich möchte aufstehen.«

»Soll ich dir helfen?«

»Ich kann das schon.« Ich setze mich hin, atme tief durch. Fernando hat Nube eingefangen und führt sie zu mir.

»Wenn du so weit bist, helfe ich dir beim Aufsteigen.«

»Katharina hat Schmerzen, Fernando. Sie braucht eine Pause.«

Etwas mühsam rapple ich mich auf und klopfe den Schmutz von meiner Hose. »Ich habe mir nichts getan, ich steige wieder auf.«

Fernando hält Nube am Zügel, nimmt meinen linken Fuß, ich drücke mich vom Boden ab und gleite in den Sattel.

»Danke, Fernando.« Er nickt, gibt mir die Zügel und geht neben mir her. Die Stute hat sich ebenso erschrocken wie ich und trottet nun lammfromm an seiner Seite. Vielleicht liegt es auch an Fernando, der leise auf sie einspricht. Ich drehe meinen Kopf und möchte Paul ein Zeichen geben, dass alles in Ordnung ist, doch er ist nicht mehr da. Mein ewig schlechtes Gewissen meldet sich bei mir.

»Gut gemacht, Katharina.« Der Spanier sieht zu mir hoch. »Hast du Angst?«

Ich schüttle den Kopf. »Nein, gar nicht.«

»Wenn du stürzt, und du hast dich nicht verletzt, ist es wichtig, sofort wieder in den Sattel zu steigen, sonst wird die Überwindung, wieder zu reiten, von Tag zu Tag größer. Das ist eine alte Reiterregel.«

»Denkst du, wir können Nube auf die Touristen loslassen? Oder umgekehrt?«

»Das ist vielleicht gar nicht notwendig. Ich habe dir doch von Eliza und Sergei erzählt, meinen Freunden. Sie würden sich gerne ein Pferd kaufen und es hier bei uns unterstellen. Ich denke, Nube könnte passen.« Er hebt sein Gesicht zu mir und lacht mich an.

»Wow. Davon hast du gar nichts erzählt.«

Fernando bleibt stehen, klopft Nubes schweißnassen Hals und nimmt ihr das Zaumzeug ab.

»Was machst du denn da? Soll sie mich noch mal abwerfen?«

»Sei entspannt. Steig ab, damit ich ihr den Sattel abnehmen kann, und dann darf sie sich wälzen und dreckig machen.«

Fast hüpfe ich von ihrem Rücken, löse den Sattelgurt und hieve den schweren Sattel auf meinen Arm. Es dauert einen Moment, dann ist sich Nube ihrer Freiheit bewusst, sie senkt den Hals, scharrt mit den Hufen, knickt ihre Vorderbeine ein und fällt in Zeitlupe wie ein nasser Sack auf die Seite. Glücklich streckt sie die Hufe in die Luft und wälzt sich hin und her wie ein Schnitzel in der Panade.

»Sergei kommt heute vorbei und wir reden darüber. Ich habe ihm gestern eine Mail geschrieben und er hat nachts noch geantwortet.«

»Du denkst, Nube ist das richtige Pferd für sie?«

»Beide haben sie schon geritten und es hat sehr gut gepasst. Sie ist definitiv kein Anfängerpferd.«

»Das ist lustig. Warum hatte ich das Vergnügen?«

»Du bist kein Anfänger.«

Klar, denke ich, fühle mich aber auf einen Schlag besser. Die Schmerzen in meiner Rückseite habe ich fast vergessen.

»Was hältst du denn davon?«

»Es sind deine Pferde, Fernando.«

»Du hast sie mir überschrieben, ja. Und doch würde ich das gerne mit dir gemeinsam entscheiden.« Er holt Luft, möchte noch etwas sagen, entscheidet sich dann dagegen.

Fernando nimmt mir den Sattel ab und bringt ihn in die Sattelkammer, ich reinige das Zaumzeug und räume es auf seinen Platz. Mein Magen knurrt, wir sind seit sechs Uhr morgens auf, haben die Boxen ausgemistet und ich habe Nube geritten, es fühlt sich jetzt um neun Uhr morgens schon nach einem kompletten Arbeitstag an.

Fernando kommt mit einer Thermoskanne und zwei Tassen an meine Seite.

»Kaffee?«

»Oh mein Gott, ja!«

Er lacht, schenkt mir und sich selbst eine Tasse ein, zieht einen Strohballen vor die Stalltür und setzt sich mit einem zufriedenen Seufzer.

»Schmeckt er dir?«

»Ich glaube, ich habe noch nie einen so guten Kaffee getrunken.«

»Genug der Freundlichkeiten, du bist noch nicht mit dem Reiten fertig.«

»Das dachte ich mir. Ich weiß nicht, ob mein Hintern das noch verträgt. Wie hast du dir das vorgestellt mit deinen Freunden und Nube?«

»Wir verkaufen die Stute und sie bleibt bei uns. Sergei

zahlt ein Pensionsgeld. Wenn die beiden keine Zeit haben zu reiten, übernehmen wir das.«

»Ja, gut. Aber dann haben wir noch ein Pferd weniger für die Ausritte.«

»Nube ist nichts für wechselnde Reiter oder Kinder. Das macht sie nervös. Ich habe vor einigen Jahren schon einmal Reiter in die Sierra geführt, ich wollte das Geschäft ausbauen, doch José war nicht angetan davon. Mit Veränderungen konnte er nicht gut umgehen.«

»Wann hast du mit Sergei darüber gesprochen?«

»Einige Male, ich konnte mich nicht entschließen, ein Pferd zu verkaufen, als du zurück nach Deutschland gegangen warst.«

Mich verlassen hast. Die Worte stehen zwischen uns wie eine Wand.

»Ich bin dafür. Die Idee ist gut, wir könnten mehr Pensionspferde aufnehmen, eine Einnahme, auf die wir zählen können.«

»Wir benötigen Verträge, mit Kündigungszeiten et cetera.«

»Wir brauchen Pferde und wir brauchen Hilfe im Stall.«

Wir sehen uns an, prosten uns mit den Kaffeetassen zu. Fernando steht auf, nimmt mir die Tasse ab.

»Lass uns frühstücken gehen. Das haben wir uns verdient. María hat sicherlich ein Kissen für dich, das du dir auf den Stuhl legen kannst.«

»Danke schön! Sehr nett von dir. Damit ihr alle etwas zu lachen habt.«

In guter Stimmung betreten wir die Küche, der Tisch ist gedeckt. María halbiert einen Berg von Orangen und presst deren Saft aus. Sie wirft mir eine Kusshand zu.

»Guten Morgen, du Fleißige! Ich habe gehört, dass du vom Pferd gefallen bist?«

»Guten Morgen.« Ich umarme Alejandro und küsse ihn auf die magere Wange. »Ein Missgeschick. Wo ist Paul?«

»Er ist im ersten Stock, in einem der Gästezimmer ist ein großer Schreibtisch. Ich dachte, es macht Sinn, wenn er ein Büro hat, wo er sich richtig ausbreiten kann.«

»Das ist ja eine gute Idee, María. Ich hole ihn.«

Beim Treppensteigen wird mir schmerzhaft bewusst, dass ich nicht nur Schmerzen im Rücken habe, meine Beine haben anscheinend auch etwas abbekommen, ich spüre jede Stufe in meinem Körper.

Oben angekommen, klopfe ich an die erste Tür. Paul öffnet, seine Haare sind zerzaust, anscheinend brütet er über irgendwelchen Papieren, die ihm den Nerv rauben.

»Das Frühstück ist fertig.«

»Ja, gleich. Schau mal, das ist jetzt mein Büro.« Er hält mir einladend die Tür auf.

»Hat alles, was du brauchst. Wieso bist du so schnell verschwunden?«

»Ich wurde nicht gebraucht. Du warst allein.«

»Also Paul …«

»Ich mache nur Spaß. Du bist so vom Pferd geflogen, absolut filmreif!« Er lacht. »Hast du etwas von Frühstück gesagt?«

Er nimmt einen Block von einem Stapel Papiere. »Ich habe unsere Ideen zusammengeschrieben und in Kategorien unterteilt. Zukünftig werden wir alles notieren und aussortieren. Nicht alles ist umsetzbar oder zumindest nicht in der jetzigen Situation.«

»Hast du schon einen ersten Eindruck gewinnen können.«

»Das wundert mich alles etwas, Katharina. Du hast fleißig dein Eigentum überschrieben und dir keinerlei Gedanken gemacht, was das für dich bedeutet. Darüber müssen wir sprechen. Es gibt noch mehr, als einen romantischen Blick auf die Sierra Nevada zu werfen oder auf Pferden zu reiten.«

Seine Worte sind so ungerecht, dass es mir die Sprache verschlägt. Verstimmt setzen wir uns in der Küche an den Tisch. María hat Brot gebacken, es ist noch warm, das Messer fährt knackend durch die knusprige Kruste, sie schneidet dicke Scheiben für uns und ich merke, wie hungrig ich bin.

»Wann machst du das alles, María! Frisches Brot. Wie das duftet!«

»Ach Paul, das macht nicht viel Arbeit. Bedient euch bitte selbst, ihr müsst hungrig sein. Alejandro, für dich auch?«

»Gerne, mein Schatz. Wir müssen über die Orangenplantage sprechen. Morgen bringt mich María ins Krankenhaus für die Untersuchungen, ich kann nicht genau sagen, wann ich entlassen werde.«

»Kommst du wieder zurück, María?«

»Nein, Katharina, ich übernachte bei einer Bekannten. Ich lasse Alejandro auf keinen Fall allein im Krankenhaus.«

»Für meine Frau ist jede medizinische Einrichtung die Ausgeburt der Hölle.«

Wir schmunzeln und ich übersetze für Paul, der mir mit verengten Augen zuhört.

Alejandro nimmt seine Kraft zusammen und fasst die Aufgaben der nächsten Tage zusammen. Die Ernte, das Verschicken, die Kunden, Rechnungen – mir schwirrt der Kopf. Die Verantwortung baut sich wie eine unüberwindbare Mauer vor mir auf. Aufgewühlt sehe ich zu Fernando hinüber. Er spürt meinen Blick. »Ist alles mit dir in Ordnung, Katharina?«

Auf diese Frage kann ich nur nicken. Alejandro braucht seine Kräfte, um gesund zu werden. Nichts darf ihn belasten.

»Katharina, ihr schafft das.« Er zwinkert mir zu. »Mach dir nicht so viele Gedanken. Wir haben schon Schlimmeres durchgemacht.«

»Ja. Weißt du noch, als die Scheune fast abgebrannt ist?« Fernando schüttelt sich. »Die Feuerwehr kam erst, als wir die Arbeit erledigt hatten.«

»Die Dürre vor fünf Jahren, das werde ich nicht vergessen. Eines der schrecklichsten Jahre.« María klopft auf den Tisch, um meine Aufmerksamkeit zu erregen.

»Wir haben viel erlebt hier auf La Esperanza und wir haben alles durchgestanden. Wir haben gekämpft! Darauf kommt es an. Gut?«

Beschämt nicke ich. »Gut.«

Dann ist Paul an der Reihe und ich übersetze in die andere Richtung.

»Ich habe die Bilanz gesichtet, meiner Meinung nach könnte man höhere Erträge erzielen, wenn man die Früchte öfter ernten könnte beziehungsweise andere Früchte anbauen würde. Außerdem sind erst vierzig Prozent der Bäume an Paten übergeben. Wir brauchen eine Marketingstrategie, um neue Kunden zu erreichen. Wie schon angesprochen, brauchen wir eine Webseite, mit den Erklärungen auf Spanisch, Englisch und Deutsch. Was es bisher über La Esperanza und Crowdfunding zu lesen gibt, ist rudimentär.«

Minutenlang sprechen wir über die Zukunft der Plantage. Alejandro blüht auf, wir reden Englisch, ich muss nicht mehr übersetzen.

»Das sind sehr gute Punkte, Paul, danke. Wir haben in dieser Saison das erste Mal im November geerntet und an den Endkunden verschickt. Wir können mit unseren Sorten Orangenlieferungen bis April anbieten. Im alten Teil der Plantage stehen die Blutorangenbäume.« Er seufzt. »José wünschte sich dunkle Orangen, wie man sie auch nennt, und hat fünfhundert Bäume gepflanzt. Er ist gestorben, bevor das Projekt ausgereift war.«

»Was ist jetzt mit den Bäumen? Kann man Orangen ernten?«

»Die Bäume wurden lange nicht gepflegt, alte Zweige müssen entfernt und querwachsende Äste geschnitten werden. Das stand alles auf meiner Liste.«

Alejandro senkt den Kopf. Ihn so zu sehen macht mich traurig. Ich bin nach Deutschland zurückgekehrt und habe mich nicht mehr um La Esperanza gekümmert. Schuldgefühle steigen in mir auf. Um mein schlechtes Gewissen zu beruhigen, hatte ich Teile meines Erbes überschrieben, das Anwesen zerpflückt. In meinem *Jetzt* hatte Spanien keinen Platz mehr. Ich bin wütend auf mich, obwohl ich weiß, dass die Wahrheit eine andere ist.

Fernandos Stirn ist gerunzelt, er klopft Alejandro auf die Schulter, eine rührende Geste. *Du kannst nichts dafür.*

»Gut.« Pauls Stimme ist emotionslos und reißt uns aus der plötzlichen Lethargie, die uns befallen hat.

»Ich fasse die nächste Woche zusammen: Den Termin beim Anwalt übernehmen Katharina und ich, morgen werden die Orangen geerntet, Fernando und ich überwachen das Verpacken der Kisten, wir schließen uns an, wenn wir vom Termin zurück sind.«

Der nickt und nimmt einen Bissen von seinem Brot.

»María bringt Alejandro ins Krankenhaus nach Marbella«, füge ich leise hinzu, meine Stimme mag die Tatsache nicht laut aussprechen.

»Lasst den Kopf nicht hängen. Also wirklich, bin ich froh, dieses Mal nicht bei der Ernte mit anpacken zu müssen und die immer gleichen Witze zu hören.«

Fernando nimmt sein Handy, er hat eine Nachricht bekommen: »Sergei und Eliza sind auf dem Weg«, sagt er erfreut.

»Wie lange bleiben die beiden? Ich richte etwas zu essen her, wir können dann zusammensitzen. Kennst du die beiden, Katharina?« María freut sich augenscheinlich über die Gäste.

»Fernando hat mir von ihnen erzählt. Eliza ist Deutsche, lebt die meiste Zeit bei Sergei.«

»Sergei ist in Russland geboren und besitzt in Granada ein Haus. Ich habe es mir gemerkt.«

»So ist es. Nicht weit von deinem Haus entfernt.« María lacht. »Das sind alles Zufälle! Doch ein Haus im Albaicin zu besitzen ist großartig. Die Preise sind sehr gestiegen. Du hast da eine Perle Katharina.«

»Oh, wirklich? Nachbarn?«

María nickt. »Sie sind unkonventionell, er ist Schriftsteller, schreibt Science-Fiction-Romane und Eliza übersetzt seine Bücher ins Deutsche.«

Fernando räumt seinen Teller auf, küsst María auf die Wange.

»Ich bin im Stall, wenn du Zeit hast, Katharina, würde ich dir die beiden gerne vorstellen.«

»Ja, ich freue mich. Wenn ich hier nicht gebraucht werde?« Ich wende mich an Paul, der abwinkt. »Geh nur, ich bin dann in meinem Arbeitszimmer.«

»Alejandro, ich würde mir gerne die Blutorangenbäume ansehen.«

»Das ist schön, Katharina. Ich wünschte, ich könnte mit dir kommen.« Er klopft auf das Sauerstoffgerät neben sich. »Das wird nicht mehr so einfach werden.«

»*Cariño mío*. Hab Vertrauen, gib nicht auf. Kämpfe.« Marías Stimme klingt bestimmt, lässt keine Widerrede zu.

Alejandro nimmt einen Schluck von seinem Kaffee und

sieht mich an. Einen Moment lässt er die Mauern fallen und ich erkenne, wie groß seine Angst ist. Seine Gesichtszüge werden weich als er die Tränen in meinen Augen sieht.

»Kennst du Miguel Hernandez, den Dichter?« Alejandros Augen verdunkeln sich, als würde er in seine Dunkelheit blicken. »Er ist ein großer Dichter des zwanzigsten Jahrhunderts, in Alicante geboren und auch da gestorben, der Sohn eines Ziegenhirten. Es gibt ein Gedicht von ihm, daran muss ich immerzu denken.«

Er strafft seinen Rücken, seine Kleidung ist ihm viel zu weit und schlottert um seinen Körper, seine Augenlider schließen sich und sein Gesicht bekommt einen wehmütigen Ausdruck.

»Bemalt, nicht leer:
bemalt ist mein Haus
mit der Farbe der großen
Leidenschaften und Missgeschicke.

Es wird von der Klage zurückkehren,
in der es errichtet wurde
mit seinem verlassenen Tisch
mit seinem zerfallenen Bett.
Die Küsse werden aufblühen
Über den Kissen.
Und um die Leiber
Wird sich das dichtrankende
Leintuch winden,
nächtlich duftend.

Der Hass wird sich lindern
Hinter dem Fenster.
Die Kralle wird sanft werden.
Lasst mir die Hoffnung.«

María und ich ziehen unsere Stühle an Alejandros Seite, sie nimmt seine rechte Hand in ihre, ich seine linke in meine. Seine Finger sind knochig, die Spitzen kalt, ich fahre zärtlich mit meinem Daumen über seinen Handrücken. Die Haut ist dünn, ich kann das Blut in seinem Körper pulsieren spüren. Wie gut weiß ich, dass sich zwischen Leben und Tod ein hauchfeiner Faden spannt. Wir halten Alejandro fest, während er von lautlosem Schluchzen geschüttelt wird. Ich wünschte, ich könnte seinen Schmerz mit ihm tragen, wünschte, ich könnte ihm die Kraft geben, die er für seinen Weg durch die Infusionstherapie braucht, ich wünschte …

Er streckt sich, drückt meine Hand und holt zitternd Luft.

»Danke.«

Das Wissen ist ebenso plötzlich in mir, wie Alejandros Tränen: Er hat mir sein Vertrauen geschenkt, war schwach in meiner Gegenwart. Ergriffen ziehe ich seine Hand an meine Lippen und küsse sie.

»Braucht ihr mich?«

»Nein, *mi vida*. Alejandro und ich bleiben noch etwas hier sitzen und trinken einen Kaffee. Geh du nur.«

Bemüht gut gelaunt werfe ich beiden eine Kusshand zu und bewege mich hölzern zur Tür.

Vor dem Stall steht Fernando mit einem Paar. Beide tragen Lederkleidung und haben einen Motorradhelm in der Hand. Sergei und Eliza. Zögernd gehe ich auf sie zu. Eliza sieht mich zuerst und lächelt mich verhalten an, sie sieht mit ihren dunklen Haaren und dem ausdrucksvollen, kantigen Gesicht wie eine Spanierin aus.

»¡Hola!«

»Ah, Katharina! Darf ich dir meine Freunde vorstellen? Sergei, ein berühmter Schriftsteller und schlechtester Schachspieler aller Zeiten!«

Attraktiv, schießt es mir durch den Kopf. Ein ganzes Stück älter als seine Freundin, graues, langes Haar zu einem Zopf gebunden, ein intensiver Blick, der einen Augenblick auf meiner Narbe verweilt.

»Wie schön, dich kennenzulernen. *¡Mucho gusto!* Fernando hat übrigens keine Ahnung, was das Schachspiel angeht, er ist nach den ersten fünf Zügen schachmatt.« Er schlägt Fernando auf die Schulter.

»Hallo, ich bin Eliza, ich habe schon viel von dir gehört, Katharina.«

Oso streckt neugierig seine Nase heraus, ich bekomme mein dunkles zittriges Brummen. Sergei streichelt ihn und redet russisch leise auf ihn ein.

»Er ist ein fantastisches Pferd. Grandios. Leider steht er nicht zum Verkauf.«

Ein Stich durchfährt mich, doch Fernandos Antwort kommt prompt: »Nein! Steht er nicht. Das würde Oso und Katharina das Herz brechen. Die beiden sind ein Team.«

»Bleibst du denn hier auf La Esperanza, Katharina?«

Zum zweiten Mal innerhalb von fünf Minuten, gefriert mein Herz ein. Alle sehen mich an, während ich nach einer Antwort suche. Ich entscheide mich für die Wahrheit, bin mir Fernandos intensiven Blick bewusst.

»Im Augenblick möchte ich darüber nicht nachdenken, es gibt Wichtigeres und es spielt auch keine Rolle. La Esperanza und seine Menschen sind ausschlaggebend für mich.«

Ich hole tief Luft und ein großer Stein fällt von mir ab und lässt mich freier atmen.

Eliza antwortet nicht, dreht sich zu Fernando um. »Ich würde gerne das Fohlen sehen.«

Diese Eliza ist eine seltsame Person. Ich bin nicht sicher, ob ich sie mag oder nicht.

Fernando erklärt uns, dass die Stute nebst Fohlen auf dem Reitplatz im Auslauf ist. Wir machen uns auf den Weg, Perro Negro ist neben uns, und begrüßt Eliza und Sergei schwanzwedelnd. Eliza stößt einen Ausruf des Entzückens aus, kniet sich auf den Boden und kuschelt mit dem weißen Hund, der wie verrückt auf sie springt und ihr Gesicht ableckt. »Ich liebe diesen Hund. Er ist das klügste Tier der Welt.«

Sie nimmt ihn auf den Arm, was sich Perro Negro gerne gefallen lässt, und küsst ihn auf den Kopf.

Auf dem Platz steht Luna mit ihrem schwarzen Hengstfohlen. Sie ist ein Rappschimmel, wie ich letztes Jahr gelernt habe. Ihr Körper sieht aus, als wäre er in flüssiges Silber getaucht worden. Ihre lange Mähne ist rabenschwarz, ebenso der Schweif, doch ihr edler Kopf und der vordere Teil des kräftigen Halses ist weiß wie der Schnee auf den Gipfeln der Sierra Nevada.

Die Beine sind schwarz mit silberfarbenen Flecken, die sich in der dunklen Farbe ihres Fells verlieren und glitzern, wenn die Sonne auf sie fällt. Sie ist wie ein Traum aus einer anderen Welt.

Das Hengstfohlen kommt auf einen Pfiff Fernandos neugierig zu uns und lässt sich streicheln, ich fahre durch sein flauschiges Fell, Eliza tätschelt seinen Hals. Dem Kleinen scheint es zu viel zu sein, er springt nach hinten mit den langen, dünnen Beinen, stellt den Schweif auf und trabt zu unserer Freude eine Runde um den Platz.

»Ich werde ihn verkaufen.«

Bestürzt sehe ich Fernando an. »Was ist mit der Pferdezucht?«

»Kein Platz, oder keine Möglichkeit, dass die Pferde im Verband leben. Es macht keinen Sinn, und selbst wenn, es ist ein Geschäft, das sich erst in Jahren bezahlt machen würde, wenn überhaupt.«

Luna leckt hingebungsvoll das Fell ihres Fohlens, während es bei ihr trinkt, ein rührender Anblick.

»Bist du enttäuscht?«

»Nein, ich mag unsere Pläne, die Reittouren, den Umbau. Diese Zukunft gefällt mir. Es ist eine Zukunft, in der du eine Rolle spielst, welche, entscheidest allein du.«

Er betont das Wort »unsere« auf eine Weise, die mein Herz schneller schlagen lässt. *Ich bin gerade im Jetzt angekommen, wie kann ich da an die Zukunft denken?* Wenn Fernando eine Antwort von mir erwartet hat, lässt er es sich nicht anmerken. Er klettert über den Zaun, Luna spitzt ihre Ohren und trottet mit gesenktem Kopf auf ihn zu. Seine Stimme ist beruhigend, eine Mischung aus Sprache und Gesang. Das Hengstfohlen drängt sich an seine Mutter und Luna lässt ihn gewähren, als er Anstalten macht, an ihr zu saugen, hebt sie warnend das Bein. Das gefällt dem temperamentvollen Andalusier nicht, er zwickt in die Luft, buckelt und galoppiert um den Platz. Sergei lacht laut, was das Fohlen zu weiteren Bocksprüngen veranlasst.

»Das ist ein kleiner Teufel!«, stöhnt Sergei und wischt sich den Staub aus dem Gesicht, den das Hengstfohlen mit seinen Sprüngen aufgewirbelt hat.

»Siehst du die Gänge? Er hat großes Potential. Ich bringe

die beiden in den Stall und hole Nube. Ich hoffe, du bist bereit, sie uns vorzureiten, Eliza.«

Fernando braucht keinen Führstrick, Luna geht neben ihm her, mit sich und der Welt zufrieden.

»Meine Reitkünste sind nicht die besten«, vertraut mir Eliza an. »Sergei und Fernando haben mich mit einem Ausritt in die Berge ins kalte Wasser geworfen. Sergei reitet, als wäre er auf einem Pferd geboren, er hat es als Kind gelernt. Ich ritt Laura, eine süße Stute, die dann verkauft wurde, was ich traurig fand. Sie hat mich über einen Hang getragen, der steil und rutschig war. Ich dachte, mein letztes Stündlein hätte geschlagen, wir würden abstürzen und sterben.«

»Ich glaube, ich weiß, welchen Hang du meinst.« Mit einem Schaudern erinnere ich mich an das letzte Jahr und die weggebrochene Straße oberhalb des Hanges. Es war eine gefährliche Situation gewesen, wenn auch niemand damit rechnen konnte, dass der Weg vom Schmelzwasser so unterspült wurde, dass er einbrach.

»Oh, schau sie dir an!« Eliza lächelt verträumt, als sie die Schimmelstute erblickt, die Fernando aus dem Stall führt. Nube ist mit einem schwarzen Halfter gezäumt, wie ich es noch nie gesehen habe. Am Stirnriemen sind Lederfransen befestigt, die über ihr Gesicht bis zum Nasenriemen herabhängen. Der spanische Sattel ist schwarz, Fernando befestigt das Lammfell über dem Sitz. Die Steigbügel erinnern mich in ihrer Form an Pyramiden. Eliza geht auf die beiden zu, Sergei und ich folgen langsam. Fernando reicht Eliza galant einen schwarzen Hut mit breiter Krempe. Sie lächelt glücklich, setzt ihn auf und winkt Sergei, der ihr eine Kusshand zuwirft.

»Dieses Lächeln ist einzigartig.« Er fährt sich über seine grauen langen Haare. »Fällt es dir schwer, dich von Nube zu trennen?« Seine Stimme klingt entschuldigend.

»Nein. Ich liebe Oso, er ist das Pferd, das ich reiten möchte. Aber die Tiere gehören Fernando, es ist seine Entscheidung – eine gute in diesem Fall, wie ich finde. Eliza sieht glücklich aus.«

Sergei mustert mich von der Seite, ich blicke starr geradeaus. Sicherlich fällt ihm meine Narbe auf, ob Fernando ihn auf mich vorbereitet hat?

Fernando hält Nube am Zügel, die Stute schlägt nervös mit dem Kopf, Eliza zieht sich geschickt in den Sattel, lächelt strahlend und klopft Nube auf den Hals. Vorsichtig nimmt sie die Zügel auf und reitet auf den Platz. Fernando steht in der Mitte und gibt der Reiterin Anweisungen. Eliza reitet gut, sie hat mit Sicherheit schon die eine oder andere Reitstunde bekommen. Nube schmiegt sich in die Trense, sie ist aufmerksam. Nach einigen Runden Schritt trabt die Stute an. Fernando ist auf Eliza und Nube konzentriert, Sergei und ich existieren nicht mehr. Nube wechselt durch die Bahn, die Figuren gehen ineinander über, Reiterin und Pferd meistern jede Aufgabe mit Bravour. Ich verstehe, weshalb sich Fernando für Eliza von Nube trennt. Die beiden sind perfekt zusammen.

»Wie gut Eliza reitet! Das wusste ich nicht.«

»Sie reitet viel und gerne. Die letzten Monate hat sie fast täglich mit Fernando trainiert. Wir warten auf den Mai, Eliza ist völlig aus dem Häuschen.«

Sergeis Spanisch ist fließend, gepflegt und bekommt durch seinen russischen Akzent eine interessante Note. Ich mag es, ihm beim Sprechen zuzuhören. Wo mir Wörter fehlen und ich nachdenken muss, wie ich einen Satz formuliere, hat Sergei kein Problem.

»Was ist denn im Mai?«

»Das größte Pferdefest Spaniens, *La Feria del Caballo* in Jerez de la Frontera. Warst du dort schon einmal?«

»Nein, aber ich würde sie gerne sehen. Die Stadt des Sherrys.«

Eliza sitzt wie festgeschraubt auf ihrem Schimmel, Nube trabt auf der Stelle, es sieht erhaben aus, als würde das Pferd tanzen zu einer Musik, die nur für Pferd und Reiter komponiert wurde.

»Das ist unglaublich!«

»Fernando unterrichtet Eliza in der Kunst der hohen Schule. Sie wird mit Nube an einem der Wettbewerbe während der Feria teilnehmen.«

»Das ist unglaublich!«

Ich wusste nicht, dass Fernando Lektionen der Hohen Schule unterrichten kann, doch das spreche ich nicht aus. Die Welt hat sich nach meinem Fortgang weitergedreht, was hatte ich erwartet? Weshalb nagt etwas an mir, das sich nicht gut anfühlt?

»Du kannst ebenfalls teilnehmen.«

»Bitte?« Ein nervöses Ziehen in meiner Magengegend erinnert mich daran, dass Menschenansammlungen und die Narbe in meinem Gesicht nicht zusammenpassen.

»Es gibt Umzüge, die Pferde sind geschmückt mit Blumen, überall gibt es Tapas zu essen, schöne Frauen tragen Flamenco-Kleider, die zu diesem Anlass mit Stolz präsentiert werden. Dann die Jinetes und Amazonas, die Reiter und Reiterinnen, tragen Kleidungen, die strengen Regeln unterworfen sind. Fernando kann dir mehr erzählen, was mich als Maler fasziniert, dass nur vier Farben getragen werden dürfen; braun, blau, weiß oder schwarz. Kombiniert strahlen sie eine besondere Harmonie aus und ich kann dir sagen, es ist spektakulär!« Sergei hat sich in Begeisterung geredet. Nube bleibt gelassen, doch Fernando wirft uns einen Blick zu.

Einige Minuten später ist die Stunde beendet. Eliza steigt ab, gibt Fernando den Hut zurück und führt die Stute vom

Reitplatz, um sie zu versorgen. Fernando und Sergei stehen vor Nubes Box, Eliza hebt die Hufe der Stute und kontrolliert, ob sie sich einen Stein eingetreten hat, bürstet ihre lange Mähne und scheint die glücklichste Frau der Welt zu sein. Oso hat auf mich gewartet, er wiehert, als ich zu ihm komme und mein Gesicht an seinen Hals schmiege. Fernando hat nichts über seine Pläne erzählt. Ein Pferdefest in Jerez, ein Gedanke geht mir nicht aus dem Kopf, was wäre, wenn La Esperanza an Wettbewerben teilnehmen würde? Eine bessere Werbung für uns könnte es nicht geben.

Ich rechne nach, zehn Wochen ungefähr bis zur Feria. Wahrscheinlich war das alles unmöglich zu schaffen, vielleicht auch nicht. Ich kann es fast nicht abwarten, Fernando von der Idee zu erzählen, und schickte an Sergei ein stummes *Danke*. Das Pärchen geht Hand in Hand an mir vorbei.

»Es war schön, dich endlich kennenzulernen. Wir sehen uns jetzt öfter.«

»Ich hoffe, wir reiten gemeinsam aus!« Eliza streicht sich ihre Haare aus ihrem verschwitzten Gesicht. »Ich bin völlig fertig. Die Stunden bei Fernando sind hart.«

Ich lache. »Das kann ich unterschreiben!«

Wir winken uns zu, Fernando steht an der Tür zu Oso und schiebt mit seinem Stiefel Stroh aus der Stallgasse zurück in die Box.

»Das eben hat mich beeindruckt.«

»Eliza hat solchen Spaß an der Dressur, Nube auch, wie du gesehen hast.«

»Morgens war sie so ein Biest!«

»Deshalb hast du sie geritten, damit sie ruhiger wird.«

»Lektionen der Hohen Schule, ja?« Ich schenke Fernando ein Lächeln. *Ich weiß fast nichts von diesem Mann!*

»Ich bin davon überzeugt, dass jeder Mensch mit einer Bestimmung auf die Welt kommt. Meine ist die des Lehrers.

Es gibt nichts Schöneres mich, als mein Wissen an Schüler weiterzugeben oder Pferde so auszubilden, dass sie meinem Anspruch gerecht werden.«

»Was meinst du damit?«

»Du hast es erlebt, als wir in der Sierra waren. Pajarito und Oso, beide habe ich ausgebildet, sie sind auf La Esperanza, seit sie Fohlen sind.«

»Wie kannst du die Zucht aufgeben? Es sind deine Träume, du hast von Anfang an davon gesprochen.«

»Katharina.« Er nimmt meine Hand, lässt sie sofort wieder los, als habe er sich daran verbrannt. »La Esperanza ist mir wichtig. Die Zucht kann warten, es spielt keine Rolle.«

Seit ich auf La Esperanza angekommen bin, habe ich mich vor Momenten wie diesen gefürchtet. Wir sind uns nahe, nicht unsere Körper; unsere Gedanken, Ängste und Wünsche. Das ist es, was mich zu ihm zieht. Mir wird bewusst, dass ich einen Schritt auf ihn zu gemacht habe, als wären wir an Schnüren miteinander verbunden. In meinem Kopf hämmert der Gedanke *sag etwas*, nur ist mein Gehirn leer. Meine Gefühle drängen an die Oberfläche, verlangen Einlass in meine Welt, die grau geworden ist und das gefährlich bunte scheut.

»Komm mit, ich würde dir gerne etwas zeigen.« Zwischen den Augenbrauen des Spaniers hat sich eine steile Falte gebildet, er blinzelt und versucht, mich anzulächeln. »Du bist ja ganz blass. Brauchst du frische Luft?«

»Ja, ich glaube schon.« Fernando verlässt fast fluchtartig den Stall, ohne sich nach mir umzudrehen. Mit großem Abstand zwischen uns marschieren wir mit großen Schritten zur Plantage. »Lass uns zu dem alten Teil gehen.«

»Dem alten Teil? Ich dachte, die Blutorangenbäume wurden nach den Orangenbäumen gepflanzt?«

»Das ist richtig. *Danach* sieht es aber nicht aus. Die Bezeichnung erklärt den Zustand ganz gut.«

Der Duft nach Orangen ist überwältigend, an vielen Bäumen hängen die reifen Früchte und am gleichen Zweig kann ich die strahlend weißen Orangenblüten ausmachen. Wir gehen durch die Reihen, die mir endlos lang erscheinen. Braune kleine Schilder stecken bei einigen im Boden. »Marion« steht auf einem, »Familie Becker«, »Sonne« auf einem anderen.

»Die Idee mit den Namensschildern für die adoptierten Bäume ist so wundervoll. Gibt es denn Fotos davon, die man auf die Webseite stellen könnte?«

»Das hatten Alejandro und ich vor und nicht mehr geschafft. Jetzt schreibe ich die Namen manchmal nur auf Karton, weil ich neue Schilder bestellen müsste. Es sind so viele kleine Dinge, die zu erledigen sind. Es ist zu viel.«

Darauf kann ich nichts sagen, das schlechte Gewissen pocht an meine Tür, ein unangenehmes Gefühl.

»Es tut mir leid.«

Fernando fährt zu mir herum, ich erschrecke vor seiner Miene.

»Wie meinst du das?«

»Ich habe euch allein gelassen.«

Fernando pflückt eine Orange, pult ein Loch in die Schale. Saft läuft von seiner Hand, tropft auf den Boden. Der Duft ist herrlich. Ich strecke die Hand aus: »Gib sie mir, ich schäle sie für uns.«

Wortlos reicht er mir die Orange. Ich senke meinen Kopf, atme tief ein. Ich stehe auf der andalusischen roten Erde, inmitten einer Plantage, die mein Großvater und dessen Großvater erbaut und gepflegt hatten. Ich bin ein Kind dieser Erde und dieses Landes. Wenn jeder Mensch mit einer Bestimmung auf diese Welt gekommen ist, wie Fernando sagt, ist es meine Bestimmung, das fortzuführen, was mir mein Großvater hinterlassen hat. Aus den Worten werden Sätze, aus meinen Emotionen wird Gewissheit und sofort kommt die Verzweiflung. Margarete ist gegangen und hatte José verlassen, obwohl sie meine Mutter unter ihrem Herzen trug. Wie kann ich hierbleiben wollen, nachdem, was geschehen ist, und wie kann ich La Esperanza verlassen wollen, nachdem, was geschehen ist? Die letzten Schalen der Orange fallen zu Boden, ich teile die Spalten und reiche die Hälfte von ihnen Fernando, die andere schmecke ich in mich hinein, als wäre es das letzte Mal.

11

Ich liege wach und ringe mit meinen Gedanken und Gefühlen. Paul schläft neben mir. Seine Atemzüge sind ruhig und gleichmäßig, kein Traum plagt ihn und ich bin froh, dass es so ist. Sein blonder Schopf lugt aus der Decke heraus und verleiht ihm etwas Verletzliches. Fast bin ich versucht, meine Hand auszustrecken und ihn zu streicheln, wie ich es früher getan habe. Eigentlich selbstverständliche Berührungen fallen mir schwer, als müsste ich vorher eine schwere Tür aufstoßen und mich hindurchzwängen, weil der Durchgang zu schmal für mich ist. In Nächten wie diesen, wenn die Einsamkeit in mir nach oben kriecht, obwohl mein Mann neben mir schläft, haben Selbstzweifel ein leichtes Spiel. Vorsichtig setze ich mich auf, Kälte steigt vom Holzboden auf und lässt mich frösteln. Ich weiß nicht, wie spät es ist, stelle meine nackten Füße auf den unbeheizten Boden und stehe langsam auf, damit die Matratze nicht schaukelt und Paul wach wird. Er neigt zu nächtlichen Diskussionen und ist ein Mensch, der nicht aufgibt, nach einer Lösung zu suchen. Unter anderem dafür hatte ich mich in ihn verliebt. Nachdem ich mit siebzehn Jahren meine Mutter und Großmutter verloren hatte, musste ich kämpfen. Gegen das Jugendamt, für die Schule, um mein Recht, selbstbestimmt zu leben. Paul war der erste Mann, der mir sagte, dass ich nicht mehr kämpfen muss, da ich meine Schlachten alle gewonnen habe, wenn es aber sein müsse, würden wir gemeinsam auch den Krieg gewinnen. Mein Leben veränderte sich, ich fing an, ihm zu vertrauen und es zuzulassen, dass er in großen Schritten in mein Leben kam.

Der Satz »Wir werden gemeinsam alt« kam mir nicht abwegig vor. Es gab keinen anderen Mann für mich. Und dann hatte sich alles verändert und ich stand vor der schweren Tür und wollte zurückkehren, doch sie ließ sich nicht öffnen.

Am Stuhl liegt eine Wolldecke, ich wickle mich ein und gehe nahe zum Fenster und drücke meine Stirn gegen das kühle Glas. In der Sierra habe ich mich das erste Mal geborgen gefühlt, nach meinem Überfall, ich konnte mir verzeihen, denn es traf mich keine Schuld. Gleichgültig was ich getan hätte an diesem Abend im Wald, ob ich eine andere Strecke gelaufen oder nicht stehen geblieben wäre beim Kapuzenmann – was Entsetzliches im Lieferwagen geschah, es war nicht mein Fehler gewesen. Die beiden Männer hatten auf mich gewartet, davon war ich überzeugt.

Die andalusische Natur ruht in tiefem Schlaf unter einem klaren Sternenhimmel. Die wilde Silhouette der Berge liegt wie ein Scherenschnitt in der bleichen Landschaft und ich verspüre den Wunsch, mit den melancholischen Farben zu verschmelzen. Sehnsucht nach etwas Unbestimmten packt mich und mein Herz schlägt hart an meine Rippen. Ich schnappe nach Luft und meine trotzdem, nicht atmen zu können. Ich halte mich am Fensterrahmen fest und kämpfe gegen die Dunkelheit an, die mir Angst macht. Wie lange ich am Fenster stehe, kann ich nicht sagen. Irgendwann fühlen sich meine Füße wie Eisklumpen an und ich friere so, dass meine Zähne aufeinanderschlagen. Eingewickelt, wie ich bin, ziehe ich noch die Daunendecke über mich und stelle mir vor, ein Vogel zu sein, der unter dem azurblauen Himmel schwebt und in der Sierra Nevada zu Hause ist.

Ein lautes Klopfen weckt mich. Ich schrecke hoch und weiß für einen Moment nicht, wo ich bin. Paul springt aus dem Bett, stürzt zur Tür und reißt sie auf. María steht völlig aufgelöst vor uns.

»Katharina! Kannst du bitte kommen? Alejandro geht es nicht gut.« Ihre Augen sind weit aufgerissen, Tränen laufen ihre Wangen hinunter, sie dreht sich um und läuft den Gang entlang zur Treppe.

»Oh mein Gott, was ist denn los?« Sie gibt keine Antwort und Paul und ich rennen hinter ihr her, die Treppen in den ersten Stock zu Alejandros Zimmer.

Der große Mann sitzt aufrecht im Bett, atmet schwer und versucht sichtlich, seine Angst in den Griff zu bekommen.

Er ist blass und zittrig, Verzweiflung steigt in mir auf, dann schaltet etwas in mir auf Berufsmodus und die Krankenschwester in mir kommt zum Vorschein.

»Alejandro, rede mit mir.«

»Schlecht …« Seine Stimme ist nicht mehr als ein Seufzen.

»Du bist kurzatmig. Fühlst du einen Druck auf der Brust?«

Er schüttelt den Kopf, umklammert meine Finger mit seiner Hand. »Zu spät. Der Krebs …«

»Alejandro, ich glaube, um deine Lunge herum hat sich Flüssigkeit angesammelt, deshalb die Atemnot und die Enge im Brustkorb. Du stirbst nicht, aber du musst ins nächste Krankenhaus.«

Ich drehe mich zu María um: »Ruf bitte einen Krankenwagen, das kann nicht bis morgen warten.«

María zieht das Telefon aus der Tasche, es fällt aus ihren zittrigen Händen, sie sinkt weinend zu Boden. Paul hilft ihr hoch, legt seinen Arm um ihre Schultern und deutet ihr, sich auf das Fußende des Bettes zu setzen.

»Ich rufe an. Das dürfte auf Englisch kein Problem sein.«

Wärme und Liebe zu meinem Mann überfluten mich, und ich bin dankbar, dass er an meiner Seite ist. Alejandro hustet gequält, sein Gesicht ist aschfahl. Er hält ein Taschentuch an den Mund, die roten Flecken darauf sind unübersehbar, knüllt es zusammen und steckt es unter der Bettdecke. Alejandro hustet Blut und versteckt diese Tatsache vor seiner Frau oder vor mir – ich frage mich, was er noch verheimlicht und wie schlecht es ihm tatsächlich geht. Stumm schüttelt er den Kopf und sieht María an, die dem Gespräch zwischen Paul und dem Krankenhaus lauscht. Ich nicke, ich werde nichts sagen. Gut finde ich das nicht. Erleichtert lässt er sich zurücksinken. Paul hat in der Zwischenzeit aufgelegt: »Sie sind in einer halben Stunde hier.«

»Was denkst du?« Paul fährt sich durch die Haare. Wir stehen in der Küche, ich koche eine Kanne Tee.

»Ich denke, es ist ein Pleuraerguss. Das kommt bei Lungenkrebs häufig vor.«

Von oben höre ich Fernandos Stimme, dann höre ich Schritte auf der Treppe. Ein besorgter Fernando steht in Pyjamahose und Shirt in der Küche, kommt auf mich zu und schließt mich in einer großen Geste in seine Arme. Sofort lässt der Druck auf meinem Herzen nach, wie von selbst umarme ich ihn ebenfalls. Das Wasser im Kessel beginnt zu kochen, ich löse mich von Fernando.

»Wie geht es weiter? Verdammt!« Er schlägt mit der Faust auf den Tisch, ich erschrecke, die Vase mit den Rosen kippt um und das Wasser ergießt sich über die Tischdecke. »Das tut mir leid.«

»Ist nicht schlimm, Fernando. Möchtest du auch eine Tasse Tee? Paul, für dich?« Meine Wangen fühlen sich heiß an, aufgewühlt sehe ich zu Paul hinüber. Wie konnte ich zulassen, dass mich Fernando in seine Arme schließt?

Mein Mann nickt und betrachtet den am Tisch sitzenden Spanier mit einem undefinierbaren Blick. Ich gieße das Wasser in die Kanne, die getrocknete Minze verströmt ein belebendes Aroma. Ich atme tief ein und fühle Pauls Blicke in meinem Rücken. Ich kann Fernandos Berührung immer noch auf meinem Körper fühlen.

»Der Tee ist fertig.« Ich reiche Paul und Fernando eine Tasse und nippe an meiner, stelle Tee auf ein Tablett und gehe an beiden vorbei die Treppe hoch, um nach Alejandro zu sehen. Die Situation hat sich etwas entspannt, María hält seine Hand und singt leise ein Lied, Alejandro hat die Augen geschlossen, sein Brustkorb hebt und senkt sich unregelmäßig. Er hat Schmerzen, das kann ich sehen.

»María«, murmle ich und streichle ihr über die Schulter, »der Tee ist fertig. Trink doch ein wenig.«

»Danke, mein Schatz.« Sie nimmt die Tasse, hält sie mit beiden Händen umschlossen und atmet tief ein. »Ich glaube, er ist etwas eingeschlafen. Der Krankenwagen müsste bald kommen. Ich hatte solche Angst. Ich wurde wach, er röchelte und hielt sich die Seite. Er hat geweint …«, sie schluchzt kurz auf, »… das letzte Mal, als ich ihn weinen sah, war das zur Beerdigung seiner Mutter. Nicht einmal, als wir die Diagnose bekamen. Er möchte immer stark sein für seine Familie.«

Mit einer zärtlichen Geste nimmt sie seine Hand und

küsst sie. »Mein Liebling, wie ich dich liebe, verlass mich bitte nicht.«

»Was redest du da? Niemals.« Alejandro flüstert ihr zu und öffnet mühsam seine Augen.

»Mein Schatz, wie fühlst du dich?«

Ein Geräusch von einem heranfahrenden Fahrzeug lenkt mich von der rührenden Szene ab und erspart Alejandro eine Antwort.

»Ich glaube, der Krankenwagen ist da. Bleib bitte liegen, Alejandro.« Ich drücke ihn vorsichtig zurück auf das Kissen. »Du wirst sicherlich erst untersucht.«

Einige Minuten später ist das Zimmer voller Menschen. Ein kleiner dünner Mann, der Notarzt, betritt mit einer Tasche das Zimmer. Er sieht übermüdet aus, seine Glatze glänzt vor Schweiß. Er stellt sich vor und lässt sich von María genau erzählen, was passiert ist, stellt Fragen. Vor der Tür stehen zwei junge Männer mit einer Liege. Der Arzt schnauzt einen von ihnen an, ihm mit Alejandro zu helfen, der sich aufsetzen muss, abgehört wird. Meine Vermutung wird bestätigt, Alejandro muss die Nacht im Krankenhaus verbringen, damit abgeklärt werden kann, wie viel Flüssigkeit sich angesammelt hat.

»Was ist mit der Klinik in Marbella? Morgen ist der Termin!« María sieht von mir zu Alejandro, sie zittert wieder und ist sichtlich überfordert.

»Dafür findet sich eine Lösung. Machen Sie sich keine Sorgen.«

Der Notarzt lächelt sie an, ein überraschend warmes und beruhigendes Lächeln. Auf einen Wink von ihm wird die Liege ins Zimmer geschoben und Alejandro trotz seines Protestes darauf gehoben.

»Ich fahre dich, María.« Fernando steht neben mir, ich habe gar nicht bemerkt, dass er da ist.

»Señora Lopez kann im Wagen mitfahren und dann sehen wir weiter.«

»Danke, Fernando, vielleicht kannst du mich dort abholen, wenn ich weiß, wie es weitergeht?«

Er nickt. Plötzlich ist das Zimmer leer, ich bin allein, starre auf das zerwühlte Bett. Die Decke ist zu Boden gefallen, ich hebe sie auf, streiche sie glatt und lege sie zurück auf ihren Platz.

Auf dem Nachttischchen zeigt ein Wecker, dass es bald Zeit zum Aufstehen ist. Stöhnend setze ich mich auf das Bett, ich fühle mich erschöpft, was nicht am Schlafmangel liegt. Am liebsten würde ich mich zur Seite fallen lassen, schlafen und alles vergessen.

»Ist alles in Ordnung?«

Überrascht sehe ich zur Tür. Paul steht im Türrahmen und hält mir seine Hand entgegen. »Komm, wir legen uns noch eine Stunde hin.«

»Nein, ich denke, ich bleibe auf, dusche mich und gehe in den Stall. Heute ist Erntetag, die Arbeiter kommen und die Pferde müssen versorgt werden.«

Er lässt seine Hand fallen, als gehöre sie nicht zu ihm. Ich kann ihm ansehen, dass er etwas sagen möchte, und ich weiß genau, was es ist. *Du lässt dich von Fernando berühren. Warum von Fernando und nicht von mir?*

»Wie du willst. Dann bleibe ich ebenfalls wach. Was kann ich tun, um euch zu unterstützen?«

Da ist es wieder, aber was habe ich erwartet? Für meinen Mann gibt es kein Wir, so separiert er sich, nimmt sich heraus.

»Magst du bei der Ernte helfen? Es ist eine schöne Angelegenheit, anstrengend, aber ein fantastisches Gefühl.«

»Ja, gerne.« Er lächelt mich an. »Ich gehe davon aus, dass ich mich am nächsten Tag nicht mehr bewegen kann.« Er kommt auf mich zu und zieht mich hoch von der Bettkante in seinen Arm.

Sofort versteifen sich meine Glieder, meine Arme hängen existenzlos an mir herunter, gehorchen meinen Befehlen nicht. *Umarme ihn,* denke ich panisch, denn ich bin mir des Unterschiedes zu Fernando bewusst. Paul zieht mich dichter an sich, alles an ihm strömt Schmerz und Unverständnis aus. Ich habe ihn verletzt, als er zusehen musste, dass es einen Mann gibt, vor dem ich nicht zurückschrecke, und ich verletze ihn jetzt mit meinem Unvermögen, meine Arme um ihn zu legen.

»Es tut mir leid, Paul, verzeih bitte.«

»Ich weiß, Katharina, du wolltest, es wäre anders. Du wolltest, du könntest vergessen. Ich weiß.« Sein Tonfall ist sarkastisch, Verbitterung schwingt in ihm, wie eine falsche Note in einem Musikstück. In dieser Disharmonie löst er sich von mir, langsam, Zentimeter für Zentimeter, als gäbe er mir noch eine Chance, mich zu beweisen, doch ich kann nicht. Dann küsst mich auf meinen Scheitel und geht aus dem Zimmer.

Ausweglosigkeit ist ein bitteres Gefühl, es macht schwach und angreifbar für zerstörerische Hirngespinste und sät Zweifel.

Der Stall ist erleuchtet, Fernando hat damit begonnen die Boxen zu säubern, ich schließe mich der Arbeit an. Es fehlen mir die Worte, über all das zu sprechen, was heute geschehen ist. Ich hoffe so sehr, dass es Alejandro besser geht und er nach Marbella transportiert werden kann.

»Eliza und Sergei reiten heute in die Sierra, die anderen Pferde müssen wir zwischendurch bewegen.

»Was ist mit dem Olivenhain? Wir könnten den Grund bis zum Fluss einzäunen für die Pferde.«

Fernando unterbricht seine Arbeit, klopft dem braunen Hengst Sueño auf die Flanke und schaut über die Trennwand zu mir.

»Das könnten wir alles tun, wenn wir Arbeiter hätten, die uns unterstützen. Allein schaffen wir das alles nicht.«

»Javier, der Anwalt, hat mir letztes Jahr von La Esperanza als Gestüt vorgeschwärmt.«

Fernando lacht. »Er neigt zu Übertreibungen. José hatte als junger Mann gezüchtet, sich später dann auf die Orangen konzentriert.«

Etwas enttäuscht fahre ich mit meiner Arbeit fort, ich hätte Freude daran, mit Fernando gemeinsam eine Zucht aufzubauen, auch wenn meine Vorstellung davon eher romantisch geprägt ist. Die Wirklichkeit sieht anders aus. Es ist ein hartes Geschäft.

»Du könntest mit den Erntearbeitern sprechen.« In meiner Fantasie sehe ich die Pferde zwischen den Olivenbäumen stehen. Das Areal ist riesig und nur ein kleiner Teil ist mit Bäumen bepflanzt. Es wäre ideal.

»Wegen der Zäune?«

Ich nicke und gehe zur nächsten Box, um auszumisten. Fernando seufzt so laut, dass ich lachen muss.

»Was ist denn los?«

»Du gibst wohl nie auf.« Es klingt zärtlich, wie der Hauch einer Berührung.

»Ich möchte nicht aufgeben, das ist keine Option.«

»Wo ist Paul?«

»Ich glaube, er hat sich hingelegt. Wir haben noch Zeit, bis die Erntehelfer loslegen.«

»Was ist mit dir? Du kannst dich auch noch ausruhen, heute wird ein sehr langer Tag.«

»Nein, nein!«, wehre ich ab. »Ich könnte jetzt kein Auge zutun.«

Einvernehmlich säubern wir die restlichen Boxen. Mit Fernando kann ich schweigen, es ist nichts Peinliches daran, und langsam fällt der Druck von mir ab. Die körperliche Arbeit hat etwas Meditatives und ich bin erstaunt, dass mehr als eine Stunde vergangen ist, als wir fertig sind.

Von draußen hören wir Stimmen und Gelächter, die Erntehelfer sind da.

»Wenn der Tag geschafft ist, haben wir viel erreicht.« Mein Reitlehrer klopft mir auf die Schulter. »Dann lass uns loslegen.«

Mit klopfendem Herzen folge ich ihm. Hinter dem Stall haben sich die Männer versammelt. Ein stämmiger, braun gebrannter Mann löst sich aus der Gruppe und kommt auf uns zu. Ich erkenne ihn vom letzten Jahr, wenn mir auch sein Name nicht einfällt.

»¡Hola, Mario! Auf ein Neues. Schön, dass ihr alle da seid.«

Fernando erklärt den Männern, dass Paul die Lieferungen überwachen wird und Alejandro überraschend ins Krankenhaus eingeliefert wurde. Das Lachen verstummt, was ich verstehe. Alejandro ist ein Mensch, der Vertrauen weckt, loyal und ehrlich. Er wird von allen geschätzt. Der Schock und die Sorge lösen ein Gefühl des Zusammenhalts aus.

»Wir werden das gemeinsam schaffen! Heute Abend sind die Orangen geerntet.«

Paul kommt auf uns zu, er trägt eine Thermoskanne mit Kaffee bei sich. Fernando stellt ihn den Männern vor, dann ziehen wir als schweigende Karawane zu den Orangenbäumen.

»Es ist alles gut, Katharina. Ich wollte mich bei dir entschuldigen.« Er nimmt meine Hand und drückt sie zärtlich. Ich lasse es geschehen, lächle mechanisch und sollte Hoffnung empfinden, dass Paul und ich uns wieder annähern würden, doch in mir war kein Platz für dieses Gefühl.

Mario teilt die Männer ein, übernimmt wie selbstverständlich Alejandros Aufgaben. Paul und Fernando präparierten gestern die Scheune, die Kisten sind gestapelt, die Aufkleber überprüft. Dann gibt Mario ein Zeichen und wir beginnen mit dem Pflücken. Ist eine bestimmte Menge an Orangen von den Bäumen geholt, werden dic Kisten in die Scheune gebracht, von Paul kontrolliert, abgewogen und versandfertig gepackt.

Mit meinem Clipper schneide ich Orange für Orange vom Baum, träume mich dabei in die Berge, sehe die Täler vor mir, die im Frühling mit sanftem Grün aus der Winterkälte erwachen. Ich spüre Osos Bewegungen, der mich durch die Sierra Nevada trägt, und ich stelle mir vor, dass Margarete auf denselben Pfaden entlanggeritten ist wie ich. Wann hatte sie sich entschieden, zurück nach Deutschland zu reisen und José zu verlassen? Ob sie die Entscheidung jemals bereut hatte? Wie oft suche ich in meinen Erinnerungen nach Zeichen, Worten, die jetzt bedeutungsvoll wären, denn ich habe die Briefe zwischen ihr und José gelesen.

»Du solltest jetzt einige Minuten Pause machen.« Marios Stimme reißt mich aus meinen Überlegungen.

»Wieso? Wie spät ist es denn?«

Er lacht. »Du arbeitest seit zwei Stunden ohne Unterbrechung wie eine Maschine. Morgen hast du Schmerzen.«

Meine Arme hängen wie Gummischläuche an mir, ich habe fast kein Gefühl mehr in ihnen. Mario zuckt mit den Schultern. »Geh ein paar Schritte, Schultern hoch und runter und massiere deine Arme, das wird gleich wieder.«

Langsam mache ich mich auf den Weg in die Küche. María hat das Essen vorbereitet und die Massen an Tortilla in den Kühlschrank gestellt. Paul hatte die Idee vor mir, er steckt fast mit seinem Oberkörper im Kühlschrank und räumt Platten mit der geschnittenen Kartoffelspeise in einen Korb. Als er mich sieht, nimmt er ein Stück, beißt davon ab und reicht es mir. »Probiere mal, das schmeckt so gut, ich könnte mich reinlegen.«

Ich esse den Rest, es ist himmlisch. »Tortilla de patatas, eine von Marías Spezialitäten.»

»Ich sag ja, Kochkurs!«

Gemeinsam tragen wir den großen Korb mit Essen und Getränken und werden erwartet. Fernando lehnt an einem der Orangenbäume und sieht uns entgegen. Mein Herz macht einen kleinen Sprung.

Beim gemeinsamen Mittagessen ist es nicht so ungezwungen wie das Jahr davor. Alejandro fehlt in jeder Hinsicht. María hatte sich gemeldet, die Flüssigkeit, die sich um die Lunge angesammelt hatte, wurde abgezogen, wenn es keine Komplikationen gab, würde Alejandro morgen Vormittag mit einem Transport ins Krankenhaus nach Marbella gebracht. Uns allen war ein Stein vom Herzen gefallen.

Als Überraschung war die Tochter der beiden, Gabriela, aus Madrid angereist. Sie hatte sich trotz ihrer weit fortgeschrittenen Schwangerschaft nicht davon abhalten lassen. Marías Stimme hatte sich fast überschlagen am Telefon. »Gabriela stand plötzlich im Krankenzimmer! Wie sich ihr Papa darüber gefreut hat!«

Der besorgte Ehemann von Gabriela hatte ein großes Zimmer im besten Hotel gebucht und wir wussten María gut aufgehoben. Ich war glücklich darüber, ein kleines Licht in der Nacht.

Nachmittags hatte ich das Gefühl, nicht mehr aufrecht stehen zu können. Noch nie hatte ich mich so erschöpft gefühlt.

Als der Arbeitstag zu Ende ging, waren die Kisten gepackt

und auf den Wagen geladen. Mario würde sich mit seinem Sohn um den Versand kümmern. Wie paralysiert sitze ich in der Küche vor einem Glas Wasser. Meine Hände zittern, ich bin schmutzig, als hätte ich mich in der roten Erde gewälzt, doch ich kann mich nicht dazu entschließen, unter die Dusche zu gehen. Perro Negro sitzt vor mir uns sieht mich unverwandt an. »Wo warst du denn den ganzen Tag? Hast du María gesucht?«

Ich ziehe mich mithilfe des Tisches von meinem unbequemen Holzstuhl hoch und bewege mich steif zum Kühlschrank. Im Schrank ist sein Futter, ich schütte einen halben Becher in seinen Napf und stelle ihn auf den Boden. Perro Negro beachtet ihn nicht, trinkt etwas Wasser und starrt mich wieder an.

»Du bist ein seltsamer Hund.« Ich strecke die Hand nach ihm aus und erschrecke, als er auf meinen Schoß springt und sich dort zusammenrollt. Überrascht streichle ich die wuschelige Kugel und kann nicht umhin, mich etwas geehrt zu fühlen. *Perro Negro, ich habe dich geknackt. Du magst mich doch.*

»Ein Javier war da und hat ein dickes Kuvert für dich abgegeben.« Paul lässt sich vor Erschöpfung auf den Stuhl fallen, der bedrohlich knackt.

»Javier Gonzáles? Ein grauhaariger Herr, sehr sympathisch? Das ist der Anwalt der Familie. Wir hatten einen Termin bei ihm, oder auch nicht. Das ging alles unter heute Morgen.«

»Ja, ich weiß. Er hat sich vorgestellt. Ich werde die Papiere noch sichten. Du hast heute wie eine Verrückte gearbeitet – übrigens siehst du auch so aus.«

»Ich bin erledigt und brauche Schlaf.«

Paul küsst meine Wange. »Du riechst auch wie eine Verrückte«, flüstert er mir in mein Ohr.

Eigentlich wollte ich nach den Pferden sehen, bevor ich ins Bett gehe. Ich wecke den Hund, setze ihn auf den Boden und mache mich auf die Suche nach Fernando. Ich finde ihn vor dem Stall, auf einem alten Stuhl sitzend.

»Du siehst zufrieden aus.«

»Ich habe heute Mario und seinen Bruder Carlos eingestellt. Ja, ich bin zufrieden. Die beiden sind seit Jahren unsere Erntehelfer und ich kenne sie gut. Man kann sich auf beide verlassen.«

»Das sind gute Neuigkeiten.« Fernando holt aus dem Stall einen weiteren Stuhl.

»Setz dich. Du siehst müde aus.«

»Schon okay. Vor einigen Stunden noch war ich verzweifelt und hätte nicht gedacht, dass wir die Flut an Aufgaben bewältigen.«

»Es ist viel geschehen, was ich nicht erwartet habe. Mir geht es genauso.«

Seine Worte lösen eine Bilderflut in mir aus. Die Umarmung, seine Hand auf meiner Haut, dieser Kuss.

»Ich weiß nicht, was ich sagen soll, Fernando.«

»Das musst du nicht. Ich bereue nichts, Katharina, und ich setze dich nicht unter Druck.«

Das klingt endgültig und ich bin auf seltsame Weise enttäuscht.

Gerade möchte ich antworten, als sich ein großer, dünner Mann mit dunklen Haaren aus der Dunkelheit schält und vor Fernando und mir stehen bleibt.

»Marcos!«, ruft Fernando aus. »Was machst du hier? Ist etwas passiert?«

Der Mann schüttelt den Kopf, schlägt mit der Kante seiner Hand an die Brust und streckt beide Daumen hoch.

»Woher weißt du, dass wir Hilfe brauchen?«

Marcos zuckt mit den Schultern und deutet auf sein Herz.

Fernando steht auf und umarmt Marcos. »Du kommst zur richtigen Zeit, Mann!«

MIT MARCOS' ANKUNFT verändert sich alles. Er zieht wie selbstverständlich in eines der oberen Zimmer und fügt sich in den Tagesablauf ein, als wäre er nie fort gewesen. Weshalb er zurück zu La Esperanza gekommen war, bleibt sein Geheimnis.

Alejandro war in der Zwischenzeit in Marbella in der Klinik und hatte seine erste Dosis Immuntherapie bekommen. María schickte Fotos von einem lächelnden Alejandro, der einen Daumen in die Höhe streckte. Doch ich erkannte den gehetzten Ausdruck in seinen Augen, und hätte ich nur einen Wunsch frei, wäre dieser für ihn bestimmt.

Mario ist das geborene Multitalent und so bin ich nicht überrascht, ihn auf der Blutorangenplantage zu finden. Er tippt sich an seine Kappe, um mich zu begrüßen, und begutachtet ohne weitere Erklärung die Bäume. Er pflückt eine Orange, schält sie und saugt den Saft schmatzend heraus.

»Wir können sie ernten und verkaufen. Am besten verschicken wir sie auch nach Deutschland wie die anderen.«

»Dazu müssen wir sie erst verkaufen.«

»Probiere mal.« Er gibt mir eine Hälfte der Frucht. Das Fleisch schimmert in verschiedenen Rottönen. Der Saft schmeckt süß und schwer, die Geschmacksstoffe explodieren in meinem Mund.

»Meine Güte, sind die lecker.«

»Señor Pérez entschied sich für die Sorte Sanguine, die beste Zeit, sie zu verzehren, ist März.« Er hebt den Finger, was ihm ein lehrerhaftes Aussehen verleiht. »Der Saft der dunklen Orangen schmeckt am besten und ist sehr gesund, hat viel Vitamin C. Ich hole meinen Sohn und mit Carlos zusammen schneiden wir die Bäume und entfernen das Unkraut.«

Mario hat wahrscheinlich noch nie so viel in seinem Leben auf einmal gesprochen wie gerade. Er tippt sich wieder an seine Kappe, wohl dieses Mal, um sich zu verabschieden.

»Mario, warte doch. Kanntest du Señor Pérez gut?«

Er schüttelt den Kopf und nickt gleichzeitig. Dann lässt er mich stehen und verschwindet zwischen den Bäumen. Kopfschüttelnd gehe ich den Weg an den Bäumen zurück und pflücke einige Orangen, an die ich einfach herankomme. *Einfach verkaufen,* meinte Mario, der Satz geht mir nicht aus dem Kopf. Der Stall ist verwaist, Fernando führt eine kleine Gruppe Reiter auf einen Ausritt in die Sierra. Luna, ihr Fohlen, und Sinfonía, die kapriziöse Fuchstute, sind auf der Weide. Wir haben alle zusammen geholfen und in der letzten Woche das riesige Areal um die Olivenbäume eingezäunt, den Boden von größeren Steinen und vertrockneten Büschen gesäubert und Müll entfernt. Durch die silbrig glänzenden Blätter der Olivenbäume entdecke ich die Pferde, die friedlich zusammenstehen und die wärmenden Sonnenstrahlen ebenso genießen wie ich. Es ist ein friedliches Bild, ich bleibe stehen, um sie zu beobachten. Die Pferde sind nicht allein, Marcos sitzt so regungslos vor der kleinen Herde an einen der knorrigen Olivenbäume gelehnt, dass ich ihn erst entdecke, als Luna ihren Kopf auf ihn legt. Er ist völlig vernarrt in Luna und ihr Fohlen und schenkt beiden stets besonders viel Aufmerksamkeit. Er ist in jeder Beziehung ein Gewinn für La Esperanza. Nicht nur für die Pferde, auch für mich. Marcos hat mich auf eine Weise adoptiert, die mich an einen großen Bruder erinnert. Er sorgt sich rührend um mich und scheint meine Gedanken lesen zu können. Vorsichtig, um diese Idylle nicht zu stören, schleiche ich etwas näher. Was macht er da? Ich werde neugierig und rücke auf. Marcos hat sich den ältesten Baum im Hain ausgesucht, der knorrige und ausladende Stamm scheint sich um seine eigene Achse zu winden, erstarrt in der Ewigkeit.

Fernando hat mir die Sagen erzählt, die sich um den alten Baum ranken. Er soll aus der Zeit der Phönizier stammen, die den Olivenbaum vor zweitausendfünfhundert Jahren in das Land brachten und unter der heißen Sonne Spaniens die besten Bedingungen vorfanden. Er soll den Anfang aller Welten gesehen haben und wenn er je aufhören würde zu blühen, wäre es das Ende der Welt. Natürlich eine Sage, die keiner glaubte, aber Fernando vertraute mir an, dass sie jedes Jahr im April, glücklich und erleichtert waren, wenn die weißen Blüten den Baum zum Leuchten brachten.

»Auch Alejandro?«, fragte ich.

»Besonders Alejandro!«

EINE SCHRECKENSSEKUNDE KANN ich das Hengstfohlen nicht entdecken, das mit acht Monaten die Größe eines Ponys erreicht hat. Es ist nicht verschwunden, es liegt neben Marcos auf dem Boden und hat den schwarzen Kopf in dessen Schoß gelegt. Er streichelt dem Kleinen über die Stirn. Beide Stuten haben ihre Ohren aufmerksam zu ihm gedreht, er kommuniziert mit ihnen, davon bin ich überzeugt, ich weiß nicht, wie. Plötzlich dreht er den Kopf in meine Richtung und stößt einen Laut aus. Die Härchen auf meinen Armen stellen sich auf, ich hätte es wissen müssen, Marcos weiß immer, wo ich mich befinde.

Etwas beschämt öffne ich das Tor und gehe auf die Gruppe zu, Marcos lächelt mich strahlend an und klopft mit der flachen Hand auf den Boden. Ich soll mich setzen. Langsam, um die Tiere nicht zu erschrecken, lege ich die Orangen auf den Boden und setze mich neben ihn. Wie von selbst lege ich meine Hand auf den Hals des Fohlens und streichle es im gleichen Takt wie er.

Ich schließe meine Augen, lehne den Kopf entspannt an den Baum. Wie angenehm ist es, zu schweigen. Meine Gedanken hüllen mich ein, Zufriedenheit erfüllt mich, diese Art von Erfüllung, die man nach schwerer getaner körperlicher Arbeit empfindet. Mein Körper, einst im *Danach* nur mehr eine Hülle, ist jetzt voller Kraft. Mein Tag beginnt früh morgens, ich versorge die Pferde, reite sie, arbeite im neuen Stall, um ihn für die künftigen Neuankömmlinge wohnlich zu gestalten. Ich habe den Geruch der Holzfarbe und des frischen Strohs in meiner Nase, das Fernando in die Boxen brachte. Seit unserem Kuss haben wir beide unseren Umgang auf das Geschäftliche beschränkt. Ich fühle, dass ihn die Situation unglücklich macht, auch unsere Freundschaft darunter leidet. Mir fehlt er wie verrückt, ich hungere nach einem Blick von ihm und nach seinem schiefen Lächeln und der gerunzelten Stirn, wenn er mir etwas erklärt.

Wie kann ich jede Nacht neben Paul schlafen und mir einbilden, Fernandos Lippen auf meinen zu spüren?

Etwas berührt mich zart. Marcos schüttelt seinen Kopf, legt die Hand auf seine Brust und holt tief Luft. Dann deutet er zu mir.

»Ich kann mich nicht so gut entspannen.«

Er grinst und seine grünen Augen leuchten geradezu aus seinem gebräunten Gesicht.

»Ist ja gut.« Langsam schließe ich meine Augen wieder, mein Atem passt sich der Umgebung an, die Luft strömt in meine Lungen, meine Bauchdecke hebt und senkt sich.

Ich tagträume, denke ich. Wie konnte ich dieses wunderbare Wort nur vergessen?

»Mir ist langweilig, Margarete! Was kann ich denn tun?«

»Hast du deine Hausaufgaben erledigt?«

»Ja!«

»Hast du einen Menschen heute zum Lächeln gebracht?«

»Ja!«

»Hm. Dann sollte ich dir mein geheimes Wort schenken. Wenn du das hörst, wird es dir nie, nie, nie mehr langweilig sein. Aber … psssst, du darfst es nicht einfach so weitererzählen, es ist ein Geheimnis, das du hüten musst …«

Ich weiß noch, wie aufgeregt ich war, ein Geheimnis, das wir Frauen in der Familie hüten und nur selten preisgeben! Margarete legte ihre Hand unter mein Kinn und flüsterte in mein Ohr: »Tagträumerei.«

Sie küsste mich auf den Scheitel und ließ mich in meinem Märchenzimmer zurück.

Fast war ich enttäuscht von diesem Wort, das zuerst gar nichts Besonderes zu sein schien. Dann setzte ich mich auf mein weiches Bett, und ließ mich auf die vielen Kissen sinken. Ich schloss die Augen, denn wenn man träumt, davon bin ich bis heute überzeugt, können die schönen Bilder aus den offenen Augen verschwinden. Und ich tagträumte, ganze Welten erschuf ich und manchmal war es auch nur das Fragment eines Gefühls, so wie das sanfte Schaukeln eines Bootes auf der ruhigen See.

Ich tauche aus meinen Erinnerungen auf, als ich eine Berührung spüre. Marcos deutet auf seinen lächelnden Mund und dann auf mich.

»Weshalb ich lächle?«

Er nickt erwartungsvoll.

»Ich habe an meine Großmutter gedacht, Margarete. Sie hat die Liebe für schöne Wörter in mir geweckt. Ich habe mich an etwas erinnert, das ich schon lange vergessen hatte. Das hat mich glücklich gemacht.«

Meine Lider flattern, der Nachmittag ist fortgeschritten.

»Ich gehe zurück ins Haus und bereite etwas zu essen vor. Ah, ich vermisse María. Nicht nur wegen des Essens natürlich«, sage ich erschrocken und Marcos nickt theatralisch.

»Sag mal, Marcos, hast du meine Großmutter gekannt?« Irgendetwas sagt mir, dass ich auf der richtigen Fährte bin.

Er legt die flache Hand auf sein Herz und nickt. Mit den Zeigefingern malt er einen Tränenspur unter die Augen.

Obwohl ich es geahnt habe, bin ich sprachlos. Da gibt es jemanden, der mir von Margarete und José erzählen könnte. Ob ich ihn bitten kann, mir einiges aufzuschreiben?

»Marcos. Mochtest du meine Großmutter?«

Er nickt enthusiastisch.

»Kanntest du sie gut?«

Er nickt wieder, legt den Zeigefinger auf seine Lippen. Ich weiß nicht, was das bedeuten soll. Er möchte nichts mehr sagen?

»Ich bin ganz aus dem Häuschen. Weißt du, dass meine Mutter und meine Großmutter hier verunglückt sind?«

Er sieht mich an, das helle Grün seiner Augen ist einer dunklen Traurigkeit gewichen.

»Es tut mir leid, Marcos, ich wollte dich nicht traurig machen. Möchtest du das Wort wissen, das meine Großmutter mir geschenkt hat?«

Wieder nickt er, seine Mimik ist lebhaft und passt nicht zu seinem ansonsten ruhigen Körper.

»Tagträumerei.«

Marcos zuckt zusammen und weckt das schlafende Hengstfohlen, das seinen Kopf hebt, sich schüttelt und umständlich vom Boden aufsteht.

Es springt auf, die Pferde traben schnaubend einige Meter von uns davon, bleiben dann stehen, um uns zu beobachten. Wir sind ihre private Daily Soap. Marcos schlägt leicht mit den Fingerspitzen an seine Schläfe, fuchtelt mit der Hand vor mir herum.

»Du kennst das Wort?«

Großes Nicken.

»Du hast es von ihr das erste Mal gehört?«

»Hmmmm.«

Ich sehe ihn mit anderen Augen. Wie alt mag er gewesen sein, als Margarete auf La Esperanza war? Er musste ein kleines Kind gewesen sein. Ich mustere ihn, er sieht nicht älter aus als fünfzig Jahre, vielleicht auch sechzig, doch das konnte nicht stimmen. Er musste älter sein, viel älter. Ich rechnete und schüttelte den Kopf.

»Wie alt bist du, Marcos?«

Er zuckt mit den Schultern und hebt die Hände. *Wie kann man keine Ahnung haben, wie alt man ist?*

Weshalb hatte mir Fernando nichts davon erzählt?

»Das weiß niemand außer mir?«

Marcos nickt geheimnisvoll und legt den Finger auf seine Lippen.

»Ein Geheimnis. Ich verstehe. Ich behalte es für mich. Versprochen.«

Marcos streckt sich zu seiner vollen Größe. Trotz geregelter Mahlzeiten sieht er immer noch aus wie halb verhungert. Zärtlichkeit steigt in mir auf, ich lege meine Hand an seine Wange, er tut es mir nach. Seine Handfläche ist rau, sie umschließt meine Narbe wie eine heilende Kraft. Die Geste rührt mich zutiefst. Gleich darauf wendet er sich ab, klopft mit der Hand auf seinen Oberschenkel. Die Pferde trotten zu ihm, er öffnet das Tor, bevor er hindurchgeht, fasst er in Sinfonías rote Mähne und schwingt sich auf den ungesattelten Rücken. Er reicht mir von oben seine Hand, doch ich schüttle den Kopf. »Ich würde lieber zu Fuß gehen, danke.«

Er wirft mir eine Kusshand zu. Bewundernd sehe ich ihnen nach. Was haben wir die ganze Zeit ohne ihn gemacht? Weshalb habe ich nur das Gefühl, dass er irgendwann wieder weiterziehen und uns erneut verlassen wird?

12

»Alejandro und María kommen morgen nach Hause!«

Ich halte mein Telefon freudestrahlend nach oben. Das sind gute Nachrichten. Wir sitzen beim Frühstück. Normalerweise bin ich morgens nicht so gut gelaunt, doch unsere kleine Familie hat mit Mario, Carlos und Marcos Zuwachs bekommen. Mario kümmert sich in der Zwischenzeit selbstständig um die Plantage. Die Blutorangen wurden ebenfalls gepflückt und dank Pauls Marketingaktion auch verkauft.

»Das ist ja großartig!« Paul sieht erleichtert aus. Er trägt eine große Verantwortung auf seinen Schultern und ist sicherlich froh, wenn er ein Stück davon mit Alejandro teilen kann. Ich lasse mich auf den Stuhl neben ihm und Marcos fallen und schenke mir eine große Tasse Kaffee ein.

»Weißt du, wie es ihm geht? Wirkt die Therapie?«

Fernando sieht müde aus, allein die letzte Woche war er täglich zweimal mit einer Gruppe auf einem Ausritt in der Sierra unterwegs.

»Ich weiß es nicht.«

Es sind mehr als zwei Wochen vergangen, seit Alejandro

ins Krankenhaus eingeliefert wurde. Die Zeit habe ich mit Fotos überbrückt, die ich ihnen geschickt habe. Beide sollten sich nicht zusätzlich um La Esperanza sorgen. Ich kann nur vermuten, was sie durchgemacht haben, und alles in mir wünscht sich so sehr, dass die Infusionen wirken und es Alejandro besser geht.

»Haben sie gesagt, wie sie nach Hause kommen? Ich könnte sie abholen.« Paul sieht auffordernd in meine Richtung. »Frag doch mal nach. Du könntest mitfahren und wir haben etwas Zeit für uns.«

»Ich glaube nicht, dass ich mitfahren kann. Es ist so viel zu tun«, sage ich völlig überrumpelt. Ich senke den Blick, meine Wangen werden heiß. Zeit für uns, das klingt nicht nach Paul und mir. *Er weiß es*, fährt es durch meinen Kopf. *Er weiß, dass ich etwas für Fernando empfinde.*

»Das würde schon passen, Katharina, ich habe morgen keine Ausritte und wollte bei einem Freund vorbeifahren. Er hat einige Andalusier zum Verkauf stehen.«

»Okay. Ich wollte da gerne dabei sein, wenn du neue Pferde kaufst.«

Mario und Carlos sind mit ihrem Tostado fertig, beide werden den Tag auf der Plantage verbringen, die Bäume pflegen, ernten und die Orangen im Lager aufbewahren. Marcos ist ebenfalls fertig, zwickt mich im Vorbeigehen in die Wange, jeden Tag versorgen wir die Pferde, bevor wir frühstücken, so ist die Regel.

Paul, Fernando und ich bleiben sitzen, die Situation ist ernst. Paul räuspert sich, bittet mich, zu übersetzen.

»Der Kredit für den Umbau wurde abgelehnt. Sie haben den Businessplan meines Erachtens gar nicht gelesen. Wir hätten warten sollen, bis Alejandro zurück ist und er mit der Bank sprechen kann.«

Fernando starrt über Pauls Schulter hinweg aus dem Fenster, als hätte die Sierra eine Lösung.

»Wenn wir jemanden hätten, der in La Esperanza investieren möchte, der an das Potential glaubt, wäre das ebenfalls eine Lösung.«

»Wer schwebt dir vor, Fernando?« Pauls Stimme ist kritisch.

»Vielleicht nicht nur ein Investor, sondern mehrere kleine Geldgeber.«

»Ich verstehe, und die Idee ist hervorragend, aber damit wird es schwer, den Ausbau zu finanzieren. Ich telefoniere heute mit einem, sagen wir, Geschäftsmann, der auf der Suche nach Investitionsmöglichkeiten ist.«

Ich bin überrascht. »Kenne ich ihn? Hast du mir schon von ihm erzählt?«

»Nein. Sabine, das ist meine Partnerkollegin«, erklärt er an Fernando gewandt, »hat ihn in unserem Zusammenhang erwähnt.«

Ein seltsames Gefühl steigt in mir auf, ich bin irritiert, kann aber nicht genau erklären, weshalb. »Du hast mit Sabine über La Esperanza gesprochen?«

»Ja, weshalb stört dich das?«

Darauf kann ich nicht antworten, ich kann gar nicht sagen, dass es mich stört.

»Ich wundere mich nur darüber. Mir war nicht klar, dass ihr in Kontakt seid.«

»Katharina, es ist immer noch mein Architekturbüro. Natürlich bin ich mit Sabine in Kontakt.«

Fernando steht auf, ihm ist unsere Diskussion unangenehm, was ich ihm nicht verübeln kann.

»Ich bin im Stall, wir sehen uns da, Katharina.«

Ich nicke. Paul und ich warten mit unserem Gespräch, bis wir allein sind.

»Also ehrlich, Katharina, so kenne ich dich gar nicht.«

»Was meinst du? Ich habe doch nur nachgefragt.«

»Weißt du, es gibt auch noch ein anderes Leben außerhalb deiner Blase. La Esperanza ist nicht der Nabel der Welt. Ich muss weitermachen, wir sehen uns später.«

Er lässt mich sitzen und zieht sich in sein Arbeitszimmer zurück. Das ist gemein und ungerecht. Wir sind hier, um zu helfen und Alejandro und María zu unterstützen, dass er dabei ist, war allein Pauls Idee gewesen. *Und es ist gut, dass er hier ist. Er ist mir so nahe wie schon sehr lange nicht mehr.*

Ich möchte den Tag nicht mit Streit verbringen, gehe in den ersten Stock und klopfe an Pauls Zimmer, bevor ich eintrete. Im Gegensatz zu mir ist Paul in allem, was er macht, strukturiert, sein Arbeitsplatz ist organisiert und aufgeräumt. Seine blonden Haare stehen in alle Richtungen ab, er brütet über Unterlagen. Ich trete zu ihm und lege meine Hand auf seine Schulter.

»Es tut mir leid, Paul. Ich bin dir sehr dankbar für alles, was du tust.«

»Weshalb lässt du dich nicht von mir berühren?«

»Das stimmt doch nicht.« Sofort spüre ich, wie ich mich in mein Schneckenhaus zurückziehe, rational kann ich darüber nicht sprechen.

»Wann haben wir das letzte Mal miteinander geschlafen? Kannst du dich noch daran erinnern?«

Ich nehme meine Hand von ihm, als hätte ich mich verbrannt.

»Ja, das kann ich. Es war vor meiner Vergewaltigung. Danach nicht mehr, denn ich ertrage keine Berührungen. Weshalb müssen wir darüber sprechen?«

Ich balle meine Hände zu Fäusten und kämpfe gegen die aufsteigenden Tränen an. In so vieler Hinsicht fühle ich mich, als hätte ich versagt, würde meinen Anforderungen nicht genügen, ich kann meinen Mann nicht glücklich machen. Wie lange hält es ein Mensch aus ohne körperliche Zärtlichkeiten?

»Ich habe nicht den Eindruck, dass du gar keine Berührungen erträgst. Es kommt darauf an, von wem.«

Es war ein Fehler, mit ihm sprechen zu wollen. Ich stehe im Raum wie am Boden festgeklebt, kann mich nicht bewegen, obwohl ich am liebsten wegrennen würde. Es ist mir klar, was Paul meint. Ich denke an Fernandos Nähe, die mich nicht abgestoßen hatte und schließe verzweifelt meine Augen. Könnte ich doch einfach mit Oso in die Sierra reiten und nicht mehr zurückkehren.

Wortlos drehe ich mich um und gehe aus dem Zimmer. Der Kragen des Pullovers drückt auf meinen Hals, ich habe das Gefühl, schlecht Luft zu bekommen. Die letzten Stufen abwärts überspringe ich, laufe in mein Zimmer und zerre mir den engen Pullover vom Körper. Meine Hände zittern, führen ein Eigenleben, auf das ich keinen Einfluss habe. *Atmen, vergiss nicht zu atmen.* Aufgewühlt setze ich mich auf mein Bett, meine beiden Füße stehen auf dem Boden, ich spüre die Härte der Holzdielen und den Halt, die Hände habe ich auf meine Oberschenkel gelegt. So geht es.

Meine Atemzüge werden regelmäßiger und tiefer, das Rauschen in meinen Ohren klingt ab. Weshalb habe ich keinen Einfluss auf meine Gefühle? Ich liebe Paul, die Leidenschaft war immer ein wichtiger Teil unserer Ehe gewesen. Seit dem Überfall und der Vergewaltigung ist mehr als ein Jahr vergangen. Ich war davon überzeugt, dass die Zeit einen Schleier über meine Gefühle legen würde, über den Ekel, den Selbsthass und das Schuldgefühl. Ich hatte mich getäuscht. Die körperlichen Wunden waren schon lange verheilt, die Narbe in meinem Gesicht ein Teil von mir geworden, ich funktionierte.

Aber lebte ich auch im Jetzt? Meine Entscheidung, La Esperanza zu verlassen, war eine Entscheidung für die Ehe mit Paul gewesen, der mit mir durch die schlimmste Zeit meines Lebens gegangen war.

Was empfand ich? Konnte mein Körper wieder mehr für mich sein als eine Hülle, eine Gestalt? Konnte ich jemals wieder Lust empfinden?

»Es kommt darauf an, von wem.«

Mit dem Fuß befreie ich mich von den klobigen Schuhen, stehe auf und drehe den Schlüssel an der Tür um. Es wird kaum auffallen, dass ich noch nicht im Stall bin. Fernando wird denken, dass ich mit Paul ein Gespräch führe, und Paul wird erst zum Essen aus dem Zimmer kommen.

Ich ziehe mich aus, es ist kalt im Zimmer, und ich lege mich unter die Bettdecke, schließe meine Augen und beginne mich zu streicheln. Ich denke an Paul, seinen zärtlichen Blick, sein Lächeln, wenn er mich berührte und mir Lust schenkte. Ich lege meine Hand zwischen meine Beine, nicht zu zart, ich möchte den Druck auf meiner Haut spüren. Mein Herz beginnt schneller zu schlagen, eine dumpfe Sehnsucht breitet sich zwischen meinen Beinen aus. Vorsichtig bewege ich einen Finger nach vorne und nach hinten. Pauls braune Augen tanzen vor mir, ich stelle mir vor unter ihm zu liegen, sein Gewicht zu spüren, die Hitze, die von ihm auf mich übergeht. Das Gefühl drückt mich zurück in das Kissen, ich öffne meine Beine, Fernandos Kuss, seine Lippen auf meinen, der herbe Duft seiner Haut … Mein Finger spielt auf mir, ich wünschte, ich wäre nicht allein und könnte ihn berühren, ich wünschte, ich könnte meinen Empfindungen nachgeben, ich wünschte, er wäre bei mir. Dann rollt eine Welle über mich hinweg, doch ich drohe nicht zu ertrinken, sie spült die Zweifel und den Ekel von mir. Für diesen Moment bin ich frei. Langsam beruhigt sich mein Herzschlag. Mattigkeit hat von mir Besitz ergriffen, wie gerne würde ich etwas schlafen.

Kapuzenmann hatte niemals gewonnen. Damals, beim Ausritt mit Fernando in die Sierra am Wasserfall, bin ich durch den Kapuzenmann geschritten, habe ihn hinter mir gelassen und war bereit für das *Jetzt*. Fragmente von seinen Taten allerdings werde ich immer in mir tragen, einen Teil habe ich angenommen, gegen einen Teil werde ich für den Rest meines Lebens ankämpfen. Bis heute war ich davon überzeugt, dass Kapuzenmann und sein Kumpan meine Weiblichkeit ausgemerzt und meine Lust zerstört hatten. Es gab kein Begehren mehr für mich, keine Sehnsucht nach körperlicher Liebe, nur Abscheu und Scham. Ich fühlte mich innerlich und äußerlich gebrochen. Fernandos Kuss, zuerst zärtlich und dann leidenschaftlicher, seine Gefühle überrannten ihn und mich und er überwand meine Barriere.

»Es kommt darauf an, von wem.«

Seit vielen Wochen fühle ich Zuversicht in mir aufsteigen, ich möchte Paul nicht aufgeben, ich möchte um meine Ehe kämpfen. Ich kann empfinden, das habe ich mir gerade bewiesen.

EINER IDEE folgend bitte ich Fernando, mich für heute zu entschuldigen, klopfe zum zweiten Mal an Pauls Tür und trete ein. Er sitzt immer noch mit denselben zerwühlten Haaren am Schreibtisch. An seinem Gesicht sehe ich, dass er verletzt ist. Ich gehe auf ihn zu.

»Ich würde gerne mit dir nach Granada fahren und dir das Haus im Albaicin zeigen.«

Er ist sofort begeistert und seine Augen glitzern.

»Das ist eine großartige Idee! Da schlägt mein Architektenherz höher.«

Das hatte ich gehofft und ich bin froh, dass er es mir nicht schwer macht. Er klappt sein Notebook zu, steht auf und streicht mir über die Haare.

»So etwas haben wir schon lange nicht mehr gemacht. Nur du und ich?«

»Ja, nur wir beide. Dann gehen wir noch essen und ich zeige dir meinen Lieblingsplatz mit einem fantastischen Blick auf die Alhambra.«

Wir beschließen, mit einem Taxi in die Stadt zu fahren, und ich habe tatsächlich etwas Herzklopfen.

Es ist noch nicht Mittag, als wir am Plaza Aliatar inmitten des Stadtviertels Albaicin aus dem Taxi steigen. Die Sonne erinnert mich an den Frühling, kaum zu glauben, dass es erst März ist. Menschen sitzen rund um den Platz, der neben der Straße etwas höher liegt und u-förmig von alten Häusern umschlossen ist.

»Gleich hinter dem Platz liegt mein Haus.« Stolz schwingt in meiner Stimme mit, ich kann es nicht verhindern. Granada ist eine Stadt, die mich fasziniert und von der ich viel zu wenig gesehen habe.

»Was bedeutet Aliatar? Oder ist es ein Name von jemandem?«

»Das Wort bedeutet Verbündete. Komm, ich zeig dir jetzt das Haus, danach können wir hier eine Kleinigkeit essen gehen.«

Wir gehen über den Platz und biegen links in eine schmale Straße ein. Vor dem großen Metalltor bleibe ich stehen, öffne und lasse Paul zuerst eintreten.

»Wow! Das ist aber schön!«

»So ähnlich war auch meine Reaktion, als ich das erste Mal hier war.«

Paul dreht sich, sein Blick bleibt an den Wandkacheln haften, ich erzähle ihm, dass diese Kunst von den Mauren stammt.

»Lass uns gemeinsam die Alhambra besuchen, ich habe den Palast nicht gesehen, letztes Jahr … du weißt schon.«

Paul nickt, nimmt mir den Schlüssel aus der Hand und öffnet die Tür zum Haus. Alles ist penibel sauber, ich weiß, dass Señor Gonzáles eine Dame beauftragt hat, sich um das Haus zu kümmern. Ich habe die Abrechnungen gesehen.

»Es steht vollkommen leer. Das ist schade. Es ist einfach ein Traum. Wäre das nichts für uns?«

»Wie meinst du denn das?« Meine Stimme ist rau.

»Wir könnten hier einziehen. Und du fährst zu deiner Arbeit nach Otura.«

Im ersten Stock hat er die Tür zur Dachterrasse gefunden und steigt die schmale Metalltreppe nach oben, ich gehe langsam hinter ihm her.

»Das ist einfach unglaublich schön!«

»Im Sommer ist es hier oben so heiß, man hält es nicht aus.«

»Dafür gibt es eine Lösung. Ich bin schließlich Architekt!« Er lacht glücklich. »Ich bin verliebt in dieses Haus, dieser Innenhof mit dem Brunnen, die schönen Zimmer und diese Dachterrasse … Perfekt.«

Perfekt? Für uns? Ratlos starre ich ihn an und kann die Aussicht über das Dächermeer nicht genießen.

»Wollen wir etwas essen gehen, Katharina? Ich bin hungrig.«

Sorgfältig verschließe ich Fenster und Türen. Paul ist zum Platz gegangen, während ich mich mit der Tür abmühe.

»Katharina! Das ist eine Überraschung!«

Ich drehe mich um und sehe Sergei vor mir stehen. »Sergei! Fernando hat mir erzählt, dass ihr ebenfalls in der Straße wohnt. Wie geht es euch? Ich habe Paul das Haus gezeigt, er kannte es nicht.«

»Verstehe, schön. Uns geht es gut, Eliza schläft noch, sie hat bis spät in die Nacht gearbeitet.« Er zieht die Tür in meine Richtung und mir gelingt es sie abzusperren. Ich muss lachen. »Danke. Wie soll man das allein schaffen?«

»Ach, das spielt sich ein. Was macht ihr beiden jetzt?«

Wir gehen zu Paul, der auf einer Bank sitzt und die Menschen beobachtet. Er springt auf, als er mich sieht.

Ich stelle ihm Sergei vor, die beiden schütteln sich die Hände.

»Sergei, ich wollte Paul den Plaza de San Nicolás zeigen, möchtest du auf einen Kaffee mit uns kommen?«

Ehrlich betrübt lehnt er ab. »Ich habe nur Zeit, kurz einzukaufen, und dann fahre ich mit Eliza nach La Esperanza, sie hat eine Stunde bei Fernando. Sehen wir uns dann dort?«

Ich nicke. Der sonnige Tag tut mir gut, Paul nimmt meine Hand und wir schlendern die kleinen Gassen in die Richtung, von der ich hoffe, dass sie uns zum Plaza de San Nicolás führt. Wir gehen durch ein Tor und sind am Platz angekommen. Dann kommen wir an einer bescheidenen Kirche mit weißen Mauern und einem rechteckigen Turm vorbei, magisch angezogen von einem Ausblick, der mich heute ebenso berührt wie vor einem Jahr.

Der steinerne Palast erhebt sich aus dem gegenüberliegenden Hügel wie ein Märchen aus »Tausendundeine Nacht«, geheimnisvoll und alles überdauernd. Dahinter liegt die Sierra Nevada, die Gipfel bedeckt von Schnee. Wir setzen uns vom erhöhten Platz auf eine Mauer, unter uns führt eine schmale Straße vom Albacin ins moderne Granada.

»Es ist unglaublich schön. Ich verstehe, dass du verzaubert bist von diesem Land.«

»Ich habe wieder einen Brief von Margarete gelesen. Sie

beschreibt darin ihren letzten Tanz. Es war hier, Paul, genau hier am Plaza de San Nicolás. Ich habe das Gefühl, dass sie immer noch hier ist, sie und meine Mutter, und ich folge ihren Spuren.«

Paul legt den Arm um meine Schultern, er ist vorsichtig und sehr zärtlich. Nach einem Augenblick nimmt er seinen Arm zu sich und ich atme auf.

»Ich weiß einfach nicht, was werden wird.«

»Katharina, manches können wir beeinflussen, manches nicht.«

Neben uns küsst sich ein junges Pärchen hingebungsvoll, amüsierte Blicke und Pfiffe bemerken sie nicht, denn sie sind in ihrem Universum. Es ist nicht der Kuss, um den sich beide beneide, es ist die Leichtigkeit, mit der sie ihre Gefühle füreinander zeigen.

»Was ist mit dir?« Paul streichelt meine Hand.

Fast bin ich versucht zu sagen, dass es meine Zerrissenheit ist, die er spürt, doch ich schweige. Ich habe nicht den Mut, darüber zu sprechen, was im Stall zwischen Fernando und mir geschehen ist. *Es war nur ein Kuss. Und doch war es so viel mehr.*

Auf der Rückfahrt nach Otura hängen wir beide unseren Gedanken nach. Während ich mir sicher bin, dass Pauls Gedanken um das Haus in Granada kreisen, gehen mir die ersten Zeilen des Briefes meiner Großmutter nicht aus dem Kopf.

»Ich tanze den Flamenco am Plaza de San Nicolás. Abschied fließt durch meinen Körper, der einsame Gitano spielt seine Gitarre wie ein Geliebter, der im Moment des Lebewohls zwischen Wahrheit und Lüge gefangen scheint.«

Ihre Worte verbinden sich zu einer grausamen Melodie, die in mir wütet und nicht zu Ende geht.

Am Parkplatz steht Sergeis Motorrad, Eliza hat wohl jetzt ihre Reitstunde. Ich sehne mich nach Ruhe und gehe mit Paul ins Haus. Marcos und Perro Negro haben mich entdeckt, er sitzt auf dem Zaun und sieht sich die Reitstunde an. Mein Bedarf an Worten ist gedeckt, ich winke und bin im Haus verschwunden. Paul küsst mich auf die Wange, murmelt etwas von Telefonieren und verschwindet im ersten Stock. Ich bin allein, gehe in die Küche. Ein Orangenblütentee ist genau das, was ich jetzt brauche. Ein wenig Vergangenheit, ein wenig Kindheit, etwas Geborgenheit. Von draußen ertönt lautes Gebell, Perro Negro scheint verrückt geworden zu sein. Ich lasse den Teefilter fallen und laufe aus dem Haus. Was ich sehe, rührt mich zu Tränen. Alejandro und María kommen nach Hause. Sergei ist den beiden schon entgegengelaufen und hilft ihr mit dem Rollstuhl, der Weg ist steil und María lacht dankbar. Ich versuche, alles in mich aufzunehmen: María sieht müde aus, aber voller Hoffnung. Alejandro ist so dünn, dass er aussieht, als könne er davonfliegen, doch seine Mimik ist kämpferisch. Seine Haare sind in einem Zopf zurückgebunden, er hält ein kleines Sauerstoffgerät auf dem Schoß. Tränen laufen aus meinen Augen, was habe ich mir Sorgen um mich gemacht? Die beiden sind wichtig, Hoffnung vertreibt meine Traurigkeit, ich bin sicher, alles wird gut werden. Manchmal muss es erst schlimm sein, bevor es besser wird. Fernando läuft den beiden entgegen, Eliza ist abgestiegen und stellt sich mit Nube neben mich. Auch sie hat Tränen in den Augen. »Ich beneide dich um so eine Familie. Denn das seid ihr, eine Familie.«

Freude und Angst tanzen mit mir. »Ich bin dabei, Orangenblütentee aufzubrühen.«

»Es gibt nichts, was ich jetzt lieber hätte.« Alejandros Blick sieht hinter meine Fassade und er nickt. »Wir sind ja wieder zurück.«

María sieht sich suchend um: »Wo ist nur das dumme Hundetier? Es war so ruhig ohne ihn, herrlich.«

Vorher hatte er noch gebellt, nun war er verschwunden, gemeinsam mit Marcos. María sieht etwas hinter mir. Ihr Blick wird starr und ihr Gesicht blass. Wir wenden unsere Köpfe, um zu sehen, was hinter uns ist. Marcos steht regungslos in der Mitte des Weges und hält Perro Negro im Arm. »Mein Gott!«, flüstert María. »Alejandro, schau. Es ist Marcos. Er ist zurückgekommen. Jetzt wird alles gut.«

Und sie breitet ihre Arme aus, Perro Negro springt von Marcos' Arm, rennt auf sie zu, und der große, dünne, geheimnisvolle Spanier läuft zu María, in ihre Arme, voller Freude umarmt María ihn, Perro Negro springt auf Alejandros Schoß und winselt. Wir alle stehen daneben und sehen uns ratlos an. Paul kommt aus dem Haus, wahrscheinlich wurde er durch den Lärm aufgeschreckt.

»Wusstest du, dass María und Marcos so vertraut sind?« Ich bin verwirrt, diese Freude ist unglaublich.

Fernando verneint. »Sie kennen sich natürlich. Aber das? Ich hatte keine Ahnung.«

Die Zeit im Krankenhaus hat Alejandro psychisch einiges abverlangt. Die Immuntherapie selbst zeigt bisher keine Nebenwirkungen. Seiner schweren Erkrankung geschuldet schläft er viel, die Treppen zu steigen strengt ihn sehr an. Dickkopf, der er ist, weigert er sich, ein Zimmer im Erdgeschoss zu beziehen, und María hatte zuerst sehr mit ihm geschimpft, doch es dann aufgegeben. Alle drei Wochen müssen die beiden nach Marbella in die Klinik, dort wird die Infusion verabreicht und danach können sie wieder nach Hause fahren. Zweihundert Kilometer hin und wieder zurück. Paul hat sich angeboten, die beiden zu fahren, und ich liebe ihn dafür. Das Geheimnis zwischen Marcos und ihr hütet sie, und ich möchte sie nicht drängen.

Noch mehr sind wir zusammengewachsen. Paul ist noch mehr der Außenseiter, doch hat sich zwischen ihm und Alejandro so etwas wie Freundschaft entwickelt.

Alle Kredite wurden abgelehnt, der Investor ist abgesprungen und manchmal kann ich nachts nicht schlafen. Meine Gedanken drehen sich um La Esperanza und wie es weitergehen soll.

Ich sitze vor dem Stall auf einer Kiste und halte mein Gesicht in die Sonne. Paul ist mit Alejandro nach Marbella gefahren, heute ist nicht nur Alejandros Infusionstermin, sondern auch der Termin zum CT. Wenn die Therapie anschlägt, sollte sich der Krebs etwas zurückgebildet haben oder zumindest nicht gewachsen sein. María war so nervös, dass Alejandro sie gebeten hatte auf La Esperanza zu bleiben.

Oso döst in seiner Box. Fernando hat eines der vier neuen Pferde auf den Reitplatz gebracht, eine ruhige Schimmelstute mit dem Namen Una. Fernando beim Reiten zuzusehen ist ein besonderes Vergnügen, die Pferde wollen ihm gefallen, er bringt sie zum Tanzen.

Marcos taucht aus dem Nirgendwo auf und setzt sich auf den Zaun an der Ecke. Dort kann er, ohne zu stören, alles genau beobachten. Fernando lässt Una antraben, sie ist entspannt, ihre Gänge sind flüssig und gleichmäßig. Runde um Runde dreht er, wechselt die Seite, nimmt die Zügel auf und sorgt für Spannung. *Wow*, denke ich, als die Stute seitwärts trabt, mit einer Leichtigkeit, als hätte sie nie etwas anderes getan. Auf der langen Seite des Reitplatzes wird der Trab raumgreifend, die Vorderbeine sind gestreckt. Ich trete an den Zaun, um den beiden besser zusehen zu können. Fernando ist konzentriert, nimmt seine Umgebung nicht wahr. Er galoppiert, reitet schräg durch die Bahn und Una wechselt bei jedem Galoppsprung die Vorderhand, was den Eindruck erweckt, als würde sie Walzer tanzen. Danach lobt er sie, trabt noch einige Runden und wechselt in den Schritt.

María kommt näher und stellt sich neben Marcos.

»Fernando, es ist Zeit wieder ein Turnier zu reiten.«

Marcos klatscht in seine Hände, Fernando hält Una an und steigt wortlos ab.

»Katharina, du nimmst sie. Ich hole Faraon und wir reiten ein wenig aus. Mal schauen, wie die beiden im Gelände sind.«

»Fernando. Was meinst du? Ich spreche von *La Feria del Caballo* in Jerez. Katharina kann beim Umzug mitreiten, du kannst Luna vorstellen und beim Turnier dabei sein. Wenn wir Preise vorzeigen, funktioniert es mit dem Kredit.«

Spontan sehe ich zu Fernando, der aussieht, als hätte er in eine Zitrone gebissen.

»Das ist doch kein Thema, das man mal schnell nebenbei bespricht.«

Sie schüttelt grimmig den Kopf. »Ach, hör auf. Du hast doch selbst schon daran gedacht. Mach mir und dir nichts vor.«

Sie fährt wütend mit der Hand durch die Luft und geht zurück ins Haus. Perro Negro läuft hinter ihr her, er sieht genau so wütend aus wie sie.

»Reiten wir jetzt aus oder nicht?«, schnauzt mich Fernando an, wirft mir die Zügel zu und verschwindet im

Stall. Marcos dreht seinen Zeigefinger an der Schläfe, was wohl so viel wie *der spinnt wohl* bedeutet.

Die Schimmelstute knabbert an meiner Hose, ich klopfe ihren Hals, überprüfe, ob der Sattelgurt fest genug angezogen ist, und ziehe mich in den Sattel. In der Zwischenzeit muss ich keine Erhöhung mehr suchen, um aufzusteigen, ich reite jeden Tag und bin trainiert. Fernando führt einen braven braunen Hengst aus dem Stall, steigt auf und reitet den Weg an der Plantage entlang. Marcos wirft mir eine Kusshand zu, geht hinter uns her zur Weide. Fernando trabt, meine Stute hat einen weichen Gang, sie macht sich gut und die Reitschüler werden Spaß bei den Ausritten haben. Der Wind weht den Duft wilder Kräuter in meine Nase. Es ist April, die Tage werden länger und wärmer. Die Sierra Nevada wird bunt, einige Kirschbäume blühen, kleine blaue Blumen säumen den Wegrand. Wir galoppieren am Fluss entlang, Fernando treibt Faraon stark an, meine Stute macht einen Freudensprung, der mich fast aus dem Sattel katapultiert. Sie hat es also faustdick hinter den Ohren. Ich beuge mich nach vorne, gebe dem Zügel noch etwas Spiel und schnalze mit der Zunge. Die Stute macht einen großen Sprung vorwärts und dann zur Seite. Das ist mehr als ich vertragen kann. Meine Füße rutschen aus den Bügeln und ich fliege aus dem Sattel und lande unsanft auf meinem Hintern im hohen Gras. Sofort richte ich mich auf und sehe ein weißes buckelndes verrücktes Pferd den Weg zurückgaloppieren. Da kann ich nichts machen, *verschwinde bloß*, schreie ich ihr in Gedanken hinterher und lege mich hin. Alles dreht sich um mich. Herannahende galoppierende Hufe bringen mich dazu, mich wieder aufsetzen zu wollen. Fernando ist plötzlich an meiner Seite, ist er vom Pferd geflogen? »Ist dir etwas passiert? Dieses Biest, ich hatte schon ein komisches Gefühl.«

»Kein Anfängerpferd!«, krächze ich. »Sie buckelt beim Galopp.«

»Ich habe nicht auf dich aufgepasst. Es tut mir leid. María hat mich verrückt gemacht mit dem Gerede über *La Feria*. Hast du Schmerzen?« Er nimmt mich in den Arm und wiegt mich.

»Ich habe mich gerade umgedreht, als du über Una geflogen und dann auf die Erde gedonnert bist. Das sah schlimm aus!«

»Mir geht es gut, wir müssen Una einfangen.«

»Das erledigt Marcos, da kannst du dir sicher sein.«

Ich nicke, liege in Fernandos Arm und will eigentlich nicht aufstehen. Ich fasse an meinen Kopf. »Aua, das tut weh. Ich habe gar nicht bemerkt, dass ich auf den Kopf gefallen bin.«

»Okay. Das ist nicht gut.« Er hilft mir auf und lockt den Hengst her. Dann hebt er mich auf das Pferd, unter meinen Protesten, und geht neben Faraon her. Von Weitem kommt uns ein Pferd mit Reiter entgegen. Es ist Marcos auf Una, er gestikuliert mit den Händen und deutet auf mich.

»Vom Pferd gefallen, sie kann alles bewegen, nichts gebrochen. Der Kopf tut ihr weh.«

Marcos funkelt Fernando an, wendet die Stute und galoppiert zurück zur Finca. Ich muss grinsen, als ich sehe, dass sie buckelt, doch hat sie bei Marcos keine Chance.

»Ich glaube, sie wird eines meiner Lieblinge.«

Fernando sieht zu mir auf und streichelt meinen Oberschenkel. »Das sieht dir ähnlich. Stets den schweren Weg gehen.«

»Eine Herausforderung annehmen.«, kontere ich.

»Umwege gehen.«

»Reden wir hier noch über schwierige Pferde oder falsche Entscheidungen?«

Fernando geht still neben mir her, als ich schon denke, nachhaken zu müssen, meint er:

»Ich glaube, die Entscheidung war falsch.«

»Wieso denkst du, das beurteilen zu können?«

»Sieh mich an und sag mir, dass ich mich täusche.«

Ich kann den Blick nicht von ihm abwenden.

»Sag es!«

»Ich kann es nicht sagen, denn ich weiß es einfach nicht! Damals war ich sicher, dass ich nach Deutschland gehen und um mein Leben kämpfen muss!«

»Du gehörst hierher. Du gehörst zu mir. Ich weiß, wie sich das anhört.«

»Ich bin verheiratet«, sage ich tonlos und unterschiedlichste Gefühle tosen in mir wie ein Orkan.

»Dessen bin ich mir bewusst und ich habe deine Entscheidung akzeptiert, als du dich nach unserem Kuss von mir zurückgezogen hast.«

»Gut.«

»Gut!«

DIE STIMMUNG KÖNNTE NICHT SCHLECHTER SEIN, als wir zurück im Stall sind. Ich steige vom Pferd ab und gehe in die Knie. Fernando fängt mich auf und lässt mich sofort los, als ich allein stehen kann. Ich bin genervt, bin wütend und habe Schmerzen in den Beinen und am Kopf. Der Tag kann weg! Mario und Carlos kommen besorgt in den Stall. »Ich kann allein gehen, danke«, sage ich lächelnd zu ihnen, denn ich möchte sie nicht beunruhigen.

Beide flankieren mich in mein Zimmer. Mario holt einen Eisbeutel, nachdem er überprüft hat, ob ich eine offene Wunde am Kopf habe. »Es ist eine Beule«, stellt er fest und drückt ihn mir in die Hand.

»Am besten, du legst dich sofort hin und machst das Eis auf den Kopf. Ich schaue dann nach dir, bis María wieder vom Einkaufen zurück ist. Heute ist ein Tag …« Er schnalzt missbilligend mit seiner Zunge. Alle sind etwas verrückt.

Ich bin ehrlich erstaunt über Marios Kommunikationsfreude. Ich mag ihn und bin froh, dass er hier ist.

»Du hast doch schon Feierabend.«

Er winkt ab. »Wenn María zurück ist«, sagt er beim Hinausgehen. Die Tür lässt er einen Spalt offen.

Ich presse meine Zehen an die Stiefel und drücke dagegen, bis sie auf den Boden fliegen. Es tut gut, im Bett zu liegen, wenn ich auch das Gefühl habe, dass mein Schädel nur noch ein Eiswürfel ist. Was passt, denn die Spanier nennen die Deutschen oft: *Cabezas cuadradas,* Quadratköpfe. Leise lache ich über meinen eigenen Witz, was ich schon bereue. Vorsichtig, um nicht eine Welle des Schmerzes auszulösen, sehe auf meine Uhr, es ist gerade einmal Mittagszeit und ich bin völlig ausgeknockt.

Müde schließe ich meine Augen, plötzlich fällt mir wieder ein, was Fernando zu mir gesagt hat, und ich setze mich mit einem Ruck auf. Hölle, tut das weh!

Ich würde zu La Esperanza gehören und zu ihm. Mein Herz klopft so stark, dass ich nicht höre, wie jemand an meine Tür klopft.

»Katharina? Wie geht es dir? Ich wollte nach dir sehen. Kann ich hereinkommen?«

»Fernando!« Er sieht zerknirscht aus und unglücklich. »Natürlich. Es geht mir ganz gut. Mario hat sich als perfekter Krankenpfleger herausgestellt.«

Er kommt langsam näher, nimmt den Stuhl, der am Fenster steht, und stellt ihn neben das Bett. Dann setzt er sich mit einigem Abstand zu mir darauf.

»Ich habe heute viel zu dir gesagt und möchte mich dafür entschuldigen.«

»Darauf würde ich gerne etwas erwidern.«

»Warte bitte, lass mich aussprechen. Ich habe an vielen Turnieren teilgenommen, bis es zu meinem Sturz gekommen ist. Es war in Jerez de la Frontera, auf der *Feria del Caballo,* ich hatte schon einige Preise gewonnen und war arrogant und sehr von mir überzeugt. José, dein Großvater, war wie immer als Begleitung dabei. Ich ritt Velazquez, einen PRE Rapphengst mit einer außergewöhnlichen Begabung für Dressur und die Hohe Schule. Ich hätte alles mit ihm gewinnen können, er sollte die Zucht weiterführen, eine Linie bemerkenswerter Pferde mit einem besonderen Talent.« Er schweigt und fixiert einen Fleck an der Wand. Ich kann mir vorstellen, wie die Geschichte weitergeht, die Haare an meinen Armen stellen sich auf, als wären die Geister der Vergangenheit mit uns im Zimmer.

»Wir sind gestürzt, Velazquez war schwer verletzt, es war ein Drama, ich konnte ihn nicht retten.«

»Was ist denn passiert?«

»Ein Feuerwerkskörper während der Kapriole. Weißt du, was eine Kapriole ist?«

Ich kann nur den Kopf schütteln.

»Diese Figur zählt zu der Krönung der Hohen Schule. Das Pferd hebt die Vorderhand in die Luft und schlägt mit den Hinterbeinen aus. Kannst du dir das vorstellen? Dann landet das Pferd fast gleichzeitig auf allen vieren.« Er wischt sich über das verzerrte Gesicht. »Es ist schwer, darüber zu sprechen, doch im Sprung warf jemand diesen Riesenböller zwischen seine Beine.«

»Das tut mir leid. Das ist furchtbar. Weißt du denn, wer es war?«

Fernando schüttelt seinen Kopf. »Es spielt keine Rolle

mehr. Ich weiß, dass María recht hat, auch wenn die Art und Weise, wie sie es sagte, empathielos war.«

»Jerez de la Frontera, das größte Fest der Pferde Spaniens. Es gibt einen Umzug mit Pferden, Pferdeschauen, Turniere, alles ist voller Blumen, es gibt fantastisches Essen. Es ist ein herrliches Spektakel. Und ich habe es geliebt.«

»Was meinst du? Wenn du sagst, wir machen es, bin ich dabei. Eliza und Sergei mit Sicherheit auch. Sergei hat mir schon etwas darüber erzählt.«

Fernando holt tief Luft. »Ich würde an dem Doma Vaquera Wettbewerb teilnehmen.«

»Was ist das?«

»Es ist eine Arbeitsreitweise, früher wurden die andalusischen Kühe von dem Vaquero, dem berittenen Rinderhirten, gehütet. Nun ist es Disziplin bei Wettbewerben. Geritten wird einhändig, es wird eine vier Meter lange Holzstange mitgeführt, die Garrocha, die ausschließlich in der rechten Hand getragen wird.«

»Das ist unglaublich! Hast du eine Garrocha?«

Er lehnt sich im Stuhl zurück und streckt seine langen Beine aus. »Natürlich. Ich werde es dir zeigen, wenn ich trainiere.«

»Mit welchem Pferd würdest du teilnehmen?«

»Mit Pajarito *werde* ich teilnehmen. Er ist wendig, klug und schnell. Ich habe immer mit ihm trainiert, jedoch nicht mit der nötigen Ernsthaftigkeit.«

»Was ist das für ein Umzug, von dem María gesprochen hat?«

»Die *Feria* dauert eine Woche, jeden Tag finden die unterschiedlichsten Veranstaltungen statt. Täglich gibts Umzüge mit Rössern, die prächtig geschmückt sind, und in nichts den Reiterinnen und Reitern nachstehen. Es wird dir gefallen.«

»Also hast du dich entschieden?«

»Ich telefoniere noch mit Sergei und ich möchte mit Marcos sprechen. Wir brauchen die Hilfe von allen, wenn wir Erfolg haben wollen. Ich lasse dich in Ruhe. Du siehst müde aus. Außerdem sprießt dir ein regelrechtes Horn oben auf der Stirn.«

»Ich weiß, ich fühle es wachsen.« Ich grinse. Fernando steht auf, stellt den Stuhl zurück an das Fenster. Als könne er sich nicht von mir trennen, nimmt er kurz meine Hand und ich habe das Gefühl, dass er noch etwas sagen möchte. Doch er überlegt es sich anders und ich bin froh darüber. Dieser Tag hat mir genug Stoff zum Nachdenken gegeben.

Fernandos Vertrauen versöhnt mich mit dem heutigen Tag, es ist mir bewusst, dass es ihm nicht leichtgefallen war, mir von dem Unfall zu erzählen.

»Fernando?«

»Ja?«

»Es macht mich froh, dass du mir die Geschichte von Velazquez erzählt hast.«

Er schenkt mir ein winziges Lächeln und zieht die Tür leise hinter sich zu.

Ich bin viel zu aufgewühlt, um einschlafen zu können. María ist in der Zwischenzeit vom Einkaufen zurück und kümmert sich liebevoll um mich. Ich verbringe den ganzen Tag im Bett und meine Kopfschmerzen werden besser. Als ich abends aufstehen möchte, um im Stall nach Oso zu sehen, werde ich zurück ins Bett gescheucht, und ich beschließe, mich zu fügen. Je später es wird, desto nervöser wird María, und wir sind alle froh, als Paul mit Alejandro aus Marbella zurück sind. María bringt ihren Mann auf das Zimmer und Paul stattet mir einen Krankenbesuch ab. Ich erzähle ihm vom Unfall und er mir vom Krankenhaus.

»Mein Gott, und ich war nicht hier.« Als wäre ich aus Glas streichelt er mich und küsst mich zart auf meine Wange.

»Eine moderne Klinik, die auf Krebserkrankungen spezialisiert ist, das Personal einschließlich der Ärzte ist sehr freundlich. Alejandro hat zuerst die Infusion bekommen, in einem Raum mit sechs anderen Patienten. Die Stimmung war wie in einer Kneipe, sie haben sich unterhalten und sich Geschichten erzählt.« Paul schüttelt ungläubig den Kopf. »Dann kam er zum CT und das hat wirklich lange gedauert mit dem Kontrastmittel, ich brauche dir da nichts erzählen. Das war der Moment, wo er Angst hatte. Ich verstehe vollkommen, warum er nicht wollte, dass María bei ihm ist. Er hat mir erzählt, dass sie von Arzt zu Arzt geht, und auch ungehalten wird, wenn man etwas länger warten muss.«

»Wann erfahren wir das Ergebnis?«

»Der Arzt meinte, nicht vor übermorgen. Zuerst müssen die Bilder ausgewertet werden.«

»Ja.« Ich gähne. »Ich habe ein gutes Gefühl.«

»Ich hoffe so sehr, dass dich dein Gefühl nicht trügt. Du solltest jetzt schlafen. Ich bleibe heute Nacht in meinem Büro. Bis es dir besser geht.«

»Okay. Dann schlaf gut.«

Paul küsst mich. Ich rolle mich im Bett zusammen, lösche das Licht und sehe aus dem Fenster. Meine Augen gewöhnen sich an die Dunkelheit und ich glaube blinkende Sterne am Himmel zu sehen.

Die *Feria del Caballo,* das größte Pferdefest Spaniens. Es kribbelt in meinem Bauch, wenn ich daran denke. Meine Lider fallen zu und ich sinke in tiefen Schlaf.

13

Die *Feria del Caballo* rückt näher, die Zeit vergeht wie im Flug, trotzdem habe ich Zeit, vor Nervosität fast wahnsinnig zu werden. Ich reite Oso jeden Tag. Zusammen mit Eliza und Sergei unterrichtet uns Fernando, was zu seinen vielen Aufgaben hinzukommt. Mir fällt der gehetzte Ausdruck seines Blicks auf und ich versuche, mit ihm zu sprechen. Fernando hat sich seit unserem letzten persönlichen Gespräch von mir distanziert, was ich verstehen kann, mir aber nicht gefällt. Ich habe das Gefühl, meinen besten Freund verloren zu haben.

Vor vier Tagen ist Paul nach Frankfurt geflogen, er muss Dokumente unterzeichnen und mit verschiedenen Kunden sprechen. Ich bin davon überzeugt, dass das nicht die einzigen Gründe sind und er die Gelegenheit nutzt, ein paar schöne Tage zu verbringen, und auch das kann ich verstehen.

»Was hast du gesagt, María? Entschuldige, ich war in Gedanken nicht bei der Sache.« Wir sind in der Küche und bereiten einen Orangensalat mit Oregano zu. Sergei und Eliza bleiben zum Essen, das Wetter ist wundervoll und die Sierra zeigt sich von ihrer zahmen Seite.

María befreit die saftigen Orangen mit einem Sägemesser von der Schale und der weißen Haut, ich schneide sie in dicke Scheiben und richte sie auf einer großen Platte an. María unterbricht ihre Arbeit und dreht sich zu mir.

»Wie soll es weitergehen? Wir alle arbeiten auf einen Punkt hin, die *Feria*. Was wird danach?«

»Fernando hofft, dass einige Medaillen die Bank dazu bewegen wird, den Umbau zu finanzieren.«

Etwas Unangenehmes kriecht in mir nach oben, María kennt die Gründe, weshalb La Esperanza an der *Feria* teilnehmen muss, es interessiert sie etwas anderes.

»Das meine ich nicht.«

»Ich weiß. Was soll ich darauf antworten?« Meine Fingerspitzen sind von dem Orangensaft schrumpelig, als wäre ich lange in einer heißen Badewanne gesessen.

»Was hast du dir überlegt? Wie entscheidest du dich? La Esperanza oder Deutschland?«

Langsam nehme ich das Messer und schneide durch das herb duftende Fleisch der Orange. Noch vor einigen Wochen hätte ich nicht darüber nachgedacht. Natürlich Deutschland, selbstverständlich, und für meine Ehe! Doch jetzt?

»Darauf habe ich keine Antwort. Ich fühle mich hier zu Hause. In Frankfurt ist mein Zuhause.«

»Noch zwei Stück, dann ist es genug, denke ich.« Sie legt die geschälten Orangen auf mein Holzbrett und wischt sich die Hände ab. »Hier ist die Flasche Olivenöl, du beträufelst die Scheiben, nicht zu viel, sie dürfen nicht im Öl schwimmen, und dann streust du den Oregano darüber.« María öffnet ein kleines Glas mit Schraubverschluss. Das Aroma des Oregano ist intensiv, ich bin neugierig, wie die Zutaten harmonieren.

»Perfekt. Schnell in den Kühlschrank damit, Salz und Pfeffer kommen erst vor dem Servieren darauf.«

»Das war gar nicht so schwer. Ein interessantes Rezept.«

»Schmeckt besonders gut zu gegrilltem Fleisch oder Fisch. Magst du ein Glas Wein? Mir ist gerade danach.«

Ohne eine Antwort abzuwarten, schenkt sie kalten Weißwein in kleine Gläser ein und prostet mir zu.

»¡Salud!«

Angenehm frisch schmeckt der Albariño, der mein erklärter Favorit ist.

»Soll ich nach Alejandro sehen, bevor wir das Fleisch zubereiten?«

»Ja, du bist ein Schatz, Katharina. Vielleicht ist er müde und möchte sich hinlegen, bevor es Essen gibt.«

Schnell nehme ich noch einen Schluck Wein und mache mich auf den Weg zum Reitplatz. Alejandro wollte bei der Stunde zusehen, das letzte CT hatte gezeigt, dass die Metastasen nicht gewachsen sind. Er hat etwas an Gewicht zugelegt und kämpft. Ich bewundere ihn, und die Liebe zu ihm schnürt mir die Kehle zu. Er sitzt zugedeckt in der warmen Sonne, sein Körper ist erschöpft vom Kampf gegen die Krankheit. Perro Negro liegt auf seinem Schoß und beobachtet Nube interessiert, die mit Eliza als Reiterin sehr zufrieden aussieht.

»Geht es dir gut, Alejandro? Möchtest du ins Haus gehen und dich etwas ausruhen?«

»Katharina, mein Engel, ich sitze sehr bequem, habe noch genug Sauerstoff und kann wundervolle Reiterei bestaunen.« Er deutet auf die Batterieanzeige seines mobilen Gerätes.

»Macht sich María Sorgen?«

»Wir alle sorgen uns um dich.« Ich hauche ihm einen Kuss auf die Wange.

»Hmmm. Du strömst einen Wohlgeruch aus.« Er grinst. »Orangen, Olivenöl und Oregano, dieser Salat ist fantastisch. Dazu gibt es wahrscheinlich Flamenquín?«

»Überraschen kann man dich schwer. Tatsächlich, das bereitet María gerade vor.«

Eliza galoppiert langsam eine Runde, Nubes sieht aus, als würde sie einen langsamen Walzer tanzen, sie dreht sich um einhundertachtzig Grad und galoppiert in die andere Richtung. Die beiden bilden eine perfekte Einheit.

»Sie ist wirklich gut«, flüstere ich Alejandro zu. Fernando hat mich nicht bemerkt, er steht mit einer langen Peitsche am Platz und gibt Eliza mit ruhiger Stimme die Anweisungen.

»Wo ist Sergei?«

»Er reitet am Fluss entlang mit einem der neuen Pferde. Eine hübsche braune Stute, Baila heißt sie, glaube ich.«

Erstaunlich, wie gut sich Alejandro in der Zwischenzeit mit den Pferden auskennt, noch vor einem Jahr waren das Pferde- und das Orangengeschäft strikt voneinander getrennt. Das hat sich verändert und La Esperanza zurück in einen Familienbetrieb verwandelt, der Entscheidungen gemeinsam trifft. Ich frage mich manchmal, wie mein Großvater empfinden würde. Hätte es ihm gefallen?

In der Ferne sehe ich einen Reiter mit seinem Pferd. Ich hebe die Hand und winke ihm zu. Es gibt mir Sicherheit, dass Eliza und Sergei an der *Feria* teilnehmen werden. Fernando war unschlüssig, welches Pferd zu Sergei passen würde, denn Oso ist für mich bestimmt, und es stört mich, wenn jemand außer mir oder Fernando auf seinem Rücken sitzt.

Langsam und die Sonne genießend gehe ich zurück ins Haus. María singt, sie hat eine kräftige, etwas tiefere Stimme. Ich bleibe im Flur stehen, damit ich ihr zuhören kann. Dieser Moment strahlt und es fühlt sich an, als hätten wir den schweren Weg zum Gipfel über unsere Probleme und Sorgen geschafft. Es sind fragile Gefühle, doch heute lassen wir uns von ihnen tragen.

»Du hast eine schöne Stimme, María.« Ich betrete die Küche.

»Danke dir, Liebes. Geht es Alejandro gut?«

»Er sitzt im Stuhl und hat Freude, bei der Reitstunde zuzusehen. Ich vermute, dass er Mario und Carlos bei ihrer Arbeit beobachtet.«

María grinst, dann schlägt sie plötzlich beide Hände vor das Gesicht und schluchzt auf. »Katharina, ich habe das Gefühl, dass es ihm etwas besser geht.«

»Das Gefühl habe ich auch. Die Metastasen sind nicht größer geworden, das ist eine Tatsache.«

»Darüber nachzudenken stürzt mich in tiefe Verzweiflung. Selbst wenn es so bleibt, wie es ist, wird mein Alejandro daran sterben. Doch heute ist ein guter Tag«, sie lächelt und mir fällt auf, dass ihre dunklen Haare von grauen Strähnen durchzogen sind. Die feinen Linien auf ihrem Gesicht waren mir vorher nicht aufgefallen. Ich weiß, wie furchtbar es ist, geliebte Menschen zu verlieren. María lebt seit Alejandros Diagnose mit dieser Angst vor dem Verlust.

Einer Eingebung folgend umarme ich sie. »María, ich bin so glücklich hier. Ihr habt mich aufgenommen, ich fühle mich als Teil von euch.«

»Katharina, du gehörst zu uns. Damit spreche ich nicht allein für Alejandro und mich.« Sie drückt mich an sich. »Aber nun Schluss mit der Gefühlsduselei und zurück zum Flamenquín. Holst du bitte die Filets aus dem Kühlschrank?«

Sie nimmt das Fleisch, schneidet sie an beiden Seiten ein und klopft es dann vorsichtig flach.

»Auf jede Hälfte legst du eine Scheibe Serrano-Schinken und den geriebenen Schafskäse, etwas Salz und Pfeffer darüber.«

Der Pfeffer verströmt ein leichtes Zitronenaroma, ich drehe die Mühle über jedem Stück, rolle die Scheiben zusammen und fixiere das Ende mit einem Zahnstocher. Das sieht lecker aus, mit dem komplizierten Namen kann ich mich nicht anfreunden.

»Woher kommt das Gericht?«

»Wahrscheinlich aus Córdoba. Es gibt verschiedene Variationen, wir mögen diese am liebsten.« Sie füllt Mehl, Eier und Semmelbrösel in drei Schüsseln und wendet die Flamenquín zuerst im Mehl, dann im Ei und zuletzt in den Bröseln. Das Öl in einer großen und schweren Pfanne ist heiß, María legt die Rollen hinein und brät sie von allen Seiten.

»Nur bei mittlerer Hitze, sonst verbrennt das Fleisch. Einige Minuten, dann sind sie fertig. Anschließend lassen wir sie auf Küchenpapier abtropfen und stellen sie in den Ofen, damit sie warm bleiben.«

Mein Weinglas ist leer, María schenkt uns nach. »Es ist eine von Alejandros Lieblingsmahlzeiten. Wusstest du, dass er ein sehr guter Koch ist?«

»Nein. Ich habe ihn nie am Herd stehen sehen.«

»Das sollte sich ändern!«, ruft María und verstummt plötzlich. *Wenn er es schafft.* Wir sprechen es nicht aus, doch manche Gedanken tönen lauter als ein Schrei.

Das Wetter ist herrlich jetzt im April, der Sommer in Andalusien tut oft weh, sagt María zu mir, denn im August ist die Hitze fast unerträglich. Aus der Scheune haben wir einen großen Tisch auf den Platz zwischen Pferdestall und Haus geschleppt. Weiße Baumwolltischdecken verbergen das abgeschlagene Holz. Jeder der Stühle sieht anders aus, ich balanciere einen Stapel bunt bestickter Stuhlkissen, die in die Jahre gekommen sind und perfekt zu unserem schönen Tag passen. Marcos hilft beim Eindecken, er hat kleine Zweige mit Orangenblüten daran von den Bäumen abgeschnitten und sie in kleine Gläser gestellt. Eben balanciert er ein großes Tablett mit Wein- und Wassergläsern auf den Händen, Perro Negro springt bellend um ihn herum und wedelt wild mit dem Schwanz. Ich fülle Glaskaraffen mit Wasser, María schneidet Brot, die große Olivenholzschale ist bis zum Rand gefüllt. Von draußen höre ich Stimmen, Alejandro lacht laut und María und ich tauschen einen Blick.

»Heute ist ein guter Tag.«

»Das ist er.«

In der Zwischenzeit sitzen alle am Tisch. Marcos schenkt Wasser ein und ist verschwenderisch mit seinen ausladenden Gesten. Mario sitzt stolz neben seiner Frau, die aus Otura mit den Söhnen gekommen ist, eine kleine, zierliche und hübsche Frau, die ihre Söhne mit nur einem Blick zum Schweigen bringt. Alejandro stellt sie mir als Ana María vor, die beiden Jungs heißen Hugo und Martin. Sie sehen Mario so ähnlich, dass ich für einen Moment sprachlos bin.

Fernando und Eliza debattieren über Nubes Zäumung, Sergei lümmelt auf seinem Stuhl und sieht sehr entspannt aus.

»Katharina, setz dich neben mich, lass uns zusammen mit einem Glas Wein anstoßen.« Sein Lächeln ist entwaffnend und er zieht den Stuhl neben sich einladend zurück. Neben ihm und Alejandro fühle ich mich wohl, als María mit dem großen Tablett Fleisch aus dem Haus tritt, applaudieren alle und sie strahlt. »Wehe, ihr habt keinen Hunger!«

Entrüstetes Gebrumme von allen Seiten. Ich denke an Alba und Mateo. Wie wundervoll wäre es, wenn sie hier sein könnten. Diese ausgelassene Stimmung hatte ich im *Danach* das erste Mal bei ihr im Restaurant erfahren dürfen. Kann man Erlebnisse in Zeit messen? Gefühle in Wahrheiten? Mein Blick fällt auf Fernando. Sein dunkler Haarschopf ist in den letzten Wochen in seine Stirn gewachsen. Wenn er lacht, kräuselt sich seine markante Nase und sein Mund zeigt weiße

Zähne, die nicht perfekt gerade sind. Ich bin in meine Betrachtungen vertieft, er wirkt gelöst, der strenge Ausdruck in seinem Gesicht ist verschwunden. *Hat er akzeptiert , dass zwischen uns nie mehr sein wird?*

Als hätte ich den Satz laut ausgesprochen, sieht er mich an. Einen Lidschlag lang kann ich seine Gefühle für mich lesen und er meine Antwort darauf. Ich erschrecke, fühle mich ertappt, wie eine Betrügerin.

»Katharina, bitte nimm dir ein Stück Flamenquín.« María deutet auf die Platte. Meine Hand zittert, ich nehme das Stück mit den Fingern und sehe mich um. Ob jemand die Blicke zwischen Fernando und mir gesehen hat? Jeder wirkt wie immer, sogar María, die über einen sechsten Sinn verfügt. Bei Marcos ist es anders, er starrt zu Fernando, schüttelt den Kopf und sieht dann zu mir. Er atmet übertrieben ein und aus und legt einen Finger auf sein Herz. *Vor ihm kann ich es nicht verbergen.*

Mechanisch schneide ich das Fleisch, schmecke, kaue und verbinde die Aromen in meinem Mund mit dieser Landschaft, der Sierra Nevada, den wilden Kräutern, der kargen Erde und den mächtigen Gefühlen der Menschen. In mir tobt es wie ein reißender Strom, Empfindungen, die nicht sein dürfen. Margarete hatte dadurch alles verloren. Es pocht hinter meinen Schläfen: Oder hatte sie alles gewonnen? Alejandro räuspert sich laut:

»Meine Lieben, ich würde gerne einige Worte sagen.«

María sieht mich erstaunt an, ich zucke mit den Schultern. *Keine Ahnung!*

»Entschuldigt bitte, wenn ich nicht aufstehe. Nach meiner ersten Diagnose sind vier Monate vergangen und ich bin dankbar, so einen Abend mit euch allen verbringen zu dürfen. Ich habe mir nicht träumen lassen, dass wir so weit kommen und La Esperanza weiter erhalten bleibt.« Er stockt, ringt mit Worten. Ich nehme seine Hand und drücke sie.

»Ich kann nicht sagen, was alles geschehen wird, wer kann das schon, doch ich sehe die vielen Möglichkeiten. Die Blutorangen, Katharina, du treibst es voran, ich danke dir dafür. Ich liebe den Geschmack von dunklen Orangen, der etwas so Besonderes und mit nichts vergleichbar ist. Dein Großvater hatte einen bestimmten Grund, sich dafür zu entscheiden. Die dunkelrote Farbe der Frucht hatte es ihm angetan.« Wie in Zeitlupe hebt er seine Hand und rollt eine meiner Locken über seinen Finger. *Margarete, überall hat sie ihre Spuren hinterlassen.*

»Fernando, die *Feria del Caballo* wird uns alle Türen öffnen, davon bin ich fest überzeugt, und ich danke auch dir, Eliza, und dir, Sergei, dass ihr uns dabei unterstützt. Mario, Carlos, und Marcos, ohne euch könnten wir La Esperanza nicht bewirtschaften. So, meine Frau wirft mir gerade Blicke zu, die wohl heißen sollen, hör auf zu reden und iss! *¡Disfruta la comida!*«

Wir klatschen und reden durcheinander. Es dauert etwas, bis sich jeder seinem Essen zuwendet, das ohne Zweifel eines der besten ist, das ich jemals genießen konnte.

Im Anschluss lässt sich María erweichen und bietet ihren Orangenlikör an. Ich bin ausgelassen, vermeide jedoch Fernandos Blick. Seine Gegenwart ist mir bewusst, als würde er neben mir sitzen und mich berühren.

»Jetzt bin ich dran!« Fernando schiebt umständlich seinen Stuhl zurück und steht auf.

»Eine Rede? Ist das dein Ernst?« Sergei winkt ab.

»Eher ein Geschenk. María, jetzt ist ein guter Zeitpunkt.« Die Angesprochene stellt zwei Pakete auf den Tisch und deutet auf Eliza und mich.

»Auf der *Feria* spielen nicht nur die Pferde die Hauptrolle, der Tradition gemäß erwartet man von den Amazonas, den Reiterinnen, und den Jinetes, den Reitern, angemessene Kleidung.«

Aufgeregt klatsche ich in die Hände. »Jede von euch trägt einen Hosenrock. Ihr seid kein schmückendes Beiwerk des Mannes auf dem Pferd und ihr reitet im Herrensattel.«

»Es wäre fantastisch, wenn ihr die Kleidung anprobieren würdet.« Fernando deutet zu den Paketen. Eliza ringt um Worte, sie nimmt ihr Geschenk, ich meines und beide gehen wir ins Haus.

»Das ist ja unglaublich!« Eliza hat den braunen Hosenrock angezogen und eine dünne weiße Bluse. Alles passt wie angefertigt, betont ihre Kurven. Ich bin mir sicher, dass Sergei María ihre Größe verraten hat. Mein Reitrock ist ebenfalls braun, der Saum hochgeschnitten und eng. Auch die Bluse sitzt wie eine zweite Haut. Unter dem Klatschen der Gäste gehen wir nach draußen, Fernando kommt uns mit zwei Hüten entgegen.

»Der Cordobe, ein Filzhut, ist auch perfekt gegen die Sonne und wird traditionell getragen, ebenso eine kurze Jacke, die noch nicht fertig ist. Ihr seht wunderschön aus.« Er kommt nicht umhin, mich anzusehen.

»Die Kleidung ist nichts ohne das Pferd.« Sergei führt Nube am Zügel heran und Marcos Oso. Beide tragen spanische Sättel mit weißem Fell und verzierte Reithalfter mit Lederbändern, den Mosqueros, wie ich sie bei Pajarito gesehen habe.

Oso begrüßt mich auf seine spezielle Weise. Nirgendwo wäre ich lieber als hier, dieser Moment ist alles für mich. Ich glaube, Eliza fühlt ähnlich wie ich, sie hat Tränen in den Augen. Wir führen unsere Pferde auf den Platz, und im magischen Licht der Dämmerung fliege ich höher als all meine Zweifel.

»Katharina!« Paul steht am Zaun und winkt mir zu. Er hat mir nicht gesagt, dass er heute schon zurückkommt, er wollte mich damit überraschen. Ich bleibe stehen und sitze ab. Marcos ist da, möchte mir Oso abnehmen. Zögernd gebe ich ihm die Zügel und gehe zu Paul, der mich kurz umarmt.

»Was trägst du denn da?«, fragt er augenzwinkernd.

»Du wusstest davon, oder?«

»Ja, María hat es organisiert. Freust du dich? Ich wollte früher kommen, hat aber nicht geklappt. Wollen wir etwas spazieren gehen? Die Nacht ist herrlich und ich kann es nach dem Flug gebrauchen.«

Wir verabschieden uns von allen und schlendern den Weg an den Orangenbäumen entlang, bis zur Weide.

»War es denn schön in Frankfurt.«

»Ja, das war es. Ich freue mich, wenn wir wieder in Deutschland sind. Jetzt mach nicht so ein Gesicht!«, sagt er und nimmt mich bei meinen Schultern. »Natürlich bleiben wir noch bis nach der *Feria* und wir können ja auch regelmäßig hierherfliegen. Doch langsam vermisse ich unser altes Leben. Ich war im ›Schweizer's‹ essen, war nicht dasselbe.«

Jetzt könnte ich ihn fragen, ob er mit allein dort war, aber es interessiert mich nicht wirklich. Es spielt keine Rolle.

»Du hast auch Pläne, Schatz. Dein Studium, neue Wege gehen. Ich freue mich darauf. Du hast so viel durchgemacht, *wir* haben so viel durchgemacht.«

Die Schwärze der Nacht greift nach der Dämmerung, die Stern für Stern in der Dunkelheit verschmilzt.

»Ich kann jetzt noch nicht zurück.«

»Das weiß ich doch.«

Der Weg zum Fluss schenkt mir eigene Gedanken, Paul erzählt mir von neuen Aufträgen und einem Bürogebäudekomplex am Mainufer. Wir haben den Fluss erreicht, die Dunkelheit schärft meine Sinne, ich atme die Düfte der Sierra ein, vielleicht ist es ein Abschied, denn mein Leben fordert eine Entscheidung von mir. Ich fasse Pauls Hand und schweigend gehen wir zurück ins Haus. Ja, wir haben beide viel Schmerz ertragen müssen und Paul ist an meiner Seite geblieben im *Danach* und im *Jetzt*.

Als wir am Stall vorbeigehen, ist alles ruhig. Die Spuren des Essens sind beseitigt, der Tisch verräumt, die Gäste nach Hause gefahren. Die andalusische Nacht ist mild, nächste Woche beginnt die *Feria del Caballo*, die in vieler Weise alles verändern wird.

Vielleicht spürt Paul meine Gedanken, denn seine Hand umschließt meine Finger ebenso fest wie ich seine. Als wir im Zimmer angekommen sind, drehe ich mich zu ihm um und lege meine Arme um seinen Körper. Ich schmiege mich an ihn, spüre nach, es ist Paul, es ist mein Mann, alles ist gut so, wie es ist. Er steht still mit hängenden Armen im Zimmer, lässt mich gewähren. Meine Augen habe ich geschlossen, mit meinen Händen streichle ich sein Gesicht, seinen Hals, fahre über seine Schultern und seine Brust. Ich ziehe sein Shirt aus, immer schon habe ich seine Haut geliebt, die Haare auf seiner Brust, sie meine Handflächen kitzeln.

»Bist du dir sicher?«, flüstert er in die Stille.

»Nein, das bin ich nicht.« Vielleicht denke ich es, vielleicht habe ich es ausgesprochen, Paul legt seine flache Hand auf meinen Rücken, drückt mich unmerklich an sich, durch die dünne Bluse kann ich fühlen, wie heiß seine Haut ist. Ich weiß, dass ich Lust empfinden kann, es ist da, ich will es mit ihm spüren. Ich habe Angst, dass mein wild schlagendes Herz meinem Körper davonläuft und die leere Hülle zurücklässt, die ich im *Danach* war. Pauls Hand wandert von meinem Rücken zu meinem Hals und meinem Haar. Er vergräbt seine Finger darin und legt seine Lippen auf meine, sanft küsst er mich, die Mundwinkel, meine Wange, dann wieder zurück zu meinem Mund, der sich nach etwas sehnt, was ich nicht denken will. Ich küsse ihn, meine Zunge berührt seine Lippen und er küsst mich zurück, möchte sich zurückhalten und ich denke: *Tu es, tu es endlich, gib mir keinen Raum zu denken, vielleicht kann ich nur spüren*. Er setzt sich auf die Bettkante und zieht mich auf seinen Schoß, küsst mich endlos. Ich möchte mit meinem Körper antworten, fühle mich heraustreten aus dieser Hülle, die damals geschunden im Wald lag und nun verzweifelt versucht zu lieben. *Warte*, denke ich und Angst steigt in mir auf. *Warte*, doch ich schweige, will schweigen. Paul zieht die Bluse aus, er ist zärtlich, Knopf für Knopf, meinen BH. Er umfasst meine Brüste und stöhnt auf vor Leidenschaft. *Wie lange kann ein Mensch ohne körperliche Nähe existieren? Sex war stets ein wichtiger Teil in unserer Ehe, es ist so lange her …*

Seine Hände auf mir, streichelnd, ich liege im Bett, bin von seinem Schoß geglitten wie ein Hauch, strecke mich aus, Pauls Zunge folgt seinen Händen. *Der Himmel über der Sierra Nevada ist niemals vollkommen finster, es ist ein sanfter Schimmer über den Gipfeln.*

Paul zieht meine Hose aus, der braune Hosenrock für die spanische Amazona liegt auf dem Boden, verknittert und zerknüllt.

»Du bist so schön, Katharina. Ich hatte vergessen, wie schön du bist und wie sehr ich dich begehre.«

Ich möchte schlucken, da ist ein Kloß in meiner Kehle, etwas, was mich am Atmen hindert. Paul beugt sich über mich, er sieht mich an, doch er erkennt mich nicht. Ich kann nicht atmen, doch das muss ich auch nicht. Bin ich doch nicht mehr als eine Puppe, die menschlich sein möchte, die nicht begreifen kann, dass sie immer eine Puppe bleiben wird. Paul stöhnt, er legt sich auf mich, sein Gewicht drückt mich durch die Matratze und die vielen Schichten der Erde, bis ich im

Erdkern verbrenne. Ich schluchze, ich möchte nicht, ich möchte nicht, ich möchte nicht. Und dann schreie ich.

Paul erschrickt und springt regelrecht aus dem Bett. Ich ziehe die Knie zu mir und wiege mich hin und her.

Frustriert fährt er sich durch die Haare und sagt mit brüchiger Stimme:

»Ich ertrage das nicht mehr, Katharina.«

»Es tut mir leid Paul, es tut mir wirklich leid. Ich dachte, ich kann es aushalten.«

Er steht vor mir wie von Donner gerührt. »Aushalten? Berührungen von mir musst du aushalten? Weißt du eigentlich, wie verletzend das ist?«

»Ich wollte das so nicht sagen …« In dieser Sekunde spüre ich, dass der Riss zwischen uns zu einem Bruch gewachsen ist. Es ist meine Schuld, einfach meine Schuld.

»Ist das alles, was du sagst? Ich liebe dich, Katharina, ich will nur dich! Seit der Vergewaltigung durfte ich dich nicht mehr berühren, seit über einem Jahr!«

Erschöpft lege ich meinen Kopf auf die Knie, ich kann nichts dagegen tun, so gerne ich das auch möchte. »Ich dachte, ich bin so weit. Doch ich brauche noch Zeit.«

»Ja, natürlich Katharina. Und ich bin dein Versuchskaninchen. Ich habe auch Gefühle, ich leide ebenso! Ich will meine Frau zurück, ist das denn zu viel verlangt?«

Er zieht sich an, ich kann mich nicht erinnern, ihn jemals so wütend gesehen zu haben. Ohne mich noch eines Blickes zu würdigen, stürmt er aus dem Zimmer und wirft die Tür hinter sich zu.

WIDER ERWARTEN KANN ICH SCHLAFEN, werde früh wach und nehme mir vor, mit meiner Arbeit im Stall zu beginnen. Fernando ist heute von einer Gruppe europäischer Sprachschüler für einen Ausflug in die Sierra gebucht und ich werde den Nachmittag mit den Pferden und Marcos auf der Weide verbringen. In der Küche begegne ich Paul, der sich förmlich bei mir entschuldigt und mir alle Zeit der Welt gibt. Ich kann das nicht glauben, denn er kann mir nicht in mein Gesicht sehen und ist in sich gekehrt. Ich bin froh, als ich mich auf den Weg zu den Pferden machen und mich in die Arbeit stürzen kann. Ich bin traurig und weiß keinen Ausweg.

14

Wir sind in Jerez de la Frontera angekommen, die Pferde sind gut in den Ställen untergebracht, wir übernachten bei einer befreundeten Familie von María, die uns so freundlich aufnimmt, als würde sie uns schon lange kennen.

Bei über vier Stunden Fahrzeit hat keiner von uns viel Schlaf bekommen, doch das tut unserer Euphorie keinerlei Abbruch. Wir gehen durch den González Hontoria Park, der am Stadtrand liegt. Der Platz ist übersät mit bunten Festzelten unterschiedlicher Größen, die *Casetas* genannt werden.

»Die am schönsten geschmückten Zelte gewinnen Preise.« Fernando, Paul, Sergei und Marcos tragen alle die traditionelle Kleidung der Jinetes. Eng anliegende schwarze Hosen, ein dünnes Hemd und eine kurze Jacke und den Filzhut.

Paul bemüht sich sehr um mich, wir haben diese Nacht seit seiner Entschuldigung am Morgen danach nicht mehr erwähnt. Etwas Unausgesprochenes schwingt zwischen uns und lässt keine Nähe zu. Die ersten Reiter kommen uns entgegen, ein schneeweißer wunderschöner Hengst erregt meine Aufmerksamkeit, ich möchte Fernando darauf aufmerksam machen, da sehe ich, dass sich seine Miene verfinstert hat. Der Reiter des schönen Tieres hält auf uns zu.

»Fernando! Das gibt es doch nicht! Wie lange ist das her?«

Ein schlanker Mann in Fernandos Alter begrüßt uns überschwänglich. Er erinnert mich an einen Raubvogel, was an seiner gebogenen Nase und dem winzigen schmallippigen Mund liegt, der von der Nase fast verdeckt wird.

»Ah, was für schöne Frauen! Willst du deinen alten Freund nicht vorstellen, Fernando?«

»Das ist Xavier, einer meiner ältesten Feinde.«

Von Xavier strömen solche Aggressionen aus, dass ich einen Schritt zurücktrete. Es gefällt mir nicht, wie er mich ansieht, als wäre ich ein Objekt.

»Ich habe gehört, du bist beim Wettbewerb dabei. Leider weilt Velazquez nicht mehr unter uns, was für ein tragischer Unfall. Du hast keine Chance, blamier dich nicht.« Er treibt seinen Schimmel an, als er an mir vorbeireitet, sagt er: »Bis später, Rotschopf. Ich freue mich.«

»Was für ein Arschloch. Ich habe nicht verstanden, was er gesagt hat, doch das war auch gar nicht nötig.« Paul starrt Xavier mit bösem Blick hinterher.

»Es war mir klar, dass wir Xavier und den anderen begegnen würden. Er war zu Velazquez' Zeiten mein größter Konkurrent bei den Doma-Vaquera-Wettbewerben.«

»Ein unsympatischer Mensch, er hat dich auf alle Fälle nicht vergessen. Er muss ja ganz schön an deinen Erfolgen gekaut haben.« Sergei klopft Fernando auf die Schulter.

»Wo ist eigentlich Marcos?« Fernando dreht sich suchend um.

»Bei den Pferden, wo sonst?« Ich deute mit meinem Kopf in die Richtung.

»Dann lass uns auch zurückgehen, die *Feria* wartet auf uns und ich habe nicht vor, darauf zu verzichten.«

»Diese Zelte sind unglaublich! Wenn es in Ordnung ist, würden Sergei und ich schauen, was es alles gibt. Sollen wir uns in einer Stunde im Stall treffen?« Eliza deutet auf die Menge vor uns und grinst Sergei an.

»Das ist eine gute Idee, Eliza. Wir sehen uns dann später im Stall.«

Die beiden verschwinden Hand in Hand in der Menschenmenge.

In den Stallungen angekommen, freut sich Oso über mich. Sein Schweif ist eingeflochten, sein Fell glänzt und die schimmernde dunkle Mähne fällt über seine Schulter. Er ist beeindruckend schön und ich kann es immer noch nicht glauben, dass er sich freut, mich zu sehen. *Mein Pferd.*

Ich habe meine Haare straff aus der Stirn gebunden. Der Hut lenkt von meiner Narbe ab, die Kleidung schmiegt sich an meinen Körper und ist bequem. Ich fühle mich schön, ich fühle mich selbstbewusst und stark. Marcos steht hinter mir und schenkt mir ein Herz. Er wird Luna und ihr Fohlen vorstellen, es gibt niemanden, der dazu besser geeignet ist. Fernando hat ihm gesagt, dass er das Fohlen verkaufen wird, La Esperanza braucht das Geld, und die Stute wird wieder gedeckt. Eliza und Sergei sind da und satteln ihre Pferde. Nube ist nervös und tänzelt in der Box. Es ist die erste *Feria* für sie.

»Kommst du zurecht, Eliza?«

»Ja. Wer hätte gedacht, dass ich jemals an einem Dressurwettbewerb teilnehmen würde? Ich nicht.« Sie lacht glockenhell auf, Nube spitzt die Ohren und beugt sich zu ihr. Ich führe Oso heraus, Paul hält ihn, während ich aufsteige. Alles ist perfekt. Ich werfe Paul eine Kusshand zu und stelle mich neben Fernando, der auf Pajarito sitzt und uns beobachtet.

»Wie fühlst du dich, Katharina? Bist du nervös?«

»Nein. Doch, ja!«

Er grinst und schenkt mir einen warmen Blick. »Alles wird wunderbar. Du hast trainiert, du reitest mit uns im Park, wir traben nebeneinander, leichter Galopp. Du schaffst das und du bist nicht allein. Ich bin da.«

Du bist da, du bist immer da.

»Okay.« Ich atme aus und tippe auf meinen Hut. »Dann lass uns loslegen.«

Nebeneinander reiten wir die Straße hinunter, Fernando kennt viele Menschen und ich sehe ihm an, dass er nicht damit gerechnet hat, so freundlich und respektvoll begrüßt zu werden. »La Esperanza ist in aller Munde. Ich habe in kurzer Zeit einige Angebote bekommen. Besonders für Luna und ihr Fohlen, die beiden sind die Stars.«

Stolz schwingt in seiner Stimme mit, gelöst sitzt er auf seinem Pferd. »Dann wollen wir den Leuten etwas bieten!«

Wir traben an, die Pferde haben den gleichen Takt, Menschen fotografieren uns, winken uns zu. Es ist mir egal, ob meine Narbe auffällt, ich denke nicht daran. Beeindruckend geschmückte Kutschen mit einem oder mehreren Pferden fahren an uns vorbei, nicht, ohne ein Schwätzchen zu halten. Frauen mit Flamencokleidern stehen am Rand bunte Flecken in einem sonst schwarz-braunen Meer an Stoffen. Flamencomusik bringt mein Herz zum Hüpfen, leicht lege ich die Schenkel an und Oso tanzt im Takt zur Musik.

»Du hast Spaß?« Wieder dieser Blick von ihm, das fühlt sich gut an. Ich lächle und tätschle Osos Hals.

»Er ist der Beste.«

Ich bin froh, dass heute keine Wettbewerbe stattfinden, so kann ich mich an die Stimmung gewöhnen und sie in vollen Zügen genießen. Um die Mittagszeit gönnen wir den Pferden eine Pause und bringen sie zurück. Marcos scheucht uns davon, er kümmert sich um die Tiere. Wir holen uns in einem Zelt Tapas, ich esse scharfe Kartoffeln und hole mir danach noch einmal eine Portion. Fernando spricht mit einem älteren Herrn, der ihm auf die Schulter klopft und fast zu Tränen gerührt scheint, ihn zu sehen.

»Du scheinst hier jeden Menschen zu kennen.« Sergei nippt von seinem Wasser und verzieht das Gesicht. »Warm. Der Wein ist bestimmt kalt. Deshalb liebe ich Spanien.«

»Die Pferdemenschen meistens. Allerdings sind das nicht immer positive Begegnungen.«

Nachdem wir von Zelt zu Zelt gewandert sind und ich so viele Menschen wie in den letzten fünf Jahren kennengelernt habe, reiten wir noch einige Runden durch den Park. Die Stimmung wird immer ausgelassener, die Menschen tanzen auf den Straßen und in den Zelten.

In den Abendstunden haben unsere Tiere Feierabend. Als sie versorgt sind, treibt es uns zum Park zurück. Durch Fernando sind wir zu einer größeren Gruppe gewachsen, ich habe einen Teil der Namen der jungen Männer und Frauen wieder vergessen. Wir stehen vor dem größten Zelt, ich trinke Sherry, probiere mich durch alle Sorten. Immer mehr Menschen drängen sich um das Zelt, jemand drückt mir ein Glas Wein in die Hand. »Probier den mal, den magst du bestimmt, Rotschopf.«

Es ist Xavier, der ohne Pferd nicht mehr so einschüchternd auf mich wirkt. Er lächelt schelmisch und prostet mir zu. Ich möchte kein Spielverderber sein und trinke. »Kenne ich schon. Schmeckt gut.«

»Reitest du morgen bei einem der Wettbewerbe mit? Ich habe dich auf dem Grauschimmel gesehen.«

»Ein gemeinsames Showreiten, nicht die Hohe Schule.« Eine kleine Stimme in meinem Gehirn warnt mich vor dem Mann, doch ich habe genug vor der Angst, den Umwegen, die ich gehen würde, um solchen Typen nicht zu begegnen. Hier ist nicht der Frankfurter Stadtwald!

Paul kommt an meine Seite und flüstert mir zu, dass er in unser Zimmer geht, um sich umzuziehen. »Eine sympathisch betrunkene ältere Dame hat den Inhalt einer Weinflasche über mich gegossen. Ich ziehe mich um und bin gleich zurück.« Er wirft Xavier einen unfreundlichen Blick zu. »Alles okay mit dir?«

»Ja. Alles bestens.«

Mehrere Gitarrenspieler heizen die Stimmung mit Flamencomusik auf, die ausgelassenen Andalusier beginnen zu tanzen und es macht mir Spaß, zuzusehen.

»War das dein Mann?«

Ich nicke.

»Ich dachte heute Morgen, dass da etwas zwischen dir und Fernando ist. Habt ihr beide ein kleines Geheimnis?«

»Das geht dich ja wohl nichts an.«

»Das stimmt. Ich kann es Fernando nicht verübeln. Er hat ein Händchen für Pferde und für schöne Frauen.«

Ich sehe mich um. Noch vor kurzer Zeit waren doch viel weniger Menschen beim Zelt. Jetzt kann ich weder Eliza und Sergei noch Fernando entdecken. Ein ungutes Gefühl beschleicht mich.

»Möchtest du wissen, wo deine Leute sind? Ich habe sie hinter dem Zelt gesehen. Komm mit, ich bringe dich zu ihnen.«

Er drückt die umstehenden Menschen zur Seite, ich werde von Tänzerinnen zur Seite gestoßen, und stolpere hinter Xavier her. Nach kurzer Zeit bin ich dem Pulk entkommen, der Spanier zieht mich hinter ein kleines Zelt, das verwaist aussieht. Ich frage mich, wo denn alle sind, und nehme mir vor, nichts mehr zu trinken.

»Wo ist denn Fernando?«

»Gleich hier, hörst du ihn denn nicht?«

Ich gehe an Xavier vorbei. Hinter dem Zelt ist eine Steinmauer und eine Sackgasse. Ich drehe mich zu dem Spanier um, der mitten auf meinem Fluchtweg steht. Ich bin gefangen.

»Da ist niemand.« Dann wird mir eiskalt und eine Welle der Übelkeit überrollt mich. Voller Angst sehe ich zu Xavier und da wird mir klar: Es ist Kapuzenmann. Voller Grauen sehe ich in sein Gesicht, er grinst siegessicher. Er hat mich da, wo er mich die ganze Zeit haben wollte.

Mit einem Schritt ist er bei mir, fasst mich an den Schultern und drückt mich gegen die Mauer. Er hat den Platz genau ausgesucht, man kann uns nicht sehen und ich kann nicht davonlaufen. Ich bin in der Falle.

Mit Kraft kämpfe ich gegen ihn an. Er lacht. »Was zierst du dich denn so, Rotschopf? Gib mir einen Kuss, mehr will ich gar nicht. Sei nicht so kleinlich, Fernando durfte doch auch ran, oder? Sag die Wahrheit!«

Er presst sich an mich, dass die Luft aus meiner Lunge entweicht.

»Fernando hat dich doch auch schon gehabt und jetzt bin ich dran. Ich nehme ihm gerne was weg, so wie sein Pferd. Das hat aber nicht so viel Spaß gemacht wie das mit dir!«

Er hält mich am Kinn fest und küsst mich. Sein Knie schiebt er zwischen meine Beine und er begrabscht meine Brüste. Er tut mir weh, es ist wie damals im Wald, doch ich bin nicht mehr so schwach, ich lasse nicht zu, dass es mir wieder passiert. Rasend vor Wut beiße ich ihn in seine Lippe, er fährt zurück flucht und schlägt mir ins Gesicht. Mein Kopf schleudert mit Wucht so stark gegen die Steinmauer, dass mir schwarz vor Augen wird.

Er drückt auf meinen Hals, bis ich stillhalte, zieht an den Knöpfen meiner Bluse, der Stoff reißt und ich bin nackt. Ich weine, verzweifelt wehre ich mich, schreie um Hilfe, ich kann nur krächzen. Doch ich gebe nicht auf! Alles werde ich dafür tun, dass er nicht bekommt, was er will!

Dann wird Xavier mit Wucht von mir weggerissen und zu Boden geschleudert. Fernando steht über ihm, sein Gesicht ist vor Hass zu einer Fratze verzogen. Eliza ist bei mir, legt mir ihre Jacke um und hält mich fest. Xavier brüllt und rappelt sich auf, geht mit erhobenen Fäusten auf Fernando los. Ein Schlag trifft ihn an der Schulter und er taumelt zurück, dann streckt Fernando Xavier mit einem Faustschlag ins Gesicht nieder. Es knirscht, irgendein Knochen ist gebrochen. Er kniet auf Xaviers Armen, hat seinen Arm erhoben und die Faust geballt. Mit angehaltenem Atem frage ich mich, ob Fernando die Fassung verliert und auf Xavier einprügeln wird. Die Sekunden dehnen sich in meinem Bewusstsein. Ich habe nichts verloren, ich stehe nicht mehr im Wald oder liege Stunden danach frierend auf dem kalten Boden. Ich habe Kapuzenmann überwunden. Nicht den Schmerz und die Scham, doch ich habe keine Angst mehr. *Lass ihn!* Meine Gedanken schreien tonlos in die Dunkelheit.

Fernando lässt von ihm ab, kommt auf mich zu, ich taumle in seinen Arm.

»Oh mein Gott, Katharina, wie sehr hat er dir wehgetan? Dieses Schwein!«

Ich schüttle den Kopf, der Schmerz lässt mich aufstöhnen. »Nein, er hat nicht, aber er wollte.« Ich klammere mich an Fernando, ich will jemanden spüren, den ich liebe, seine Berührung soll meinen Körper überschreiben, der Ekel, die Scham.

»Du blutest!« Fernando dreht sich zu Xavier, der an die Mauer gelehnt sitzt und sich die Nase hält.

»Du hast sie verletzt!«, brüllt er außer sich, und zu den Umstehenden. »Ruft einen Krankenwagen und die Polizei. Und du, rühr dich und du wirst es bereuen!«

Der Schmerz und die ausgestandene Angst schlagen wie eine Woge über mir zusammen, wie eine Ertrinkende klammere ich mich an Fernando. »Xavier hat den Böller nach Velazquez geworfen. Das hat er mir gesagt.« Fernando will auf Xavier losgehen, doch ich will ihn nicht loslassen. Mein Blick fällt über seine Schulter. Paul steht vor uns, die Augen vor Grauen aufgerissen.

»Katharina! Was ist passiert?« Er zwängt sich an Fernando vorbei und will mich in seine Arme ziehen, mich beschützen, doch ich kann es nicht ertragen. Ich dränge mich weg von Paul, näher an Fernando. Er ist der Einzige, dessen Berührung ich zulassen kann, mehr noch, dessen Berührung ich brauche, um nicht in einen bodenlosen Abgrund zu fallen.

Aus der Ferne höre ich Sirenen und ich schließe meine Augen, dann weiß ich nichts mehr.

Am liebsten würde ich den Tag auf der *Feria* vergessen oder die Zeit zurückdrehen und alles dafür tun, dass nichts von dem jemals geschehen wird. Doch das ist nicht möglich. Nach einem Tag im Krankenhaus in Jerez hat mich Paul nach La Esperanza gebracht. Ich habe Xavier angezeigt, die Polizei kam ins Krankenhaus, um meine Aussage aufzunehmen. Da mir Xavier verraten hatte, dass er sich am schweren Sturz und Tod eines wertvollen Pferdes schuldig gemacht hatte, konnte Fernando ebenfalls Anzeige erstatten. Noch im Krankenhaus hatte sich Fernando verabschiedet und Paul blieb bei mir. Ich konnte mich nicht an alles erinnern, was hinter dem Zelt geschehen war, doch meine Reaktion auf Paul hatte sich in meinen Kopf eingebrannt.

Meine Verletzungen waren oberflächlich, ich hatte eine leichte Gehirnerschütterung, Hämatome am ganzen Körper und eine Riesenwut. In erster Linie auf mich, weil ich so doof gewesen war, meiner Menschenkenntnis nicht zu trauen und wie ein Schaf hinter Xavier hergerannt war. Wenn ich an Fernando dachte, fuhr ein Stich durch meinen Körper. Dieser Hass in seinem Gesicht, es hatte nicht viel gefehlt und er hätte seine Beherrschung verloren. Mit seinem Schlag hatte er Xaviers Nase gebrochen und zwei Zähne ausgeschlagen. Xavier hatte ebenso Anzeige erstattet.

Die Wettbewerbe waren für La Esperanza ausgefallen, was Konsequenzen für den Bankkredit zur Folge hatte. Wenn ich daran denke, pocht mein Kopf und ich bin verzweifelt. Wie sollte es weitergehen

Es klopft leise an der Tür und Paul kommt herein. Er ist blass und sieht aus, als hätte er nicht viel geschlafen. Neben meinem Bett steht ein Stuhl, er setzt sich darauf und sieht mich ernst an.

»Ich muss mit dir sprechen, Katharina. Seit der Nacht in Jerez de la Frontera versuche ich zu begreifen, was geschehen ist. Nicht die Sache an sich, das ist furchtbar und tut mir so sehr leid. Dein Verhalten danach. Du kannst nichts dafür und ich mache dir keine Vorwürfe, doch es hat keinen Sinn.«

»Was sagst du denn da, Paul?«

Seine blonden Haare fallen ihm ins Gesicht, seine Wangen sind nass. »Unsere Ehe ist gescheitert, ich habe verstanden, dass es einen Menschen gibt, der dich berühren kann, der dir das geben kann, was du brauchst. Leider bin nicht ich dieser Mensch, sondern Fernando. Warte!« Er hebt seine Hand. »Bitte sag nichts.«

Gedanken springen schmerzhaft in meinem Kopf hin und her. Ich überlege, was ich sagen kann, um ihn umzustimmen, doch ich schweige. Paul hat recht. Ich kann nicht mehr zurück, egal was da mit Fernando sein könnte oder sein wird. Paul ist nicht der Mann, mit dem ich meinen Weg weitergehen kann. Wir würden uns beide unglücklich machen. Ich senke den Kopf und beginne zu weinen. Wie gerne würde ich ihn bitten, seine Entscheidung noch einmal zu überdenken.

»Es tut mir leid, Paul, ich weiß nicht, was ich sagen soll.«

Er schweigt, seine Hände liegen auf den Oberschenkeln. Er sitzt aufrecht und sein Blick ist wund.

»Du hast dich in seinem Arm versteckt, er durfte dir das geben, was du mir verwehrt hast.«

Ich versuche, ihn mit meinen Augen bei mir zu halten. Es ist Paul, mein Mann. Erinnerungen an glückliche Tage reihen sich aneinander, und das Wissen, dass dies die letzte Vergangenheit sein wird, lässt mich verzweifelt schluchzen. Wir werden keine gemeinsamen Erlebnisse mehr haben.

»Paul! Ich habe Angst ohne dich. Weshalb sind wir gescheitert?«

»Es trifft dich keine Schuld, Katharina. Wir haben alles dafür getan, wir haben gekämpft. Ich würde am liebsten sagen, lass uns Freunde sein, doch dieses Angebot kann ich noch nicht aussprechen. Doch ich bin mir sicher, dass wir irgendwann Freunde sein können.«

Ich sehe ihn an, möchte mir sein Gesicht einprägen und ihm Lebewohl sagen.

Paul reist zurück nach Deutschland, ich werde erst einmal hierbleiben, bis ich wieder gesund bin und weiß, wie es mit La Esperanza weitergeht. Unser Abschied ist dramatisch, denn ich liebe Paul und er liebt mich, doch es ist nicht genug. Das *Danach* hat mir viel genommen, doch ich habe nie aufgehört zu kämpfen. Das sage ich mir wieder und wieder.

15

Nach Pauls Abschied begebe ich mich auf die Suche nach Fernando. María und Alejandro sind sehr liebevoll zur mir, verwöhnen mich und sind glücklich, dass ich nicht mit Paul nach Deutschland geflogen bin. Sie wissen nicht, dass wir uns getrennt haben, und ich habe noch keine Kraft, die Wahrheit zu sagen.

»Wo ist denn Fernando? Seit Jerez habe ich ihn nicht mehr gesehen.«

María und Alejandro wechseln Blicke, beide wirken angespannt.

»Fernando ist nicht hier.«

»Wann kommt er denn wieder? Kümmert sich Marcos um die Pferde? Ich glaube, ich brauche noch ein wenig, bis ich wieder fit bin.«

»Ja. Marcos und Mario zusammen. Fernando ist in der Sierra.«

Furcht steigt in mir auf. »Wie lange?«

»Er ist vor zwei Tagen mit Pajarito in die Sierra geritten. Er meinte, er brauche Stille um sich und müsse überlegen, was er mit seinem restlichen Leben anstellen wolle.«

Mir fällt es wie Schuppen von den Augen. Er ging davon aus, dass ich mit Paul nach Deutschland fliegen würde, und er wollte mich nicht mehr sehen.

»Oh Gott. Was für ein Durcheinander! Wo ist er denn hin?«

»Katharina«, Alejandros Stimme ist ruhig, »manchmal reitet Fernando in die Sierra, so wie José auch immer wieder in die Sierra geritten ist. Sie reinigt die Seele, heißt es, oben in den Bergen kann dir vieles begegnen, auch du selbst. Mach dir keine Sorgen, er kommt zurück.«

»Und wie soll das alles ohne ihn weitergehen? Die Reitstunden, die Planungen mit der Bank, die Kooperationen? Ich verstehe ihn nicht!«

Meine Sorge um ihn macht mich ganz krank. María schickt mich ins Bett, ich muss Ruhe halten laut Arzt, und María sorgt für die Umsetzung.

AM NÄCHSTEN MORGEN reitet Marcos mit Perro Negro auf Oso an meinem Fenster vorbei. Ich traue meinen Augen nicht und dann muss ich lachen, da er Faxen auf ihm macht, was meinen Schimmel nicht im Geringsten stört. Er wirft mir Kusshände zu und verschwindet so schnell wie er gekommen ist. Paul schreibt mir eine Nachricht, dass er gut in Frankfurt angekommen ist und sich in die Arbeit stürzen wird. Kein Wort davon, noch einmal über unsere Beziehung zu sprechen. Für ihn wurde alles gesagt, auch wenn ich traurig darüber bin, es ist die richtige Entscheidung.

Durch meine Gehirnerschütterung schlafe ich viel und jedes Mal wache ich ein Stückchen erholter wieder auf. Am nächsten Tag ist das Wetter schlecht, es regnet Bindfäden, schwarze Wolken türmen sich zu imaginären Mauern auf und tauchen die Welt um uns herum in Dunkelheit. Dann öffnet der Himmel seine Schleusen und es schüttet. Marcos wird im Stall bleiben, erzählt mir María, die ihm Essen und Trinken gebracht hat und trotz Regenmantel durchnässt ist.

Ich sehe aus meinem Fenster, Blitze erhellen für wenige Sekunden die Landschaft, gefolgt von einem Donnergrollen, das mir durch Mark und Bein geht. Ich mache mir große Sorgen um Fernando. Alejandro kommt in mein Zimmer, es wütet das schlimmste Unwetter seit dreißig Jahren.

»Was ist mit Fernando?«

»Ich weiß es nicht.«

Ich stehe auf und ziehe meine Stiefel und Reithosen an.

»Was soll das werden?«

»Ich möchte nach Marcos und den Pferden sehen. Und die Bergwacht anrufen.«

Alejandro stimmt mir zu, was mich wirklich ängstigt. »Die Bergwacht der Guardia Civil. Ich mache das, wir sprechen später.«

Innerhalb dieser wenigen Sekunden bin ich patschnass. Marcos liegt bei Luna in der Box und starrt zur Decke.

»Weißt du, ob Fernando in Gefahr ist?« Marcos zuckt mit den Schultern und gestikuliert.

»Ich verstehe dich nicht. Ich habe einen Block mit Stift dabei. Kannst du es aufschreiben?«

Marcos nickt und nimmt mir beides aus der Hand.

»Ich weiß nicht, wo er ist. Wenn es weiter so regnet, wird es gefährlich.«

»Das habe ich mir gedacht. Ich habe versucht, ihn anzurufen, es geht sofort die Mailbox ran.«

Marcos hat keine Ahnung von mobilen Telefonen, aber er ist besorgt und das genügt mir.

»Was ist mit den neuen Pferden? Hast du nachgesehen?«

Er nickt beleidigt. *»Natürlich. Alles in Ordnung.«*

Es blitzt und donnert so laut, als würde jemand neben uns

eine Waffe abfeuern. Oso steht da wie ein Fels in der Brandung, das einzige Pferd, das sich nicht erschreckt hat. Ich küsse ihn auf die Nüstern und renne zurück ins Haus.

Eine besorgte María kommt mir entgegen. »Sie suchen nicht nach ihm. Das Gewitter ist zu stark, sie wollen warten, bis es hell ist.«

Übelkeit steigt in mir auf, Furcht und Grauen. Wo ist Fernando? Wenn er Hilfe braucht, verletzt oder bewusstlos ist? »Das können die einfach machen? Es ist Fernando! Weshalb meldet er sich nicht?«

María zuckt mit den Schultern.

»Weil etwas geschehen ist! Ich weiß, dass es so ist.« Meine Stimme tönt unangenehm schrill in meinen Ohren.

Ich laufe an María vorbei in mein Zimmer und reiße Kleidung aus dem Schrank.

»Was hast du vor, Katharina?«

»Ich reite in die Sierra und suche Fernando.«

»Stopp! Bist du wahnsinnig? Ganz abgesehen davon, dass du eine Gehirnerschütterung hattest, weißt du in der Sierra nicht Bescheid. Bei diesem Wetter wirst du sterben!«

»Ich weiß genau, wo Fernando ist, und ich werde Oso reiten.«

Als wäre das die Lösung!

Ich ziehe mir warme Wäsche an, María gibt mir eine Regenhose und ein Oberteil. Als ich in den Stall zurückgehe, sind Oso und Una gesattelt, Marcos hat Taschen an beide Sättel befestigt. Er steht mit einem entschlossenen Ausdruck in seinem Gesicht vor mir. Ich weiß, dass er sich von mir nicht aufhalten lässt und bin froh darüber.

»Wer soll sich um die Pferde kümmern, wenn wir beide nicht hier sind?«

»Ich rufe Marco und Carlos an, und ich bin auch noch hier. Marcos bitte pass mir auf unsere Lieben auf.« María küsst ihn auf die Wange und er schließt sie schnell in seine Arme.

Nach zwanzig Minuten sind wir bereit, wir haben Verbandsmaterial, Schmerzmittel, heißen Tee und etwas zu essen dabei. Mein Telefon trage ich in der Jackentasche. Um unsere Jackenärmel sind Leuchten befestigt. Ich kann es nicht erwarten, loszureiten. Mein Adrenalinspiegel ist hoch, ich bin hellwach und vollkommen klar.

»Ich bin davon überzeugt, dass Fernando bei Josés Hütte oder am Wasserfall ist.«

Marcos nickt und treibt Una an, bei der Dunkelheit und dem starken Regen können wir nicht galoppieren, das Risiko eines Sturzes ist zu groß. Marcos hat Una gewählt und ich habe volles Vertrauen zu ihm. Alles wird gut werden. Alles *muss* gut werden.

Es dauert eine gefühlte Ewigkeit, bis wir am Fluss vorbei den Weg erreichen, der uns in die Sierra führt. Es donnert und blitzt, ohne Marcos hätte ich den Trampelpfad bestimmt übersehen. Una trabt sicher im Kegel von Marcos' Taschenlampe den schlammigen Weg entlang. Jäh verbreitert sich der Pfad, dicke platt geklopfte Steine lassen die Pferde langsamer gehen, durch die Nässe hat sich der Untergrund in eine Rutschbahn verwandelt. Vor meinem geistigen Auge entsteht das Bild des Weges, den ich letztes Jahr mit Fernando geritten bin. Rechts kommen die Hügel, links die Büsche, jetzt wird es steil und ich hoffe, dass unsere Pferde es bis nach oben schaffen. Marcos leitet seine Stute weiter am Weg, sie sucht sich ihren Halt und Oso macht es ihr nach. Die Passage wird eng, ich atme stoßweise vor Anstrengung und Angst, der Untergrund ist schlammig, durch die Wurzeln finden Osos Hufe den Gripp, den sie brauchen, um nicht zu stürzen. In dem kleinen Lichtkegel ahne ich die dicken Stämme der hochgewachsenen Bäume mehr, als dass ich sie sehe. Oso kennt die Strecke, er zögert nicht, geht zügig vorwärts. Plötzlich wird der Weg sehr steil, ich lehne mich nach vorne, habe nur so viel Zügel in der Hand, dass ich die Verbindung zu ihm nicht abreißen lassen muss. Una springt vorwärts, ein weißer Schemen, der über mir zum Stehen kommt. Oso fliegt über das letzte Stück Hang und schwer atmend zügle ich ihn.

Marcos grinst und die Erleichterung lässt mich lachen. »Meine Güte, wir haben es geschafft!«

Er klatscht in die Hände und deutet nach vorne. »Ja, bei der alten Kastanie, *El Abuelo,* die Wanderwege talwärts.« Marcos galoppiert das kurze Stück bis zur Kastanie, ich bleibe hinter ihm. Trotz der Anstrengung friere ich, mein Körper schmerzt und ich habe Kopfschmerzen. Eine innere Stimme sagt mir, dass wir unbedingt weitermüssen.

Der Weg schlängelt sich talwärts, unsere Pferde rutschen. Wir gehen den Weg im Slalom nach unten, was sicherer ist, und trotzdem zittern meine Beine vor Anstrengung. Wieder verengt sich der Weg zu einem Pfad, der Untergrund ist steinig, und ich denke einige Male, dass wir abstürzen. Dann erreichen wir den Trampelpfad, und ich spüre am beißenden Wind, dass wir die Ebene erreicht haben. Wir traben über den weichen Boden, durchqueren die Fläche unheimlicher Schwärze und kommen zu dem Bergkamm, der uns an einem Wald vorbeiführt. Etwas geschützt vom Regen meine ich, den Wasserfall hören zu können. Wo ist Fernando? Marcos macht ein Geräusch und deutet zwischen die Bäume zu der Stelle, wo der Wasserfall ist. Da ist ein Lichtschein! Mein Herz hüpft vor Freude und ein tiefes Glücksgefühl durchströmt mich. Da ist er, doch was macht er hier? Warum ist er nicht in der Hütte?

Marcos galoppiert los und Oso jagt hinter Una her. Dann

sind wir angekommen und was ich sehe, bringt mein Herz fast zum Stehen.

Der Wasserfall ist zu seiner vielfachen Größe gewachsen, einige Meter davor sitzt Fernando auf dem Boden und ich frage mich, weshalb er nicht aufsteht. Beim Näherkommen erkenne ich Pajarito. Der Hengst liegt seitlich auf dem Boden, Fernando hat seinen Kopf auf seinen Schoß gebettet. Fast gleichzeitig springen Marcos und ich von den Pferden.

»Fernando! Was ist denn passiert? Geht es dir gut?«

Der Spanier sieht mich an als wäre ich ein Gespenst. »Katharina, du bist da? Ich dachte, ich bilde es mir ein. Pajarito ist verletzt. Er ist gestürzt und ich glaube, sein Bein ist gebrochen.«

Marcos kniet an Pajaritos Seite und tastet das verletzte Bein ab. Er dreht seine Hand schnell in beide Richtungen. »Nicht sicher!«, soll das wohl heißen.

»Was ist mit dir, Fernando? Bist du okay? Hast du dir beim Sturz etwas getan?«

»Ich glaube schon, meine Schulter schmerzt.«

»Wie lange liegst du schon hier?«

»Das kann ich dir nicht sagen. Auf alle Fälle eine Nacht.«

Ich bin sprachlos und hole aus den Satteltaschen die Thermoskanne mit dem Tee. Marcos deckt Pajarito zu, sieht mit sorgenvollem Blick zum Wasserfall, dessen Wasser aus dem Becken fließt und Pajarito bald erreicht hat. Er liegt in einer kleinen Senke, die sofort mit Wasser volllaufen und damit zur Todesfalle für das Tier werden wird. Aus meiner Jackentasche versuche ich das Telefon herauszufischen. Meine Hände zittern vor Kälte und Angst wie Espenlaub. Nach einer Gefühlten Ewigkeit kann ich es greifen, ziehe es heraus und rufe María an. Ich erkläre schreiend die Situation.

»DANN MÜSST IHR DORT WEG! Das ist …« Durch das Tosen des Wassers kann ich sie fast nicht verstehen.

»Fernando würde niemals Pajarito zurücklassen. Wir brauchen den Pferdehänger hier oben und müssen versuchen, ihn bis nach unten zu bringen!«

Eine Idee formt sich in meinem Kopf. »Wir brauchen Hilfe von Marco und Carlos, sie sollen mit Seilen und Tüchern zum Wasserfall kommen, der Hänger kann auf dem Hauptweg stehen und wir bringen Pajarito über den Hang nach unten. Und vor allen Dingen: Beeilt euch bitte!«

Fernando sieht mich an, sein Gesicht ist schmutzig und verzweifelt. »Ich weiß, was du vorhast! Das ist Wahnsinn! Einfach Wahnsinn!«

»Wir haben nur diese Chance!«

Er beugt sich zu seinem Pferd. Es ist eine Verbindung zwischen ihnen, Fernando legt sein Gesicht auf Pajaritos Kopf, dann sieht er zu mir und nickt.

»María? Bist du noch da?«

»Warte … ich spreche mit Alejandro.«

»Katharina? Wie geht es Fernando?« Alejandro ist jetzt am Telefon.

»Sehr schlecht, ich glaube, er hat sich die Schulter gebrochen oder ausgekugelt. Er kann sich kaum bewegen.«

»Gut, dann gib mir Marcos und sag mir später was er davon hält.«

Marcos hört am Telefon zu, welchen Vorschlag Alejandro macht, schüttelt erst den Kopf, dann nickt er und schließlich klatscht er mit einer Hand auf seinen Oberschenkel. Er reicht mir das Telefon zurück.

»Alejandro, er sieht begeistert aus. Was machen wir?«

»Ich komme mit dem Hänger an die Stelle unterhalb des Wasserfalls, von der anderen Richtung fahre ich durch das Tal nach oben. Ich habe María dabei, Mario, Carlos und alle, die ich auftreiben kann. Ihr müsst Fernando und Pajarito nach unten bringen. Wartet auf alle Fälle auf Hilfe! Allein schafft ihr das nicht!«

»Gut.« Meine Stimme ist tonlos, meine aufsteigende Panik lässt die Töne blechern klingen. Fernando sieht mich an, der Regen läuft über sein Gesicht. »Katharina«, sagt er. »Katharina, ich dachte, du verlässt La Esperanza. Ich dachte, du verlässt mich.«

»Ich bin hier, Fernando! Hier, bei diesem Scheißwetter, das uns bis nach Portugal spült, wenn wir nicht aufpassen. Alejandro kommt mit dem Hänger und bringt Hilfe mit, wir müssen Pajarito zum Aufstehen bringen.«

Marcos und ich beginnen mit dem Mann, der lieber sterben würde, als sein Pferd allein zu lassen. Etwas brennt lichterloh in mir, wärmt mich und lädt mich mit Energie auf wie eine Steckdose. »Los! Fernando, du stehst jetzt auf.« Ich rufe Oso, der zu mir kommt. Ich verlängere den Steigbügel so, dass ich ihn Fernando unter die unverletzte Schulter schieben kann.

»Halt dich da fest und stemme dich dagegen, bitte! Du musst jetzt hoch!«

Fernando zieht sich einige Zentimeter vom Boden hoch, als ich Oso etwas antreibe. Schritt für Schritt, bis Marcos ihn am Hosenbund packt und nach oben reißt.

Ich drücke ihm die Tasse in die Hand: »Trink bitte, dann helfen wir dir auf Pajarito.«

»Ihr schafft es ohne mich nicht, Pajarito zum Aufstehen zu bewegen.«

Das Wasser hat die Senke erreicht und fließt hinein, wir haben höchstens noch einige Minuten. Marcos setzt sich neben den braunen Hengst und streichelt seinen Hals, nimmt ihm das Zaumzeug ab und legt ein Halfter an, das er aus der Satteltasche zieht. Den Sattelgurt schneidet er mit einem

Messer durch, legt einen breiten Strick um den Hals des Pferdes und deutet mir, mich in die Senke zu setzten und mit dem Rücken an seinem Po zu schieben.

Dann schnalzt Marco mit der Zunge und zieht. Pajarito hebt seinen Kopf und drückt beide Beine nach vorne. *Was für ein mutiges, großartiges Pferd,* denke ich. Marcos zeigt mir drei Finger. Ich zähle laut ... »Eins, zwei und drei!« Er zieht und ich brülle und drücke, rutsche aus und kippe ins Wasser. Es ist egal, ich bin bis auf die Haut durchnässt. Wir probieren es wieder und wieder und als Fernando schließlich wie ein Berserker brüllt, schafft es Pajarito aufzustehen und sich auf drei Beinen zu halten.

»Raus aus dieser Senke!«, brüllt Fernando, und Marcos treibt ihn an und ich drücke. Pajarito hüpft und schafft es gerade so ohne zu stürzen. Ich weine vor Erleichterung.

»Wo ist dein Telefon?«

»Es ist beim Sturz kaputtgegangen.« Das war klar, macht mich trotzdem wütend.

»Warum bist du verschwunden?«

»Ich konnte es nicht ertragen, dich noch einmal zu verlieren. Ich habe es satt, den toleranten und verständnisvollen Samariter zu spielen! Verdammt!« Er brüllt gegen das Unwetter und das Wasser an. »Ich wollte nicht dabei sein und dich freundlich verabschieden wie das letzte Mal!«

Am liebsten würde ich ihm einiges an den Kopf werfen, doch dafür ist noch Zeit, wenn wir das hier geschafft haben.

Durch den Wald sehe ich die Lichtkegel von Taschenlampen wie Irrlichter auf und ab tanzen. Hilfe ist da, wir werden es schaffen. Mario hat nicht nur seinen Bruder mitgebracht, sondern auch noch zwei andere Männer, die so grimmig aussehen, wie ich mich fühle. Sie komplementieren mich aus dem Weg und stellen sich neben Pajarito, der genau weiß, dass Menschen gekommen sind, um ihn zu retten. Ich nehme Oso an den Zügel, Una folgt uns wie ein Hündchen, langsam mit viel Gefühl stützen die Männer den Hengst und Schritt für Schritt kommen wir dem Hänger näher.

Ich weiß nicht, wie viel Zeit vergangen ist, seit wir Fernando gefunden haben, doch es fühlt sich an, als wären es viele Stunden. Die Männer rutschen mit dem Pferd an einigen Stellen ungewollt den Abhang hinunter und ich habe solche Angst, doch irgendwann stehen wir auf der Straße und vor uns sind María und Alejandro im warmen Auto und dem Anhänger. Pajarito humpelt hinein, ohne zu zögern, Fernando rutscht von Oso und legt sich neben Pajarito in das Stroh. Marcos setzt sich auf die Schimmelstute, nimmt Oso Sattel und Zaumzeug ab und legt beides ins Auto. Er bringt beide Pferde nach Hause. Ich lege mich ebenfalls in den Anhänger und seit vielen Wochen sind wir allein.

Alejandro fährt langsam los.

»Warum bist du noch hier?« Mit dieser Frage zeigt er, mit was er sich die letzten Tage beschäftigt hat. »Danke, dass ihr alle nach mir gesucht habt.«

»Bitte schön. Ich bin noch hier, weil Paul und ich unsere Beziehung beendet haben. Er hat uns beide in Jerez gesehen und sagte, dass es nur dich für mich gibt und unsere Ehe gescheitert ist.«

Fernando schweigt und ich denke schon, dass er eingeschlafen ist. »Tut es dir leid?«

»Ich habe um meine Ehe gekämpft, auch noch, als ich es gar nicht mehr wollte.«

Für einige Minuten sagt keiner von uns etwas. Wir hängen beide unseren Gedanken nach. Bis Fernando schließlich das Schweigen bricht:

»Ich glaube, dass Pajaritos Bein nicht gebrochen ist. Ich hoffe es.«

Sprachlos schweige ich. Offensichtlich hat Fernando kein

Interesse mit mir zu sprechen. Ich bin verletzt, beiße meine Zähne zusammen. Jetzt geht es gerade nicht um mich.

Nach über fünfundvierzig Minuten sind wir auf La Esperanza angekommen. Pajarito wird von Marcos in den Stall gebracht und versorgt, die Tierärztin wird morgen zur Untersuchung vorbeikommen, doch Marcos ist sich sicher, dass nichts gebrochen ist, und ich bin mir sicher, dass es genauso ist. María hilft Fernando beim Ausziehen, er muss morgen in die Klinik, um die Schulter röntgen zu lassen.

Wir sind alle glimpflich davongekommen. Als ich im Bett liege, bin ich so erschöpft, dass ich glaube zu fliegen.

FERNANDO HAT wie sein Pferd Glück im Unglück. Seine Schulter ist stark gezerrt und er muss sich schonen, bis er keine Schmerzen mehr hat. Pajaritos Bein wird bei Schonung und guter Behandlung vollständig verheilen. Was haben wir für ein Glück gehabt! Am nächsten Tag ruft die Bergwacht an, um zu fragen, ob Fernando in der Zwischenzeit zurückgekommen ist. María bedankt sich und bestätigt dies. Die Eskapade von gestern bleibt am besten in der Familie.

DIE TAGE VERGEHEN, Fernando und ich haben nicht mehr über meine Trennung von Paul gesprochen und er vermeidet jegliche Intimität mit mir. Wir reden über die Pferde, die Ausritte und die Pflege. Ich habe seit längerer Zeit einen Plan, den ich gerne mit Fernando teilen möchte.

An einem warmen Tag im Mai bringen wir die Pferde auf die Weide, ein wundervoller Anblick. Wir lehnen am Zaun, nebeneinander, unsere Ellbogen berühren sich und die Zeit reduziert sich auf meine leisen Atemzüge. Ich würde am liebsten die Luft anhalten und mit ihm in meiner kleinen

Blase weiteratmen. »Ich möchte das Projekt mit dir zusammen machen.«

»Was meinst du denn?«

»Die Scheune, der Umbau – alles.«

Er lacht. »Das ist nicht so einfach.«

»Doch ist es. Ich möchte das Haus in Granada verkaufen und das Geld verwenden, unseren Plan wahr werden zu lassen.«

Fernando dreht sich zu mir um und kommt mir mit seinem Gesicht sehr nahe. Die Luft zwischen unseren Gesichtern ist aufgeladen, doch er zieht sich wieder zurück.

»Ich finde, das ist eine ganz ausgezeichnete Idee. Wenn du überzeugt davon bist.

Dann streicht er mir über die Haare und geht zurück ins Haus.

»Fernando? Warte doch bitte!« Er bleibt stehen und dreht sich zu mir um. »Ich weiß nicht, woran ich bei dir bin. Zuerst küsst du mich, du sagst du liebst mich, und jetzt weiß ich nicht, ob ich dich lieben darf oder nicht.«

Fernando geht den Weg zurück zur Koppel. Er stellt sich vor mich und legt seine Arme leicht auf meine Schultern. Seine Miene ist unergründlich.

Ich lächle ihn an und wieder fallen mir die bernsteinfarbenen Tupfen in seinen dunklen Augen auf.

»Wir sollten ein Fest geben.« Unvermittelt blitzen seine Augen vor Freude auf.

»Ein Fest, eine Party?« Ich kann es nicht glauben, daran denkt er jetzt?

»Ja, wir haben einiges zu feiern, was meinst du?«

»Wir laden Alba und Mateo ein und Amado?«

»Natürlich, unbedingt.«

»Wir feiern bei uns auf dem Hof, wie an diesem Abend vor der *Feria*.«

Fernando nickt und streichelt gedankenverloren mit seinem Finger über meinen Arm.

Ich beuge mich zu ihm und lege meine Lippen auf die seinen. Es ist der erste Kuss, seit alles anders und die Sierra zu meiner Heimat geworden ist.

»Der Geschmack von dunklen Orangen ist etwas ganz Besonderes«, wiederholt Fernando und dann küsst er mich.

EPILOG

Es ist September, die Tage sind noch heiß, doch die Nächte werden eine Spur kühler. Der Spätsommer schenkt Andalusien andere Farben, nicht minder schöner als die Monate davor – im Gegenteil. Wir werden beschenkt von der Sierra und wir nehmen es mit Freude und Dankbarkeit entgegen.

Heute ist unser Fest und La Esperanza ist erfüllt von Freundschaft und Liebe. Mein täglicher Rundgang führt mich zur Scheune, die so umgebaut wird, wie Paul es für uns geplant hatte. Wir werden die nächste Saison die ersten Gäste empfangen und ich freue mich so sehr darauf. Fernando hat noch drei Pferde gekauft, denn Sergei hat sein Herz an Baila verloren und sie Fernando abgekauft. Die Zimmer werden traditionell eingerichtet, denn Traditionen zu wahren ist uns sehr wichtig. Alejandro und María sind Großeltern eines wunderschönen Mädchens geworden. Ihre Tochter Gabriela ist mit ihrem Sohn und dem Baby ebenfalls hier. Daniel, der Sohn, hat sich gemeldet und schon Urlaub eingereicht. Alejandro selbst geht es gut, die Immuntherapie zeigt Erfolge und er saugt das Leben in sich ein.

Bevor ich ins Haus gehe, besuche ich Oso und freue mich täglich aufs Neue, wenn er mich begrüßt. Fernando hat das Fohlen verkauft, aber Luna behalten. Im Augenblick ist eine Pferdezucht nicht im Gespräch, doch wer weiß? Ich habe die Wohnung in Granada verkauft und Paul hat mich ausbezahlt, was unsere gemeinsame Wohnung in Frankfurt angeht. Wir können noch keine Freunde sein, dazu sind die Wunden noch zu frisch, doch die Zeit wird kommen, davon bin ich überzeugt.

Heute sind alle Menschen hier, die mich auf meinem Weg begleitet haben.

Ich bin dankbar, denn ich hatte Zeit geschenkt bekommen, abzuwarten, wohin mich der Weg führt und welche Abzweigung ich gehen möchte. Menschen, die mich um meiner Selbst lieben, gleichgültig was das *Danach* verändert hat. Ich habe gelernt, dass das Jetzt nicht ausschließlich vom *Danach* abhängen muss. Alles bedingt sich, alles gehört zusammen. Letztendlich hat Margarete *La Esperanza* nie verlassen, ihre Liebe zu diesem Ort mit seinen Menschen hat sie mir eingepflanzt, und der Samen ist gewachsen und hat einen Orangenbaum hervorgebracht, einen Blutorangenbaum, und so soll es sein.

ENDE

NACHWORT

Nach dem ersten Teil »Der Duft von Orangenblüten« hatte ich das Gefühl, dass Katharinas Geschichte noch nicht zu Ende erzählt ist, trotz meiner Empfindungen dachte ich nicht daran, eine Fortsetzung zu schreiben.

Dann kamst du lieber LeserIn mit deinen Mails und Nachrichten und der Frage? »Wann geht es weiter? Das kann nicht das Ende gewesen sein!«

Nein, es war nicht das Ende, denn das ist es nie – und das ist gut so.

Ich danke euch dafür.

Vorbild für die Orangenplantage auf *La Esperanza* ist Naranjas del Carmen und die fantastische Idee des Crowdfarmings®. Der Name und Idee stammt von den Gebrüdern Úrculo, die damit eine vollkommen neue Art des ökologischen Orangenanbaus ins Leben riefen.

Ich möchte auch in diesem Buch erwähnen, dass ich stolze Patin eines Orangenbaums mit dem Namen »Sunce« – das ist Kroatisch und bedeutet »Sonne« – bin. Ich freue mich jedes Jahr aufs Neue über die Ernte.

Wer sich im virtuellen Obstgarten umsehen möchte:

www.naranjasdelcarmen.com

Vielen Dank an euch, dass ich mir eure inspirierende Idee für meinem Roman ausleihen durfte.

Lieber Andreas März, vielen Dank für die fantastische Zusammenarbeit, du hast mein Buch besser gemacht.

https://www.am-korrektorat.com

Lieber Rainer Wekwerth, vielen Dank für das Coaching und deine Geduld sowie für das wunderschöne Cover.

https://www.kreatives-schreiben.net

Meine Familie hat mich wie immer beim Entstehungsprozess des Buches begleitet und wie jedes Mal am Ende mit mir gelitten. Ich verspreche feierlich, bei nächsten Mal wird alles anders. Ich liebe euch.

Alexandra Mazar im Juli 2021

Alexandra
Mazar
Der Duft
von
Orangenblüten

DER DUFT VON ORANGENBLÜTEN

KLAPPENTEXT

Der erste Teil der Orangenblüten-Saga

Für Katharina ist nichts mehr, wie es war.
Bei einem brutalen Überfall wurde ihr Gesicht entstellt, ihr Ehe existiert nur noch auf dem Papier.
Und dann ist da noch dieser Brief eines Anwalts aus Granada.
Katharina hat eine Finca geerbt. Von einem Unbekannten.
LA ESPERANZA - Die Hoffnung.
Über Umwege gelangt sie in den Süden Spaniens. Wer ist dieser rätselhafte José, dem die Orangenplantage einst gehörte?
Katharina setzt alles daran, den Schleier der Vergangenheit zu lüften, und verliert ihr Herz an eine verbotene Liebe wie damals ihre Großmutter …

Ein Roman über Schmerz, Stärke, Hoffnung und Liebe - über die Wurzeln der Vergangenheit und den Zauber Andalusiens.

DER DUFT VON ORANGENBLÜTEN

Leseprobe:

Prolog

Ich denke an die Sierra Nevada. An die zerklüfteten Gipfel, die im April vom Schnee bedeckt in ihrer kargen Schönheit verborgen liegen. Wenn die Sonne das weiße Kleid der Berge zum Glitzern bringt, flüstern die Märchen der Vergangenheit in mein Ohr. Unversehrt ist diese Schönheit, kalt und unberührt, so perfekt, dass ich die Augen schließen will, und doch ist es mir nicht möglich, ich kann mich nicht belügen.

Fast hasse ich den Schnee, der die Landschaft in bleichen Frieden taucht, trügerisch in seiner Perfektion. Ich warte auf die wilde Wirklichkeit des Sommers, unverhüllt, bizarre Formen, strahlende Gipfelketten, harter Stein, zerklüftet, unmöglich zu erklimmen und das Schönste, was ich jemals gesehen habe.

Ich habe den Gipfeln der Sierra alles erzählt, die Lügen ließ ich dort, der nächste Winter wird seinen Mantel darüberlegen und sie werden ins Vergessen hinabsinken, wie es das Schicksal aller Lügen sein sollte.

Meine Tränen nahm ich mit, hüte und liebe sie, wie es das Schicksal meiner Tränen sein wird. Denn ich habe sie aus einem Grund geweint, der mein Geheimnis sein soll.

Ich bin erfüllt von dem Geruch der Sierra, ich kann mich an jeden Augenblick erinnern. Die morgendliche Frische des nassen Grases, noch schwer bedeckt vom Tau, die leichte Süße der Kräuter, die eine sanfte Brise vor sich herträgt. Später am Tag, wenn die Hitze den Tau verschlungen und den Boden getrocknet hat, rieche ich die dunkelrote Erde, gefüllt mit Leben und mit Tod. Dann die Nacht. Die Sierra gibt her, was sie an Düften am Tag gefangen hat, und ich stehe unter einem funkelnden Sternenhimmel, lasse den Duft in mich strömen, bewahre etwas davon bei mir.

Ich denke an die Sierra Nevada, die so viel mehr ist und immer bleiben wird, denn ich bin ein Teil von ihr und sie bleibt ein Teil von mir.

Vergangenheit, Gegenwart und Zukunft.

ALEXANDRA
MAZAR
Die
Farben
des
Verzeihens

DIE FARBEN DES VERZEIHENS

KLAPPENTEXT

Gehört zur Orangenblüten-Saga, ist ein Einzelband und erzählt die Geschichte von Eliza und Sergei.

Farben bestimmen ihr Leben,
düstere Farben.

Eliza psychisch labiler Bruder ist ein genialer Maler mit einer Gabe, die ihn in den Selbstmord treibt.
Schuldgefühle, quälende Erinnerungen und die Einsamkeit drängen ihn dazu, ein Jobangebot in Spanien anzunehmen.
Eliza soll den Roman des in Granada lebenden russischen Schriftstellers Sergei Tartakovsky übersetzen.
Die beiden kommen sich näher, spüren die tiefe Verbundenheit, doch dann ruft ein erneuter Schicksalsschlag Eliza nach Deutschland zurück.
Dort muss sie sich ihrer verhassten Großmutter stellen und der Vergangenheit. Alte Fotos offenbaren, was so lange im Verborgenen blieb. Und endlich versteht Eliza die Farben ihres Bruders, die Farben des Verzeihens.

Ein Roman über Schmerz, Vergessen und Liebe -
über die Kraft des Verzeihens und die Magie Granadas.

DIE FARBEN DES VERZEIHENS

Leseprobe:

Prolog

Ich bin nicht tot, ich tausche nur die Räume, ich leb' in euch
und geh' durch eure Träume.
Michelangelo

Das schnelle Pochen seines Herzens dröhnt ihm in den Ohren, doch es ist nicht Angst, die das Blut in diesem pulsierenden Rhythmus durch seinen Körper pumpen lässt. Jetzt, im Schatten seines Verschwindens, fühlt er sich lebendig wie nie. Seine Wahl, seine Entscheidung. Die Worte an sie fließen aus ihm heraus, direkt auf das Papier, und er ist sich sicher, dass sie ihn verstehen wird.

Mutig wagt er einen Blick in sein Inneres, gespannte Erwartung und die Überzeugung, dass danach noch etwas kommen wird. Hier ist nicht das Ende, es ist der Anfang eines neuen Weges.

Er ist jetzt so weit, steigt in die Badewanne, gleitet tief in das warme Wasser und atmet langsam ein und aus. Sein Herzschlag beruhigt sich und er dreht den Wasserhahn zu. Es ist still im Raum. Die Ruhe umhüllt ihn wie ein schützender Mantel und er legt den Kopf zurück in das Nass. Sein Körper und seine Gedanken schweben schwerelos im Wasser, sein Gehirn schenkt ihm Erinnerungen. Mit jedem Bild, das sich ihm bietet, verabschiedet er sich ein Stück mehr aus seinem Leben. Er hat die Klinge bereitgelegt, setzt sie am linken Handgelenk an. Ein scharfer Schmerz, er taucht erschrocken seinen Arm ins Wasser, dann wechselt er die Klinge in die andere Hand.

Das Wasser um ihn herum färbt sich rot. Seine Arme treiben wie Schlingpflanzen an der Oberfläche – gehören sie zu seinem Körper? Hat er noch Kontrolle über sie? Das Wasser wird dunkler, das Blut, sein Blut, es fließt aus den Wunden, ist jetzt überall, vermischt sich, und irgendwann wird irgendjemand den Abfluss der Wanne öffnen und er wird verschwinden. Im Nirgendwo. Weggespült ins Nichts. Es kann nicht mehr lange dauern, er ist müde und muss sich zwingen, nicht einzuschlafen. Seine Sinne konzentrieren sich nur noch auf einen Punkt in seinem Körper, sein Herz, das noch stetig und laut klopft. Weshalb schlägt es noch so stark, sollte es nicht langsam vorbei sein?

Seine Gedanken gelten ihr, er sollte sie trösten. Wehmütig schluchzt er auf, es schmerzt, und so atmet er bewusst ein und aus. Irgendetwas sitzt auf seiner Brust und nimmt ihm die Luft. Wie kann das sein? Er will die Augen öffnen, um nachzusehen, doch er ist einfach zu müde.

Und dann ist es vorbei.

Kapitel 1

O Herr, gib jedem seinen eignen Tod. Das Sterben, das aus jenem Leben geht, darin er Liebe hatte, Sinn und Not.
R. M. Rilke

Die kleinen Steine unter meinen Füßen knirschen. Sofort verlangsame ich meine Schritte und bemühe mich, vorsichtig aufzutreten. Ich möchte nicht, dass SIE mich kommen sieht, mich beobachten kann. Während ich dem schmalen Weg folge, der mich zu meinem Bruder bringt, treiben Erinnerungsfetzen an die Oberfläche, wollen sich festsetzen, doch ich blinzle die Bilder fort. Nichts darf mich jetzt schwächen, ich bin ausgehöhlt, fühle nichts, bin leer, nur eine Hülle.

»Komm nach Hause, du gehörst jetzt hierher!«

Nach diesem Satz legte Nana, meine Großmutter, auf. Sie hat keine Antwort abgewartet, doch das musste sie auch nicht. Selbstverständlich würde ich zur Beerdigung meines Bruders kommen, wenn dort auch nicht mein Zuhause war. Nach meinen Eltern habe ich jetzt auch meinen Bruder verloren. Nun bleibt mir als letzte Verwandte nur noch SIE.

»Komm nach Hause!«, klingt es in meinem Kopf nach. Nanas Stimme war klar und fest, ich konnte keinen Schmerz heraushören.

Ich verstärke meine Schritte. Wo ist nur diese Kapelle? Ich bin unpünktlich. Natürlich! Die Strecke ist weit und der Verkehr auf den Straßen war dicht gewesen. Dabei bin ich mitten in der Nacht losgefahren, um rechtzeitig da zu sein, auch wenn sich alles in mir dagegen sträubte. Gleich danach werde ich wieder zurückkehren in mein Leben, in ein Leben ohne SIE.

Der schmale Weg gabelt sich, ich weiß nun, wohin ich

gehen muss. Ich folge dem Schild, rechts ist die Kapelle, ist mein toter Bruder. Meine Kehle zieht sich zusammen, ich schlucke die Tränen hinunter. Jetzt nicht, noch nicht! Auf keinen Fall weinen! Ich bleibe stehen, fahre mit der Hand an den Hals, drücke zu. Der Schmerz bringt mich augenblicklich zur Besinnung, und dann sehe ich meine Großmutter am Eingang der Kapelle stehen. Instinktiv verlangsame ich meine Schritte, atme tief durch. Sie sieht mich an, taxiert mich. Eine kleine Gruppe Menschen steht neben ihr, um zu kondolieren. Sie lässt es geschehen, ihren Blick unverwandt auf mich gerichtet, ohne Regung.

Wie schön sie ist, denke ich widerwillig, wie stolz. Hochaufgerichtet steht sie da, die Augen dunkel, das früher schwarze Haar jetzt weiß. Nur um ihre vollen Lippen sind tiefe Falten eingegraben, sie verraten ihr wahres Alter.

»Du bist spät«, stellt sie fest, als ich auf ihrer Höhe bin. »Aber nicht zu spät«, fügt sie hinzu. »Du kannst dich von ihm verabschieden, ich habe den Sarg noch nicht schließen lassen.«

»Weshalb glaubst du, dass ich das möchte?«

Nana sieht mich an, und ich kämpfe darum, meinen Blick nicht abzuwenden, ihr fest in die Augen zu blicken. Sie gibt keine Antwort.

»Komm!«

Wir betreten die Kapelle. Gemeinsam. Ein seltsames Gefühl. Ich blicke in die Gruppe der Trauergäste, erkenne Tante Anna, die mir zunickt, mich jedoch in Ruhe lässt, wofür ich ihr dankbar bin. In meine Gedanken versunken, fällt mir erst später auf, dass mir niemand sein Beileid ausgesprochen hat.

Die Kapelle ist spartanisch und schlicht, ein modernes Kreuz über dem Altar, die Bestuhlung dunkel und zweckmäßig. Der Pfarrer winkt uns in einen Seitenraum. Ich starre ihn an, beobachte seine Hände, wie er die Tür öffnet und zurücktritt, um uns Platz zu machen. Hat er etwas zu mir gesagt? Ich lege meine Hand in seine, bleibe stehen. Ich kann auf einmal nicht weitergehen. Meine Hände zittern unkontrolliert, ich balle sie zu Fäusten. Ungeweinte Tränen brennen in meinen Augen. Nicht weinen, jetzt nicht weinen, das ist das Wichtigste! Der Geistliche zieht mich in eine Umarmung, murmelt etwas, was ich nicht verstehe, doch die Berührung tut mir gut und das Zittern lässt nach. Ich bin starr vor Angst und doch will ich hineingehen, rennen will ich, ich muss sicher sein, ob er es tatsächlich ist.

Meine Großmutter steht an der Tür, ihr Ton ist so scharf, dass es in meinen Ohren schmerzt: »Geh hinein, das musst du allein tun!«

War da ein anklagender Unterton in ihrer Stimme? Ich sehe sie an. »Warum tust du das?«

»Was meinst du?« Ihre jetzt dunkelgrauen Augen tauchen in meine.

»Diese Inszenierung, die vielen Menschen, die nichts mit ihm zu tun hatten, ihn nicht kannten, ihn für verrückt hielten ... warum das alles?«

Nana tritt einen Schritt auf mich zu, ihr Gesicht blass vor Wut, und ich muss mich sehr beherrschen, nicht zurückzuweichen.

»Was denkst du dir nur? Alle, die hier sind, haben ihn geliebt!« Sie schüttelt den Kopf, als hätte ich eine Dummheit gesagt. Als sie mich ansieht, kann ich ihre Gefühle für mich in ihren Augen lesen.

»Du hast ihn elf Jahre nicht gesehen, du hast den Kontakt zu uns abgebrochen.« Sie packt mich am Handgelenk. »Du weißt nichts von ihm, nichts von uns, gar nichts!« Sie speit mir die Worte entgegen, und ich bin stolz auf mich, dass sie zur Bedeutungslosigkeit schrumpfen, keinerlei Gefühl in mir auslösen, nicht das geringste. Gleich wird sie mir die Schuld an Connys Tod geben, das tut sie wahrscheinlich sowieso, sie muss es nur noch aussprechen.

Ich trete bewusst einen großen Schritt zurück und löse mich aus ihrem schmerzhaften Griff. Ich werde das jetzt hinter mich bringen und dann zurückfahren, so schnell wie möglich. Wie früher. Manche Dinge ändern sich nie. Ich lächle sie an und ihre Augen weiten sich. Damit hat sie nicht gerechnet. Mit festen Schritten gehe ich an ihr vorbei und versuche, mich gegen das zu wappnen, was gleich geschehen wird. Und doch bin ich völlig unvorbereitet.

Der Raum ist dezent beleuchtet, brennende Kerzen werfen flackernde Schatten an die Wände. In der Mitte steht der Sarg, er ist aus hellem Holz, der Deckel steht offen, innen mit weißem Satin bespannt. Das Schluchzen steckt in meiner Kehle fest, als ich mit langen Schritten an den Sarg trete. Ich will keine Sekunde länger warten, es ist unerträglich, ihn nicht zu sehen. Dann stehe ich vor ihm. Tränen laufen über meine Wangen, er ist es, er liegt da, das Gesicht wächsern, seine schönen Augen sind geschlossen. Ob sie wohl noch die gleiche Farbe wie meine haben? Durch das Kerzenlicht werfen seine langen Wimpern Schatten. Connys Hände sind über der Brust gefaltet. Seine Finger sind sauber, nirgends nur der geringste Fleck Farbe. Ob sie ihm die Finger geschrubbt haben?

Ich trete näher und beuge mich über ihn, ein klein wenig nur. Plötzlich habe ich Angst, dass er die Augen öffnet. Meine Kehle wird eng, ich schlucke, lehne mich trotzdem noch weiter nach vorn. Nur ein wenig! Da ist seine Narbe an der rechten Augenbraue, die hat er von mir, und Nana hat mich dafür bestraft. Er sieht so anders aus. Natürlich, er ist tot, sage ich mir, tot, TOT. Und du warst nicht da, um ihm zu helfen. Er wirkt fremd und doch vertraut. Mein Blick fällt auf seine Haare. Sie sind ihm sonst ins Gesicht gefallen, und er hat sie gewischt. Meine Großmutter mochte das nicht, sie kämmte ihm die Haare stets straff aus der Stirn. Conny hat es gehasst, ließ die Haare wachsen, standhaft, riskierte dafür Strafen. Manchmal hat sie eine Schlacht für sich entschieden und Connys Haare gebändigt. Einen Nachmittag lang. Doch den Krieg hat sie schließlich mit Connys zunehmendem Alter verloren. Irgendwann kapitulierte sie und ließ ihn bis auf wenige bissige Bemerkungen in Ruhe. Sein Sieg, dachte ich, zumindest bis jetzt.

Was mich schließlich zum Weinen bringt, mich in ein Häufchen Schmerz verwandelt, ist die Tatsache, dass seine Haare, die immer über seine großen Augen fielen, jetzt streng nach hinten gekämmt sind.

Ich schlucke wieder und wieder, will mich beherrschen, nicht weinen. Ich hasse es zu weinen, es verunsichert mich und nimmt mir den Raum, mich in mich zurückzuziehen.

Wie in Zeitlupe strecke ich meine Hand nach ihm aus, will die kleine Narbe an seiner Braue berühren. Ein Schlag mit einer Weidenrute, ein Spiel unter Kindern, das mit lautem Geschrei endete. Ich sehe den harten Blick meiner Großmutter so klar vor mir, als wäre es gestern geschehen. Sie hielt meinen weinenden Bruder umschlungen und sah mich über seinen Kopf hinweg an. Noch heute kann ich dieses Gefühl spüren, das Wissen, dass es schmerzhaft für mich werden würde; ich täuschte mich nicht. Conny behielt diese sichtbare Narbe zurück, die Narben auf meiner Seele kann nur ich spüren.

Mit den Fingerspitzen berühre ich seine Stirn und zwinge mich, nicht zurückzuzucken. Er ist kalt wie Eis und steif wie ein Stein. Ich fahre über die Narbe, über seine Augen. Meine

Tränen tropfen auf ihn und benetzen seine Wangen. »Conny«, flüstere ich. »Wo bist du jetzt?« Ich beuge mich über ihn und lege meine Lippen auf sein Gesicht. Ich weine jetzt hemmungslos. Für immer, denke ich, diese Entscheidung ist für immer. »Hattest du Angst? Wolltest du doch noch leben? Hat es sehr wehgetan?«

Ich flüstere meine Fragen und versuche, jedes Detail, jedes Stück Conny in meinem Gedächtnis zu speichern. Sein dunkles lockiges Haar, das schmal geschnittene Gesicht mit den ausgeprägten Wangenknochen, hinter den geschlossenen Lidern dunkle Augen, eine lange Nase, der etwas zu große Mund. Connys Gesicht und mein Gesicht. Ich kann ihn nicht vergessen, ich muss nur in den Spiegel blicken. Noch einmal berühre ich ihn, schließe meine Augen und richte mich auf. Dann verlasse ich den Raum, den Sarg, meinen Bruder, ohne mich noch einmal umzusehen.

Meine Großmutter blickt mir entgegen, hält mich zurück. »Hier, das ist für dich! Man hat ihn bei Conny gefunden.« Sie gibt mir einen Brief mit meinem Namen darauf, ich stecke ihn in die Tasche. Mein Herz klopft, Connys Abschiedsbrief, für mich.

»Ich fahre jetzt zurück, Nana. Ich bleibe nicht zur Beerdigung.« Mit schief gelegtem Kopf sehe ich Nana an. Ich weiß, was jetzt kommt.

»Wie meinst du das? Ich möchte, dass du bleibst, wir haben Gäste! Alle wollen sich von deinem Bruder verabschieden, sein Andenken ehren.« Ihre Stimme klingt plötzlich brüchig, sie stützt sich an der Wand ab, als hätte sie eine schwere Last zu tragen. Ich erkenne eine alte Frau mit fleckigen Händen und einem leeren Herzen, doch ich fühle nicht mit ihr, auch nicht mit ihrem Schmerz.

»Ich kann nicht.«

»Das ist dir also dein Bruder wert, nicht einmal ein paar

Tage deiner ach so kostbaren Zeit?« Sie tut, als spucke sie zu Boden. »Ich schäme mich für dich.«

Ich nicke ihr zu. »Ja, dann schäm dich! Ich muss jetzt fahren, ich habe einen langen Weg vor mir.«

Mit einem Mal ist es ganz leicht, mich abzuwenden und den gleichen Weg zurückzugehen, in das Auto zu steigen und loszufahren. Aber mit jedem Meter, der mich aus der Vergangenheit wegbringt, bröckelt meine Maske und wieder laufen mir Tränen über die Wangen. Ich fahre zurück in mein Heim, das nicht mein Zuhause ist, lasse mein Zuhause zurück und habe trotzdem keine Sehnsucht im Herzen.

Ich will so schnell wie möglich vergessen. Doch wenn man vergessen möchte, die Vergangenheit mit Inbrunst hinter sich lassen will, drängen sich Bilder und Sätze auf. Ein Kaleidoskop aus Erinnerungen und immer wieder der Anruf, ganz zuerst. Nana hat die Nachricht von Connys Tod überbracht, mich so schwer damit getroffen, und ich habe sie dafür bestraft.

»Conny ist tot.«

Er lag in seinem Blut in einer Badewanne, mit aufgetrennten Adern, und er hat mir diesen Abschiedsbrief geschrieben, der nun in meiner Handtasche steckt. *Eliza* steht auf dem Kuvert, nur mein Name. Mein Bruder hat mich an seinem Tod teilhaben lassen. Jetzt weine ich so stark, dass ich anhalten muss. Ich weine meinen Schmerz noch stärker in mich hinein, ich kann nicht anders. Alle Frauen in meiner Familie haben ihren Schmerz mit sich getragen wie einen Schatz, und ich denke, Nana war immer stolz darauf. Ich wische mit dem Ärmel über mein Gesicht, meine Augen brennen. Ich muss nach Hause und schlafen und nicht darüber nachdenken. *Eliza …*

Zitternd ziehe ich das Kuvert aus der Tasche. Es sieht unberührt aus, Nana hat es anscheinend nicht geöffnet, was mich überrascht. Sie hasst Geheimnisse, hat früher manchmal mein Tagebuch gelesen und mich dafür bestraft, für meine Geheimnisse und für meinen Hass. Tränen fallen auf meinen Namen und die Tinte zerläuft. Ich sollte es hinter mich bringen, ich kann den Brief genauso gut hier öffnen. Mit den Nägeln zerreiße ich den Umschlag. Ein Brief, verdammt, nicht nur ein paar Zeilen, ein ganzer Brief. Ich zünde mir eine Zigarette an und öffne das Fenster. Kalte Luft strömt herein, aber auch ein zarter Duft nach Frühling.

Nicht für Conny.

Ich wische mir wieder über die Augen und nehme einen tiefen Zug, inhaliere den Rauch. Jetzt ist es besser. Dann lese ich den Brief; ich weine nicht, denn ich bin stark, wieder. Als ich fertig bin, öffne ich die Autotür, beuge mich heraus und übergebe mich. Ich kotze meinen Bruder und meine Großmutter aus mir heraus, kotze meine Vergangenheit aus mir heraus, versuche es zumindest. Mir wird klar, dass ich Jahre kotzen müsste, und trotzdem hätte ich mich nicht befreit, von den Erinnerungen gereinigt.

Als ich wieder losfahre, frage ich mich, weshalb ich mir eingebildet habe, tausend Kilometer wären weit genug. Ich hätte genauso gut ins Nachbarhaus ziehen können. Manchen Dingen kann man nicht davonlaufen, auch Conny hat das in seinem Brief geschrieben. Ich habe ihn verlassen, obwohl er mich gebraucht hat, mein kleiner Bruder mit den braunen gelockten Haaren und den tiefdunklen Augen. Das hat er nicht geschrieben, doch er und ich wissen, dass es so war. Ich starte den Motor, zünde mir noch eine Zigarette an und überprüfe den Inhalt der Schachtel. Wird wohl nicht reichen für die lange Fahrt. Ich schaue in den Rückspiegel, braune Augen starren mich an. Connys und meine Augen. Hastig manövriere ich das Auto zurück in den Verkehr. Das stete Brummen des Motors beruhigt mich – ein monotoner Singsang, Sicherheit, Geborgenheit. Ich gebe etwas mehr Gas, nach Hause fahren, verstecken, nachdenken. Das Fenster ist offen und der Wind weht mir das Haar ins Gesicht. Ich trage es offen, eine kleine Art der Freiheit. Wahrscheinlich meine einzige.

Und so stieß ich mir mein Herz an dir
Alexandra Mazar

UND SO STIESS ICH MIR MEIN HERZ AN DIR

20 Gedichte zwischen Liebe, Schmerz
und Leidenschaft.

Fall

In der bitteren Hitze des schweigsamen Tages
Schließe ich meine Augen und falle nach Innen
Und falle tief, tief in die Kühle meiner Sehnsucht
Nach dir und immer nur nach dir.

ALEXANDRA MAZAR

Alexandra Mazar schreibt Entwicklungsromane,
Love&Landscape und Dramen.
Eine starke Heldin ist stets Mittelpunkt
ihrer Erzählungen und Romane.

Sie ist Stammautorin im **Strange Tales Club**, dem
Autorenkollektiv, das in regelmäßigen Abständen
genreunabhängige Anthologien veröffentlicht.
#literaturdiebesticht
Besuchen Sie dazu die Facebookgruppe:
https://www.facebook.com/STCAutorenkollektiv
Unter ihrem Pseudonym **Alex Miller**
schreibt sie Thriller,
Dark Fantasy und Hard-Boild Romane.
Mehr Informationen zur Person,
Büchern, Lesungen unter
https://alexandra-mazar.com
Signierte Bücher, Merchartikel und
Buchboxen gibt es unter
https://lieblingsautor.de